Un dieu Grec

Ou
les racines de l'Amour

2006 © René Delbuguet et **Éditions** *photo média Delbuguet.*
1209 rue Guy Montréal. Québec. Canada. h3h2k5
Tel : 514 932 1630. Fax 514 939 0709.

ISBN 2- 9806192-3-X
ISBN 978-2-9806192-3-6
Bibliothèque nationale du Québec 2006
Bibliothèque nationale du Canada 2006

Avant propos

L'Amour… qui peut bien le connaître s'il ne la pas vécu prêt à en mourir ? Quelle ivresse de l'âme enlevant le corps pour le fondre dans celui de l'être qu'on aime ! Quelle exaltation cosmique si peu connue et si peu comprise !

Regardez autour de vous, il existe encore des couples qui ont découvert le bonheur d'aimer dès leur tendre jeunesse et ont maintenu la flamme ardente jusqu'à la fin de leur vie vacillante. Qu'elle prouesse par les temps qui courent ! Et vous, qu'avez-vous fait de vos plus passionnées émotions ? Souvenez-vous : « Le cœur a des raisons que la raison ne connaît pas. » N'en soyons pas si sûrs. L'Amour a toujours une raison ; Ici, il germe en lenteur obstinée dans les entrailles d'un être, là, il surgit d'un terreau fertile et bondit, sans préavis, dans un cœur oublié. L'Amour est partout. Il fréquente tous les âges, fraye avec toutes les croyances, se glisse sous toutes les peaux, et mélange tous les sangs…

Et s'il avait des racines ce vieil amour universel..!

***

- I -

Le regard dépité du père suit Anthony ouvrant la télé.

– Le vois-tu? Il l'allume, pour l'éteindre presque aussitôt! Il recommence ce manège tous les jours. Je ne peux plus rien lui dire et toi tu ne fais que l'approuver ou presque.

Le père, caché derrière sa tasse de café qu'il tient à deux mains, parle à voix basse, les dents serrées, ne voulant pas déclencher une bataille verbale avec son fils au comportement bizarre depuis quelques mois.

Indifférent aux murmures réprobateurs venant de la cuisine, l'adolescent se retire dans sa chambre, tend le cou vers la fenêtre et questionne le ciel nuageux de Montréal : « Il vaut mieux prendre l'imperméable, pas question de laisser des gouttes de pluie acide tacher mon blouson de cuir neuf. » Ce blouson paraît le grandir, lui donner une fière assurance que son père ne s'explique pas.

Pendant les dernières vacances chez son oncle Alexis, sur l'île grecque de Chios, il avait, pour se l'offrir, « aidé les fermiers à cueillir des figues pour les faire sécher sur de grandes claies de roseaux sous le soleil mordant de juillet », avait-il cru bon de préciser lorsque son père l'avait questionné sur la qualité et le prix du vêtement bien taillé.

La moustache naissante du jeune garçon, pensez-y donc, même pas quinze ans, souligne son profil impeccablement grec. Grand et solide, il a la beauté arrogante de la jeunesse déjà mûre et sûre d'elle-même. Ce blouson bien porté ajoute à sa belle prestance.

Les yak-yaks de son père ne l'empêcheront pas de sortir. Depuis quelques mois, ponctuel comme une horloge suisse, il file en soirée, hors de la maison, pour une bonne cause : des leçons de gymnastique, de karaté et le cours

1

officiel de premiers secours de la Croix-Rouge; tout un programme sportif suivi avec opiniâtreté au YMCA de l'avenue du Parc. La mère en est ravie.

– Samy, qu'y a-t-il à redire à ça? dit-elle à son mari chiffonné par ces sorties trop régulières à son goût, j'aime bien mieux le savoir dans ce centre de sport bien dirigé, que de le voir traînailler dans le Mile-End, avec son cousin qui fume déjà trop avec sa petite clique de dévoyés.

Elle est fière de son gaillard, presque le deuxième homme de la famille. Il lui rend des services que toutes les mamans apprécient : il l'aide, parfois, à faire la lessive et même le repassage, bonne action permettant de parler à bâtons rompus avec une maman à l'oreille complaisante, accompagnant, jour après jour, son garçon grandissant au galop vers son statut d'homme. Souvent, surveillant, pour de longs moments de promenade et de jeu dans le parc du Mont-Royal tout proche, ses petites sœurs jumelles de cinq ans et leur frérot de six ans. De plus, son garçon entreprenant n'a-t-il pas déniché Corinne, la si responsable gardienne qui vient surveiller ses enfants lors de son travail d'infirmière de nuit?

L'adolescent jette un dernier regard sur sa tenue élégante, ses cheveux bien peignés et traverse le salon en trois enjambées.

– Salut, à tout à l'heure, Georgina! claironne-t-il de sa voix chaude.

– Où vas-tu si vite, tu ne m'embrasses pas? et ton père? Ne rentre pas trop tard, tu as des cours de bonne heure.

Les bulletins scolaires qu'il apporte à la maison, sous le nez de son père intransigeant, le classent parmi les meilleurs élèves de son collège, mais, depuis un certain temps, ces notes faiblissent, ce qui fait qu'aujourd'hui, dans l'atmosphère pesante du logis, le père renfrogné rumine des mots qu'il n'ose prononcer. Le regard chagrin de son épouse le supplie de dire un petit quelque chose d'aimable. « Pour une fois, tu te dois de briser la glace et saluer ton fils », murmure-t-elle. Le père fait un effort et prend un ton de professeur metteur en scène de réprimandes :

— Dis-moi, jeune homme, qu'est-ce qui ne va pas? Tous les jours tu allumes cette télé et zappes sous notre nez quelques programmes et l'éteins aussitôt.

Anthony se crispe; la voix aigre-douce est aussi irritante que du papier sablé frotté sur ses oreilles.

— Vous m'avez toujours dit de ne pas m'y agglutiner.

— Mais pourquoi l'allumer pour si peu de temps?

— Tu veux vraiment le savoir? Ça t'embête? Tu veux économiser l'électricité, je présume. Je regarde la météo pour me vêtir en conséquence. Y a-t-il du mal à ça?

— Arrogant ce jeunot, arrogant, marmonne le père. Il avale sa salive et serre les dents. Anthony plie son imperméable, le jette sur son épaule, envoie un baiser à sa mère dans un geste large qui se veut conquérant : « Salut Georgina » et sort, emporté par sa dynamique insouciance.

Écrasant sa tasse de ses gros doigts, Sam fulmine :

— Je déteste l'entendre t'appeler Georgina. Tu n'es pas sa sœur que je sache! dit-il, plus que bourru.

— Tu es toujours aussi dur avec lui. J'aimerais bien qu'il t'appelle Samy, vos relations changeraient sûrement. Il est presque un homme à présent. Les jeunes d'aujourd'hui n'ont plus grand-chose à apprendre de la vie, ils la font. Nous n'avons pas eu de gros ennuis avec lui. Regarde comme il se vêt bien, il passe tout ce temps à la salle de gymnastique du YMCA. Il vaut mieux qu'il sache nager, surtout s'il repart en Grèce visiter mon frère. La natation n'est pas un luxe dans toutes les îles et même ces cours de secourisme de la Croix-Rouge peuvent lui servir. Tu devrais le complimenter, au contraire.

— Un homme? que dis-tu, si je lui pince le nez, le petit lait en coulera. Ouais! ces cours de natation, parlons-en! Je n'ai jamais appris à nager, moi. Un Grec, ça nage comme un poisson, c'est tout naturel! Ses cours de sciences sont bien plus importants. Je veux qu'il soit médecin. Je ne suis jamais allé à l'université. Je ne veux pas qu'il trime comme moi, dans une cuisine jusqu'à minuit, comme toi, comme nous, quand nous sommes arrivés dans ce sacré pays glacial. Pourquoi ces vêtements pour aller au gymnase? Ce n'est pas normal d'être aussi gandin à son âge. Il me rappelle ton père qui passait son temps à se pomponner avant d'aller jouer le *Marquis de la bourse plate* à Blue Bonnet, où il perdait tout son argent en misant sur des chevaux aux pattes cassées. C'est de lui qu'il tient cette habitude. Je me demande ce qu'il peut bien nous cacher sous ce minois de chérubin?

— C'est ton fils, tu devrais être content, il est beau, réplique la maman, moi j'en suis fière. Tous ces jeunes qui sont habillés comme des sacs de patates... bof! j'aime beaucoup mieux l'élégance de notre gars. Quand il sera grand, il sera chic!

Perplexe, le père se gratte le menton.

— Je dois admettre qu'ouvrir la télé pour connaître la météo, c'est logique, très logique, mais tous les jours, ça devient une manie!

— Tu ne songerais même pas à protéger ton costume du dimanche sous une averse! Quand il est bien vêtu, au moins, il ne glisse pas sur la rampe métallique en colimaçon au risque de se rompre le cou, souligne la maman, tout en tirant le rideau pour regarder son fils dévaler, quatre à quatre, l'escalier extérieur.

Georgina, la maman, est petite, brune comme les nuits du Proche-Orient. Son teint basané et ses yeux à peine bridés lui donnent un air oriental hérité quelque part chez des ancêtres du Kazakhstan ou du Cachemire, Dieu seul le sait. Son grand-père grec avait fui Smyrne, chassé de l'Asie mineure par les Turcs en 1922. Là-bas, dans les grandes fermes recouvertes de figuiers à perte de vue, la vie se passait à cheval. Toute la famille avait cette déformation ancestrale aux jambes courbées de la race de cavaliers vivant sur leur monture. Georgina marche, sur ses courtes jambes arquées, en collant le poids de son corps au sol, comme pour bien y graver chacun de ses pas.

Bien qu'elle soit née à Rimouski, fille d'un grand Tremblay géologue et d'une princesse mi'kmaq, Corinne, la jeune gardienne, lui ressemble comme deux gouttes d'eau.

Comment deux êtres nés de races différentes distancées par des siècles et des continents, une fille du soleil et l'autre de la glace, peuvent-ils faire superposer leurs profils sur des médaillons séparés de vingt ans? Mêmes cheveux brillants, noirs comme jais, mêmes yeux veloutés étincelants comme les reflets du ciel dans le fond d'un puits au milieu du désert, même nez droit prêt à tout entreprendre, couvrant des lèvres gourmandes et fossette légère divisant un menton volontaire. Le teint de porcelaine chinoise de la jeune fille la rend encore plus pâle quand elle est en présence de la maman au teint cendré qu'ont les filles du Levant. La ressemblance est telle, qu'elle pourrait être la fille aînée de la famille grecque dont tous les membres sont bruns.

Elle aussi étampe le terrain par sa démarche vaillante et pesée, comme si ses grands pieds, pointant vers l'intérieur, étaient une paire de raquettes compactant la neige de sa Gaspésie natale.

Corinne est Georgina poudrée d'ivoire de la tête aux pieds.

Elle parle quelques mots de grec, glanés en jouant dans le Mile-End, assez pour accomplir sa mission d'imposer le français à toute la marmaille de Samy pendant les soirées de baby-sitting. D'ailleurs, grâce à son talent de gardienne professeur, tout ce petit monde fait des progrès rapides en français.

Elle aime ces quatre enfants enjoués, riant aux éclats à chacune des bévues de prononciation, très souvent répétées pour le rire d'apprendre. Comble de réussite, Anthony s'est enfin rendu compte de l'heureuse parenté linguistique entre le grec et le français, langue usuelle de la gardienne. Ses ancêtres grecs avaient donné naissance à la langue que cette jeune fille lui enseigne avec gentillesse, deux bonnes raisons de l'apprendre. Et puis, cette petite s'intègre si bien à la maisonnée qu'il l'adopterait bien comme sœur. Et son père, pour une fois, ne lui en ferait pas reproche.

Corinne? Un bijou d'amabilité, de courtoisie, de douceur, une vraie beauté, exotique et excitante pour l'un, le père… pour le fils, la force en plus, tout en rythme, souplesse et équilibre. Un oiseau volant sur les barres parallèles et les anneaux du centre sportif. Bien plus que ça, un éclair imparable, une contre-prise inattendue au karaté, au besoin, une savate d'une jambe qui se détend comme un roseau bandé et atteint toutes les cibles au kickboxing.

Ah! Cette salle de gymnastique, quelle grisante odeur acidulée de ce corps pâle explosant d'énergie!

Anthony court vers lui, enfile son maillot de bain, se douche à la hâte, plonge, sans être vu, sous l'eau où il reconnaît entre mille les jambes de Corinne fouettant avec force les eaux qui s'écartent devant la fougue de la sirène préoccupée à battre ses records. Devant tant de dynamisme, l'adolescent craque de partout, dans son corps et dans son cœur.

6

Il prend son envol ce cœur, se dilate, bat plus vite, plus vite encore à la vue de cette statuesque Vénus, gardienne d'enfants, de ses jeunes sœurs et frère, bien sûr. Pas question de lui, il n'est plus un enfant, il a l'âge d'être ébloui par cette jeune femme de vingt ans. Ne ressemble-t-elle pas aux beautés grecques bordant l'Acropole? Elle est comme ces divinités, pure comme du marbre blanc.

Dans ce salon aux cadrages de fenêtre peints bleu azur, aux murs crépis blancs rappelant le pays, les enfants et la gardienne sont assis en tailleur sur le tapis perse. Les longues cuisses pâles, dévêtues sans modestie, se prêtent à tous les jeux. « La petite bête qui monte, qui monte et qui fait... », les éclats de rire des petits, le silence oppressé du grand, « la bête qui monte... » et ne redescend pas dans la tête brune aux cheveux bouclés, tête basse, d'un garçon accaparé par l'inconnu du résultat d'un jeu.

Le dé jeté par la petite sœur roule trop loin sous la jupe de Corinne. Il faut le chercher. « Où l'as-tu fait disparaître? Soulève tes jambes. Ah! surprise, il est là, blotti entre tes cuisses », frôlant la petite culotte bleu poudre. Corinne ne peut le voir. Anthony le convoite, bien qu'il soit si loin niché. Une onde particulière, indéfinissable, pousse sa main vers ce butin caché « Ne bouge pas! Laisse-moi le prendre » et il effleure, du revers de la main, la cuisse d'une insoupçonnée douceur. Du revers de la main, la peau est bien plus sensible pour un premier contact inattendu.

La jeune fille a-t-elle frissonné?

Elle l'aide de ses longs doigts et cueille le dé en effleurant les siens. Le simple petit dé qui va changer leurs destins...

L'adolescent troublé, touchant ce dé brûlant, chavire vers une sensation jusqu'alors inconnue. Une mèche s'allume striant la sérénité de ses yeux et crépite vers son cœur innocent. Dans combien de temps va-t-elle provoquer l'explosion? Quant à la jeune fille, elle baisse les siens plissant un point d'interrogation sur son front de silence. Corinne s'imprègne d'une idée soudaine. Elle se redresse, enrobe le garçon d'un regard flou sans horizon. Sa décision jaillit de ces instants qui alignent dans ses yeux les numéros gagnants d'une machine à sous.

Tantôt gardienne d'enfants, tantôt monitrice de sports de combat, elle prendra le garçon sous sa protection pour reconquérir la place de sœur aînée perdue lors de circonstances horribles... la drogue, la satanée drogue, avait tué son frère! La police l'avait retrouvé assassiné dans le coffre d'une vieille guimbarde volée que les meurtriers n'avaient pas réussi à faire plonger dans le canal Lachine.

Jamais! Jamais, elle ne pardonnera à ces tueurs, démolisseurs de sa famille. Très peu de temps après le drame, son père avait péri dans l'effondrement d'une galerie dans une mine, un accident inexpliqué... et sa mère s'était éteinte, après une longue bataille contre un cancer du cerveau, provoqué, sans aucun doute, par un inconsolable chagrin. Corinne étudie d'arrache-pied les techniques policières au collège Ahuntsic; la meilleure de sa classe et de loin. Sa place à l'École de police de Nicolet lui est réservée. En attendant, elle se prépare avec ténacité à affronter l'enseignement sévère de cette institution. Elle y sera une des rares filles enrôlée parmi une horde de garçons qui ne lui feront pas de cadeau.

Jour après jour, elle forge ses muscles, affûte ses réflexes, arme son corps et son caractère pour être à la hauteur de la sublime mission, venger son frère.

Elle est solide. Ses muscles? de l'acier trempé, souple et tranchant, comme la lame d'un fleuret, bien plus que le fil qui avait étranglé son frère. Sa jolie main aux longs doigts? une dague, déjà capable de sectionner d'un coup sec une planche au YMCA, une nuque et une vie. Elle ne l'a jamais essayé, bien sûr, mais plus tard, si nécessaire, quand elle fera face aux assassins qu'elle rencontrera bien quelque part.

En attendant ce fatidique jour de vengeance qui s'abattrait sans pitié sur les meurtriers, elle chaperonnerait Anthony, lui apprendrait tout ce qu'elle connaît déjà, afin que lui aussi, maîtrise son destin. Pourquoi ne viendrait-il pas la rejoindre, dès les années suivantes, dans le corps policier où elle était sûre de réussir?

Une image l'obsède, Anthony y prend toute l'espace et ne s'y efface jamais. Elle ébauche son projet : un tourbillon d'actions fonçant en ligne droite vers son but.

Le garçon aux épaules larges est un Apollon taillé à la serpe, souple comme un léopard avançant à pas félins sans que l'on puisse soupçonner ses fulgurants réflexes. Il prend des risques réfléchis dans les sports de combat et sur les agrès du gymnase et, par-dessus tout, il est serein, du calme désarmant d'un sphinx avide d'écouter. Voilà des dons utiles dans ce métier où la parole est d'argent et le silence d'or! Du talent? il en a à revendre. Fort en sciences, tant mieux, la police moderne a besoin d'experts, de chimistes aguerris à la lutte contre les narcotiques, le dopage, les malfaçons et les fraudes commerciales en tous genres ou encore, des physiciens chevronnés champions en explosifs, des informaticiens capables de démanteler le plus secret des réseaux et le plus ignoble des gangs.

Que dire de son adolescence, de ses presque quinze ans? Le bel âge! Une pâte à faire lever, pétrir, mouler, dorer, comme du bon pain, pour la réussite du festin. Tout se mettra en place avec du travail, beaucoup de travail et beaucoup d'amour, une tonne d'amour. Mais, à vingt ans, peut-on déjà dire ce qu'est l'amour et l'intégrer de sang-froid dans un programme d'apprentissage d'une vie de défis?

Corinne n'hésite pas, sa mission est toute tracée. Elle sera le panache blanc prêt à rallier à sa cause ce candidat au bonheur, le fer de lance ouvrant la voie de la victoire, la valeur sûre pour gagner le combat, combat d'adolescents défiant l'impossible.

Au plus profond d'elle-même, elle a le sentiment qu'il suffit de vouloir, d'un désir effaçant tous les doutes, pour atteindre son but. Est-ce toujours vrai?

En dépit de son assurance provocante et innée, Corinne sent poindre en elle une sorte d'appréhension inexpliquée. Ses pas lui manquent. Son esprit s'empêtre dans un sentiment indéfinissable. Sans qu'elle ne le sache, son destin bifurque lui aussi, vers un inconnu qu'elle ne peut bien saisir.

Depuis un certain temps elle hésite à accomplir les tâches les plus insignifiantes, ne serait-ce que manger. Elle se nourrit d'amour et de fraîches pensées qui tournent à vide. Triste aujourd'hui, demain exaltée, elle explose d'enthousiasme avant de fondre en larmes pour un rien. De ses yeux fermés, elle voit briller des éclats de vie qui l'emportent sans effort vers des lendemains sans nuages, ou elle se laisse manipuler par des sentiments d'impuissance qui la dépriment. Une fièvre la tenaille : l'amour, celui qui vous pénètre sans préavis comme un virus de jeunesse, qui ronge votre esprit vers le point d'implosion, torture vos entrailles dans un hara-kiri latent, illumine votre vie pour l'éteindre dans un sombre tunnel. L'amour oppressant la terrasse ou, tout à coup, d'un seul élan, fait chanter son cœur cristallin pour le fracasser, tout aussitôt, sur le récif du doute. L'amour envol, l'amour langueur, l'amour secret enrobe Corinne dans un voile intoxiquant. Tantôt elle s'y prélasse dans une hésitation sans fin, tantôt elle s'y transporte vers un enthousiasme euphorique. Elle ne se reconnaît plus…

Elle est comblée par la présence de ce garçon sans âge. Aucun bruissement de feuilles, aucun gazouillis d'oiseau qu'elle adore écouter, rien ne remplace cette voix chaude en train de muer. En l'entendant les minutes s'envolent trop vite pour ne laisser qu'exaltation extrême ou vide et solitude.

Dans son cœur le pas sans retour est franchi ! Elle est amoureuse ! Maintenant, elle en est si sûre qu'elle en souffre.

Corinne a besoin d'Anthony pour vivre et de vivre pour Anthony.

- 2 -

 Samuel, Sam ou Samy pour les intimes, le père grincheux très accaparé, cuisinier de métier et dévot religieux orthodoxe inflexible, travaille chez Morinos depuis l'ouverture du restaurant. Pour fêter ses quarante ans, le patron lui offre la salle de banquet et met la cuisine et son personnel à sa disposition.

 L'agneau du repas plantureux a gavé tout son monde. Les fourmis dans les jambes trop longtemps inertes ne demandent qu'à se dégourdir. La célébration continue par des chants qui réveillent les nostalgies helléniques. Anthony prend une guitare.

– Corinne, dis-nous ton chant mi'kmaq. Chante la complainte apprise de ta grand-mère. Je t'accompagne... Écoutez, écoutez tous, cette mélodie indienne. Vas-y, c'est toi la vedette.

 Les oreilles se tendent : Des cousins et des tantes, quelques amis grecs immigrés, des enfants qui ont déjà mangé pour laisser les adultes célébrer en paix l'anniversaire d'un Samy comblé... Il est beau comme un astre cet heureux homme savourant un fragment de bonheur ce jour-là! Depuis un certain temps il fait d'ailleurs plus attention à son apparence. Il devient presque coquet, comme son défunt beau-père ; mieux rasé, chemise blanche, pantalon repassé, l'épouse l'a remarqué. Son fils lui donne-t-il l'exemple? « Que t'arrive-t-il? j'ai plus de linge à laver. Es-tu passé maître d'hôtel? » questionne-t-elle, surprise par le récent souci d'élégance de son homme.

 Pendant sa fête, les yeux de Samy boivent Corinne à pleines gorgées. Il semble ébloui par la dent d'ours qu'elle porte comme un diamant à la naissance de ses seins. Il attend cette chanson que son fils lui offre, sans malice, par la bouche de cette jeune fille, plus tout à fait jeune fille à ses yeux. Il la voit plutôt comme une femme déjà mûre, aguichante et sexy. Il ne fait plus de différence et tous les invités le voient aussi.

Le silence précédant l'interprétation de Corinne en fait une vedette spontanée, éblouissante dans son étrange costume. Sa longue jupe en peau de daim, le châle incrusté de coquillages et le collier d'os de caribou, fétiche orné de plumes et d'une dent d'ours qu'elle porte comme un emblème, lui donnent un air de princesse surgissant à la fête comme une fée venant de bien loin et de nulle part.

Fille sauvage armée d'yeux voilés d'un sombre et inconnu mystère et d'une dent d'ours pendant à son collier, elle pourrait hypnotiser et transpercer le cœur de bien des hommes.

– C'est une chanson très ancienne : *Le chant des étoiles* de mes ancêtres mi'kmaq de Gaspésie, dit-elle en se levant, pleine d'assurance. Ma grand-mère me l'a apprise.

Corinne aime chanter, le rythme pétille dans son regard et sautille dans son corps. Son timbre chaud efface la froideur des invités curieux. En mi'kmaq, sa voix aigue, parfois stridente comme un appel au secours sans écho d'un être abandonné dans le désert, égrène avec véhémence la complainte ancestrale. Ce timbre de tête ne correspond pas à son physique de jeune fille sûre d'elle-même. En français, la voix plus douce, se laissant porter par les mots, conquiert son auditoire tout surpris d'entendre ce chant étrange :

Ninen gloqowejg nujintu' tijig.
Getapegiatmeg wasateg.
Nous sommes les étoiles.
Nous chantons notre lumière.

13

Nous sommes les oiseaux de feu,
Nous chantons notre lumière.
Nous sommes dans les cieux,
Notre lumière est une voix,
Nous traçons la voie aux dieux,
Guidant les chasseurs d'étoiles,
Nous regardons d'en haut les montagnes,
Nous sommes les chansons d'étoiles.

En accompagnant Corinne à la guitare, Anthony étonne son père tout à coup bougon : « Depuis quand grattes-tu cet instrument? D'où le sors-tu? »

Anthony se rebiffe. Sa guitare réplique par un accord hargneux.

– C'est le mien, s'empresse de dire Corinne frappant sur sa poitrine. Geste bien innocent pourtant provocateur. Samy n'a pas le temps de s'exprimer, un brouhaha sortant de la cuisine couvre le désaccord. Derrière le gâteau, couronne illuminée, l'ami grec, gratte son bouzouki. Les ombres des bougies d'un *Happy birthday to you* dansent sur les murs et se volatilisent, emportées par le souffle de quarante ans sous les applaudissements de tous. Le toast au roi de la soirée et la musique réveillent les jambes endormies par la fête bien arrosée de Métaxa. Le célèbre Zorba le Grec invite à la danse.

Vlaag, vlaag, vlaag! La ronde s'organise. Les mesures électrisantes en donnent le signal.

Les hommes se redressent, sourire humide, oeil épicé, jambes galantes, bras conquérants déployés en volutes de paon. Les femmes, buste provocant, reins cambrés et tête basse, révisent déjà leurs pas. Les chaises grinçantes semblent apprécier le roulement des fessiers adoptant la cadence!

— Bravo Corinne, on danse! dit Samy, emporté par le rythme.

Dansons, dansons, talon levé, talon plaqué : *valang! valang! valaloilopal!*... Samy revit sa jeunesse que lui insuffle Corinne. Anthony Quinn, l'acteur, faux Grec plus vrai que vrai, l'avait inspiré pour donner un prénom à son fils. Aujourd'hui c'est sa fête, pourquoi ne pas se donner de la joie à gorge déployée… la chaleur lui fait perdre le souffle et hop, vole la cravate lancée sur la chaise tout près de Georgina. Ses doigts, castagnettes magiques, font vibrer Corinne au rythme saccadé du pays du soleil.

Mais c'est qu'elle a la danse dans le sang cette petite! L'oreille tendue vers le bouzouki… quelques enjambées légères, un ballant à gauche, un pied alerte à droite et hop! un saut de cabri, elle croise les pas, replie ses bras de libellule pour claquer des mains, marteler avec grâce la cadence, saisir sa dent fétiche et retomber aussitôt, langoureuse et effrontée, dans ce coup de reins provoquant qu'ont les danseuses orientales.

Anthony, ébloui par cette Corinne métamorphosée, a bien du mal à plaquer des accords au rythme du bouzouki déchaîné. Les convives regagnent leur place, préférant admirer la danseuse. Elle assimile si bien les pas de ce morceau de folklore hellénique qu'ils ne peuvent que l'encourager par leurs claquements de mains enchantées.

Sans trop savoir pourquoi, Georgina n'a pas le cœur à la fête. Ses yeux éteints semblent flétris par la blanche colombe emportant son mari sous ses ailes.

Anthony délaisse sa guitare et entre à son tour dans la danse. Il saisit l'autre main tourbillonnant en mesure. Corinne est ravie de cet encadrement. Un rire de plaisir au père, un éclat de dents de diamant ou un soupçon de baiser au fils : « Regardez comme je suis belle! », dit le déhanchement du corps encadré de ses deux cavaliers.

Le front de Georgina se froisse. De ses yeux ténébreux jaillit une question : ces trois danseurs emportés, oubliant les regards des invités tout autant amusés par l'effort essoufflé du père que par les faux pas du fils lourdaud, sont la risée de tous et…« c'est de moi qu'on se moque!» :

– Les jeunes avec les jeunes, dit-elle en extirpant son Sam des griffes de la Corinne, à mon tour de lever la jambe!

Dans sa jeunesse, elle s'est maintes fois grisée, emportée sur les ailes de cette sarabande. Elle en connaît toutes les notes, tous les soupirs et les élans. La démonstration de ses talents doit laisser bouche bée cette jeunotte effrontée, bien trop provocante.

Plus vite, plus vite! Les doigts du joueur de bouzouki gigotent sur les cordes à la cadence d'un mille-pattes pressé. La danse grecque change de rythme. Les invités deviennent orchestre. Le claquement des mains se mêle aux cliquetis des fourchettes dans les verres, autant de cymbales improvisées. Après quelques mesures d'apaisement, la musique hellénique change de saveur et s'imprègne des parfums de la vallée du Nil. Les mélodies d'Égypte et la danse du ventre, digne des plus beaux spectacles du Caire, sauvent l'honneur, tant la fougue du corps et la rage du cœur s'en mêlent. Les hommes, admiratifs, sourire coquin aux lèvres, comprennent le manège de l'épouse. Leurs voix sourdes, autant de bourdons excitants, accompagnent la danse frémissante. Les mains de la danseuse enrobent ses hanches comme un serpent séducteur sur un marché arabe. Le Proche-Orient, lancinant et voluptueux, reprend ses droits et la reine du jour, Georgina, le dessus. Après tout, c'est bien son Samy, son mari, que l'on fête aujourd'hui!

Anniversaire aux multiples convoitises germant dans la tête de chacun, Corinne, l'exotique jeunesse insouciante, a semé, sans le vouloir, un vif émoi parmi les invités.

— **M**ademoiselle, je vous présente le commandant Latreille, responsable de la brigade des stupéfiants. Commandant, voici Corinne Tremblay. Elle a terminé première, avec mention, à Ahuntsic, talent exceptionnel pour les sciences et les sports de combat. Des muscles d'acier... nos gars de Nicolet ont été époustouflés par ses performances, dit le sergent recruteur de la police de Montréal.

— Bienvenue à bord! Nous avons besoin de jeunes femmes dans le corps de police moderne. Une tête et des muscles d'acier, me dit-on, et vos nerfs? Combien au tir?

— Le maximum, précise le sergent.

— Mademoiselle, avez-vous déjà fait feu sur une personne?

Abasourdie par la question, la jeune policière répond tout de go :

— Monsieur, excusez-moi, personne ne m'a jamais confié une telle mission!

— Pourriez-vous le faire?

— Je ne connais pas tous les règlements et toute la déontologie policière, mais, si tels étaient les ordres, oui. Je ne parle pas d'autodéfense.

— C'est bien... dites-moi, vous avez dansé dans différents bars pour payer vos études?

— Quelques heures, certains soirs. Ma mère est morte après avoir été hospitalisée pendant plus de six mois dû à ses dépressions en série qui ont provoqué un cancer, à la suite de l'assassinat de mon frère. Le chagrin était plus fort qu'elle. Elle s'est suicidée.

— Nous sommes au courant, nous menons une enquête très suivie sur nos élèves avant de les recruter.

— Et mon père est mort des suites d'un accident dans une mine, jamais élucidé d'ailleurs. Je payais le loyer avec ça, répond-elle, montrant son corps d'un geste rapide.

— Elle y donne un très joli spectacle camouflé dans une peau d'ours, précise le sergent.

— Comment, vous fréquentez ces clubs? Attention, pas de compromission avec les belles filles, dit le commandant, sourire aux lèvres.

— J'y ai été frappé par la ressemblance avec une étudiante du Cégep d'Ahuntsic, que j'avais félicitée voilà quelques mois. J'ai fait mon enquête et nous voici dans votre bureau. Je crois que nous avons la candidate que nous recherchions, beaucoup de qualités.

— Qu'est-ce qui vous a poussée à entrer dans le corps policier? Ma fille veut faire la même chose. Elle veut imiter son père, ce n'est pas une bonne raison, mais vous?

Corinne ne réfléchit pas trop longtemps, sa réponse jaillit tranchante comme une estocade portée au taureau.

— D'une façon ou d'une autre, je vengerai mon frère. Un jour ou l'autre, je ferai face à ses assassins, alors, il n'y aura pas de quartier...

— La vengeance n'est pas bonne conseillère, elle peut provoquer des accidents.

— Mon frère n'est pas le seul à avoir subi la calamité de la drogue. Il y en a trop dans les collèges et dans notre ville.

— J'étais sûr de votre réponse. Nous voulons vous aider à élucider ce crime... Je vous annonce que vous faites déjà partie du corps policier à un poste très... très difficile. Vous avez assimilé, avec brio, les cours au stage de Nicolet, je vous en félicite. Vous allez nous faire un travail risqué. Seule une jeune fille de votre âge et de votre trempe peut l'accomplir et réussir. Nous savons que depuis que vous avez atteint votre majorité, vous avez dansé dans les clubs de nuit en vous y conduisant avec respect à l'égard de vos collègues et sans chercher d'histoires à qui que ce soit. Voici ce qui nous intéresse : l'efficacité tranquille, l'eau qui dort et que tout le monde veut boire. Si vous dansez pour nous, c'est nous qui vous paierons.

    – Je ne comprends pas, danser pour vous? Où ça?

    – Excusez-moi, je ne suis pas très clair. Nous vous engageons, vous faites partie du corps policier et votre première mission sera de danser dans certains clubs. Vous allez devenir une vedette régionale. D'après ce que je sais de votre spectacle, les gars viendront vous encourager. Nous avons le même but, trouver les assassins de votre frère; pour cela, il nous faut remonter la filière de la distribution de la drogue qui passe par ces clubs. Vous pouvez nous aider. Inutile de vous dire que ce travail vous vaudra un bon six mois de classe à Nicolet et une promotion rapide. Vous avez vécu, en Gaspésie, auprès de vos grands-parents à Rastigouche. Votre grand-mère a beaucoup de caractère paraît-il? Elle est, indirectement, la chef de Bande et c'est votre oncle qui dirige votre grande famille. Comme tous vos ancêtres, vous devez avoir des talents de fin limier. Ils vous seront utiles dans le monde des bars... durs, très durs, tous les coups y sont permis. Mission très risquée, que vous n'êtes pas obligée d'accepter. Nous n'avons jamais utilisé de danseuse, vous serez la première. Au fait, votre diplôme, que vous avez bien mérité, ne vous sera pas remis en fin d'année, pour que personne ne fasse de rapprochement. N'en soyez pas offusquée. Sur le terrain, les galons se gagnent plus vite. Vous prendrez des cours de sciences à l'université pour couvrir tout ce travail. Vos cours de sciences à l'université? Si on vous questionne, dites que vous avez changé d'avis. Finie la police... vous voulez devenir biologiste, pour rentrer chez vous, sur la Cascapédia et étudier votre milieu. Une bonne raison, logique, n'est-ce pas? Vous les financerez, c'est pour cela que vous danserez, nous vous rembourserons et vous aurez une bourse importante.

— Quand dois-je commencer?

— Quelques formulaires à signer. Remarquez votre salaire, celui d'un senior, intéressant? Et votre nom modifié, celui de votre arrière-grand-mère, Amélie Gagnon, mais dans les clubs vous en changez souvent, selon vos numéros, continuez. Votre nouveau compte en banque est ouvert; les virements s'y feront automatiquement. Pas de chèques sur ce compte. Tout ça doit rester secret. Ne changez rien à vos habitudes, vous déposerez dans votre compte actuel vos revenus de la danse. Pas le moindre changement à votre vie, l'entraînement au YMCA doit continuer mais vous devenez une danseuse professionnelle qui paie ses études, un point c'est tout. Les danseuses sont toujours en forme, pas vrai? Pas de drogue?

— Monsieur, je mourrai pour le combattre ce fléau.

— Non, non, pour l'instant, vous allez continuer à danser, de tout votre cœur. Nous voulons savoir d'où provient la drogue qu'utilisent certaines de vos collègues qui engloutissent leur paye et leur talent, pour ne pas dire, trop souvent leur vie dans cette calamité. Nous voulons connaître les structures de ces petits réseaux de proximité qui pivotent autour de certains clubs et qui sont des tentacules des grands. Le sergent vous donnera verbalement la grille de travail. Ne vous inquiétez pas, faites-nous confiance comme nous le faisons, mais, ceci est capital, le secret est de ne rien changer à vos habitudes, bien au contraire. Quant au reste, nous savons que vous respecterez votre parole et vous serez récompensée pour votre action. Au moindre problème, parlez au sergent avec toute la prudence qui s'impose. Il vous expliquera par quel moyen et quel intermédiaire, mais vous serez seule, parfois très seule sur ce terrain marécageux du monde de la nuit. Surtout pas d'arme sur vous, à aucun moment. Pas d'acte de bravoure inutile qui vous mettrait en danger, mais du flair, encore du flair et encore.

Corinne songeuse baisse la tête.

« Vous ne dites rien, ajoute le commandant, se penchant vers elle en tirant son oreille, comme pour s'aider à entendre.

– Je réfléchis comment je vais m'y prendre et réorganiser mon emploi du temps!

– Pas de précipitation. Nous ne sommes pas pressés. Dans ce métier il faut parfois une longue patience. Aucun changement à votre quotidien. Le rôle essentiel de cette mission est de rester la petite voisine qui est bien tranquille et étudie maintenant à l'Université de Montréal. Senior, je vous salue, ajoute le commandant enjoué, portant sa main à son képi.

– Pardon? Comment? Excusez-moi! Senior? Déjà! Mais je n'ai pas fait mon temps d'instructeur, s'exclame Corinne abasourdie de se voir promue au grade de senior.

– Eh oui, il vous faut bien commencer un jour, si vous voulez devenir commandant en chef. De toute façon, vous ne porterez pas vos galons sur votre costume de travail, pas vrai?

– Oh, vous alors! dit Corinne, mi-surprise, mi-vexée, vous en avez une façon de me donner des galons et me dire où les porter avant que je commence ma mission!

– Vous les méritez déjà. Allez, bon travail et merci. Tout le corps policier vous remercie. Nous sommes fiers de vous avoir parmi nous, dans cette brigade spéciale toute nouvelle. Seul un très, très petit nombre d'officiers est au courant de toute cette démarche, un très, très petit nombre, je vous l'assure. Laissez-moi ajouter, et ceci est important, mademoiselle, à partir d'aujourd'hui je ne vous connais plus... je ne vous ai jamais parlé. Si, par hasard, vous me rencontrez dans un de ces clubs ou n'importe où ailleurs, vous me traitez comme n'importe quel autre client ou citoyen. Si vous êtes arrêtée, dans une descente, vous n'aurez aucun traitement de faveur, bien au contraire. Surtout pas de bataille avec les autres filles, vous serez là pour les surveiller et les fréquenter un peu. Pas d'argument avec quiconque, aucun combat. Vous êtes trop redoutable et vous vous démasqueriez. Bonne chance, mademoiselle. À vous de jouer! Dans cette mission, vous pouvez, vous devez prendre des initiatives, à vos risques et périls, nous ne serons pas derrière vous pour vous guider sauf en cas d'extrême nécessité; c'est le but qui compte. Encore une fois, bonne chance. Sergent, faites sortir notre nouvelle recrue par la cour arrière, dans la camionnette des peintres. Vous souriez senior et pourquoi?

— J'ai comme l'impression que vous voulez me tirer l'oreille puisque vous vous tirez souvent la vôtre!

— Vous avez de l'humour, c'est très bien! Dans certaines enquêtes l'humour permet de cacher la vérité. Allez, filez, avant que je vous la tire pour de vrai! Merci d'être avec nous. Bonne chance!

Mi-estourbie par ce catapultage dans le métier d'espionne policière, la jeune recrue attend, en profonde réflexion, à la terrasse du Café Lévesque, rue Laurier. Sa nouvelle mission va-t-elle changer son rythme de vie? Pourtant le commandant lui a bien intimé de ne rien modifier de ses habitudes. Comment pourra-t-elle danser dans un club, étudier dans une université et garder des enfants? Il lui faut abandonner ce poste, ou du moins, en réduire les heures.

En dépit de cette surcharge de travail, Corinne tient, par-dessus tout, à son rendez-vous quotidien avec Anthony. Quelques minutes, une niche de temps, où elle se sent si bien en présence de ce garçon enjoué. Il approche de ses quinze ans, se conduit comme un jeune homme responsable et converse comme un adulte. Et il est beau, vraiment beau, comme une de ces statues grecques antiques au profil parfait. Il a les gestes lents et élégants d'un discobole prêt à lancer son corps dans le cosmos. Et sa voix, un souffle harmonieux, une caresse qui frôle l'oreille et fond dans le cœur. En un mot, il est fascinant!

Du coin de l'avenue du Parc, il court vers elle.

— Salut! Ouf! Ça a chauffé à la maison! Je me suis fait engueuler par mon père, quand je l'ai contredit et lui ai tenu tête. Il veut que je devienne docteur… gastro… oncologue, je ne sais trop quoi. Je ne vois pas ce qu'il y a de plaisant à examiner le cul des gens pendant toute une vie professionnelle. Il y tient mordicus. Tu connais la sérénade : « Moi, je n'ai pas eu la chance. Yak, yak, yak… regarde le sacrifice que nous faisons pour ton éducation…yak, yak, yak… » Eh, merde, je ne lui demande rien!

— Et toi, que veux-tu faire?

— Comme toi, policier, détective, rien d'autre.

— Tu as raison, c'est excitant. Et puis, nous serons ensemble, peut-être dans six ou huit ans.

— C'est loin.

— Je veux dire au travail, mais rien ne nous empêche de rester ensemble maintenant, tous les jours, le veux-tu?

— Tu as peut-être un chum de ton âge?

— Je n'en ai pas et je n'en veux pas. C'est toi mon ami. Depuis notre voyage en Grèce, tu le resteras toujours.

— Et lorsque je serai plus grand?

— Tu es déjà très grand. Je t'aime comme tu es. Tu ne me crois pas?

— Moi aussi je t'aime, depuis que je t'ai vue au marché Jean-Talon avec ma mère. J'aurais voulu casser la gueule au marchand de légumes qui te chantait la pomme.

— Sais-tu ce que c'est d'aimer?

— Ben, c'est… penser toujours à la même personne, rêver d'elle, faire des choses pour elle, sans qu'elle le sache, avoir toujours envie d'être à ses côtés, lui brosser ses longs cheveux, comme les tiens.

— Et quoi de plus?

— Aimer son parfum, son odeur de fraise des bois, l'océan sans fond de ses yeux, ses yeux captivants, ses murmures cristallins au téléphone, reconnaître sa démarche comme si elle marchait dans des feuilles, pouvoir lui donner beaucoup de cadeaux, la nuit quand… et tout, quoi.

La jeune femme écoute, le plaisir aux lèvres; Anthony parle bien d'elle.

En amour, il faut donner. Elle se le susurrait, quand elle était seule, en attendant Anthony, qui serait ponctuel. Comme tous les jours, ses pas alertes la troubleraient.

— Allons au gym, dit-elle, mais avant il faut que je passe chez-moi. Viens-tu?

Le cœur du garçon crépite. Quelle invitation inattendue! Voir Corinne chez elle! La voir pour la première fois dans son petit nid de ville, privé, secret, intime mais aussi… quel trac!

— Tes parents sont là? demande-t-il.

— Mais… comment? Tu sais bien que je suis orpheline et que j'habite seule à Montréal. De toute façon, j'ai le droit d'amener qui je veux chez-moi, mais si tu veux m'attendre ici…

— Je t'accompagne. Donne-moi ton sac, je veux t'aider.

La chambre décorée aux couleurs vives vibre sous les rayons de soleil frisant les murs. Des plumes de faisan et de hibou multicolores, un arc et ses trois flèches, un grand poster de... Oh! surprise, une photo domine la pièce, nul autre qu'un jeune Grec, en contre-jour, sur un rocher, au soleil levant. Et sur le divan-lit, des vêtements épars que

Corinne ramasse à la hâte en tirant une peau de bison pour couvrir le drap.

— Il faut que je me change et mette mon short, dit-elle, tout en débouclant sa jupe.

— D'où sors-tu ma photo, tu dors avec elle? C'est moi qui écoute tes rêves? demande Anthony, ravi d'être déjà présent dans cette chambrette.

— Je l'ai fait agrandir. Tu es très beau sur cette photo. Tu ressembles à Apollon. Je l'aime.

— Qui, le dieu antique ou moi?

— Les deux!

La réponse prend l'adolescent d'assaut.

Il se sait beau. Ses copines de classe s'accrochent à ses bras, lui mijotent des mamours qu'il trouve ridicules. Au collège, son cœur s'envole vers les sports et les sciences, loin de ces cajoleries mielleuses et collantes des filles sottes en mal d'amour. Mais depuis quelque temps, il se sent tout autre. Son aube se lève, fraîche et frémissante, enveloppant d'un voile nouveau tout son corps. Une force étrange l'envahit. Il chevauche un Pégase qui l'emporte au galop vers un horizon bien plus loin que son quotidien collégial. Sur ces ailes puissantes, il prend de la hauteur et survole la vallée de l'inconnu de sa vie. Ce vide l'attire et le pousse à poser des questions :

— M'aimes-tu comme je t'ai dit tout à l'heure, jour et nuit? Veux-tu faire quelque chose pour moi sans que je te le demande?

Corinne ne semble pas écouter. Elle se déshabille sans gêne. Pourquoi avoir de la pudeur devant une personne dont on aime l'esprit, la fraîche adolescence, la présence, le corps, tout... jusqu'aux lèvres charnues, qui n'ont, peut-être, jamais embrassé.

Un beau corps doit s'offrir aux regards, sans pruderie. Il est fait pour aimer et pour être aimé sans détour. Il ne lui

25

reste que la petite culotte bleu poudre, bien innocente, sur le corps.

— Je m'allonge dix minutes, viens près de moi, murmure-t-elle, tout en s'étirant sur la peau d'ours et en cherchant les rayons de soleil qui bronzeront sa poitrine.

L'adolescent hésite, comme ébloui par une pâle lueur qui ne cesse de grandir, l'enrobe d'une brillance qu'il n'a jamais connue et qui lui dit : « Si tu étais audacieux, tu t'allongerais aux côtés de l'idole qui t'accorde la grâce de t'inviter chez elle, dans son nid, sur son lit, divine couche où tu te laisserais emporter vers cet espace sidéral, cette dimension où tout ton être ne t'appartiendrait plus et se confondrait à celui qu'elle t'offre, pour en former un nouveau, intemporel et sublime! » Il avait rêvé d'un moment pareil. Comme pour effacer ce rêve, elle lui ordonne d'une voix lascive :

— Déshabille-toi. Je veux te voir comme moi, nu, murmure-t-elle, comme nous étions en Grèce. Tu es un dieu, je suis une déesse…

La voix flotte, lointaine, au-delà des murs de cette chambre qui, peu à peu, se transforme en un vaisseau de rêve.

Anthony dérouté hésite… comment répondre à cet appel? Appel d'un ange…

Les hommes restent toute leur vie dans un état particulier d'appartenance au corps de mère qui les a mis au monde, mais un jour, la nature des choses leur ordonne de se libérer de ce cordon ombilical qui les rattache à leur unique passé, d'oublier le sein qui leur a offert leur première jouissance en apaisant leur soif de boire le lait maternel, don de vie et de survie. Puis vient le moment inéluctable où l'homme enfant devient homme tout court. Anthony a grandi, en âge étirant son enfance jusqu'à cette porte qu'il n'ose franchir.

En cet instant sa jeunesse impétueuse pourrait perdre la tête, sauter étourdiment sur le lit, mais a-t-il vu une femme totalement nue ou presque?

Dans cette chambre-nid un miracle se passe; le moment est trop solennel pour se précipiter vers ce corps lumineux.

Avec une religieuse lenteur mêlée d'appréhension, Anthony enlève sa chemise et baisse son pantalon. Pourtant il se veut fort... Jusqu'à cette seconde, il n'avait jamais imaginé que ce corps puisse être aussi éblouissant, bien qu'il l'ait maintes fois essuyé au bord de la piscine, soulevé à la barre fixe et aux anneaux, agrippé au trapèze en volant en duo sur les agrès du gymnase. Il le connaît par cœur, ce corps racé, aux longues cuisses fermes fuseaux de muscles, aux fesses galbées, socle d'une chute de reins provocante, aux épaules frêles, cachant bien leur force, base d'un cou élégant supportant une tête altière. Dans le secret de cette chambre, au moment le plus mystique de sa vie, ce corps dévoilé lui donne le vertige.

Cette photo prise en Grèce pendant les vacances, lui rappelle que Corinne, la photographe, était bien nue ce jour-là. Il ne l'avait pas vue du même œil. Son innocence avait subi cette vision comme si un ange éphémère s'était transformé en Corinne. Quelques semaines passées et les grains de l'amour semés aux vents brûlants du Proche-Orient ont germé, poussé drus et hauts. Aujourd'hui il n'a plus la même vision ingénue et insoupçonnée des adolescents qui s'éveillent à l'amour. Dans cette chambre si privée, sa soudaine timidité l'empêche de penser à une quelconque moisson. Corinne, les yeux fermés, les mains placées sur sa poitrine, attend.

– Alors, viens-tu? Je sais, le lit n'est pas très large.

Ce petit « Alors? » le pousse dans le dos. Il hésite encore, essaie de se comprendre, de se deviner, mais ce simple mot devient l'appel du large, le début de son aventure d'homme. Sans la frôler, il s'allonge près d'elle. Elle lui dit avec douceur :

— Ta main, donne-moi ta main, enlace mes doigts. Fais comme moi, ferme tes yeux et ne pense qu'à moi, je ne pense qu'à toi. Ne dis rien. J'aime le silence de ton cœur...

La main, le revers de la main, le même frémissement de cette peau frôlée du revers de la main. Le dé capricieux... le frisson qu'il avait ressenti en ramassant le dé miracle, le même contact indéfinissable. Sa main glisse le long du corps, effleure la cuisse et le ventre détendu, jusqu'à la poitrine... comme un léger papillon n'osant s'y poser : caresse d'un rêve!

Il donne sa main, curieuse et hésitante, sentant qu'elle souderait un premier contact chargé d'une force inconnue qui l'assaille... Puis, avec délicatesse, comme les mariés se passent l'anneau nuptial, les dix doigts se tissent, ne formant plus qu'une main indéfinie.

Que peuvent penser ces jeunes êtres étendus côte à côte, voguant dans leur silence sidéral?

— Es-tu heureux ? Murmure-t-elle.

— Je croyais que le bonheur n'existait pas, maintenant je suis sûr qu'il existe. Tu es le bonheur.

— C'est toi qui est mon bonheur, depuis toujours, bien avant mon voyage en Grèce. Reste-là, sans bouger, je suis si bien près de toi.

Il serait bien resté là, flottant dans son extase, figé à tout jamais dans son sarcophage céleste.

- 4 -

Depuis la mise à la retraite anticipée de nombreuses infirmières, Georgina doit travailler en heures supplémentaires à l'hôpital Royal Victoria les mardis soirs. Les dimanches, elle prépare d'avance de copieuses moussakas avec les restes du gigot dominical. La gardienne n'aura plus qu'à les réchauffer et les servir, accompagnées tantôt de riz, tantôt de nouilles et de tomates séchées bien humectées d'huile d'olive. « Pourquoi changer de menu, puisque les petits et le grand en raffolent! » se dit-elle. Ce n'est pas le plat traditionnel où les cubes d'agneau mitonnés au milieu d'aubergines dans la sauce tomate qu'ils apprécient, mais plutôt, la présence de la nouvelle maman du mardi soir, « que vous ne devez pas faire fâcher… à son âge, elle peut faire cuire du riz ou des nouilles et quelques tomates, tout de même! »

Comme par hasard, Samy prend, lui aussi, l'habitude d'être de congé ces mêmes mardis soirs. Il rentre tôt pour surveiller tout son monde. D'autant plus que cette jeune Corinne n'a jamais appris à cuire quoi que ce soit, belle occasion de l'initier à la cuisine méditerranéenne : salade grecque, avec feta indispensable, salade niçoise : panaché d'anchois, d'olives noires et d'œufs durs de rigueur… un brin de Côte d'Azur parfumé au pistou et que dire du taboulé libanais concocté avec l'accent roulant et chaud des francophones de Beyrouth. Et vas-y, je t'en mets des poignées de persil haché. Du fer, du fer, c'est bon pour la santé et de l'huile d'olive à gogo, de la vierge, première pressée, à froid, s'il vous plaît. « Il n'y a rien de meilleur pour le teint de jeune fille. Et pour te donner des couleurs, fais-moi plaisir, une goutte de Samos, le vin des dieux! » Ces mardis soirs, le Samos donne du baume au cœur, Samy se sent rajeunir de vingt ans. Son fils, renfrogné, déteste cette fausse ambiance de fête.

— Si Corinne n'aime pas ton vin trop sucré, laisse-la manger tranquille, dit-il.

Le père loin de cette critique a une autre idée.

— Mangez, mangez les petits, la moussaka de Corinne. Elle vous donne sa part… vrai? Mais si, mais si, Corinne, prends l'autre moitié du homard. Il vient de ta Gaspésie. Tu ne les aimes pas? La recette est simple. Je les coupe en deux, vivants, vlan, d'un coup sec de couteau lourd!

— Papa! Mais tu leur fais mal, s'écrient les jumelles.

— Tu es méchant, renchérit le frérot.

— Mais non! La recette est meilleure, sauté à l'huile d'olive, flambé au cognac. Il n'y a pas de cognac dans la maison, le Métaxa fait l'affaire, poivre du moulin, cinq minutes dans le four à 350 degrés... terminé! C'est de la grande cuisine, professe Samy, les lèvres onctueuses.

— Je ne veux pas manger le pauvre homard, dit Michelle.

— Beuha! moi non plus, ajoute la sœurette.

— De toute façon, ce n'est pas pour vous mais pour Corinne. Veux-tu le goûter Anthony?

— Je lui donne ma part, puisqu'il est de Gaspésie, c'est son homard, non?

Ce nouveau menu n'enthousiasme pas Corinne. Pourquoi faire tout ce cinéma? Personne n'a demandé quoi que ce soit. Il est fatigant ce monsieur Sam avec ces petits plats et son minois de chat croqueur de tourterelles. Elle l'entend venir avec ses grandes galoches caoutchoutées de chef et ses moustaches accroche-cœurs, mieux taillées, depuis quelque temps.

Affalé dans son fauteuil, il prend la mauvaise habitude de lire son journal grec, bien en face… la petite bête qui monte… jouant sur le tapis avec les enfants. En fait, il ne regarde ni l'écran, ni ne lit le journal, il reluque avec insistance, les jambes et les dessous bleu poudre émoustillants. Elle remarque le manège et n'aime pas ce regard en coin, prétendu somnolant, qui la déshabille.

Les prochains mardis, plus de petite bête qui monte, qui monte le long des jambes blanches... Elle portera un jean. Tant pis s'il elle prive son corps de la liberté d'être elle-même et en prive Anthony.

Petit à petit, ce jeune homme devient son miroir. Avec lui elle se sent vêtue de l'auréole d'un ange. Elle fond comme du chocolat dans un bain-marie, quand ses yeux noirs la regardent sans malice. Inutile de lui demander pourquoi. Elle y perd sa raison. Sentir cet adolescent si proche, l'enveloppe d'une tiède vapeur la rendant moite des pieds à la tête. Est-ce pour confirmer cette présence qu'elle lui offre ses mains, ailes de colombe réunies comme un coffret cachant un précieux cadeau, lorsqu'il arrive en courant à leur rendez-vous? Il plonge son visage dans ces mains offertes comme une écuelle d'eau fraîche tendue au preux chevalier rescapé du désert, frappant au portail du couvent. Fontaine de désir, piège d'un cœur affamé, Anthony s'emprisonne chaque jour un peu plus dans ces mains tentacules. Les yeux fermés, il les sent, les lèche, les boit, ne soupçonnant pas qu'il goûte à la source de l'amour. Et Corinne, les yeux mi-clos, les lèvres humides et la langue pincée d'un sourire de plaisir, se délecte de cette caresse. Ce contact, si chaste et charnel à la fois, l'excite. Au-delà de cette moiteur féminine naissant aux creux de ses mains, elle tend son cœur et offre, en pensées et sans réserve, son corps ligoté. Elle aussi sent qu'elle ne s'appartient plus tout à fait.

- 5 -

— **M**aman, maman! papa a été méchant hier soir. Il a fait mal aux zhomards en les tranchant vivants avec le gros couteau! Et il les a fait brûler dans les flammes du four, pleurniche Michelle. Je n'ai pas voulu en manger!

— Des homards? as-tu mangé ta moussaka au moins?

— Non, celle de Corinne qui a mangé du zomard tout rouge. C'est dégoûtant cette pauvre vilaine bête!

— Ah! répond Georgina perplexe.

Elle fouille dans le petit sac de poubelle de la veille, « Tiens, pas de carapace. Combien de pattes avaient-ils ces zhomards? »

— Beaucoup... Il n'avait pas de pattes, mais des ciseaux, comme ça...

— Tu veux dire des pinces... deux?

— Je ne sais pas.

— Ta sœur dit vrai?

— Anthony n'a pas voulu manger sa part en buvant du... du... du Samos, précise l'autre jumelle.

— Anthony? Vous me racontez des histoires toutes les deux. Allez, au lit, la prière, s'il vous plaît. Non, non, pas en français, en grec.

— Je vais prier pour la... le... pauvre homard... et dormir avec Corinne, dit Michelle.

Les enfants couchés, Georgina reste seule dans la pénombre du salon : « du homard, c'est bizarre et cher. » pense-t-elle, tandis qu'Anthony rentre.

— Bonsoir Georgina, ça ne va pas? Pas ton programme grec? Tu en fais une tête. Dis-moi Georgina, pourquoi mon père tient-il à ce que je devienne docteur, dans, je ne sais pas quoi, spécialiste du ventre? Moi je veux être policier.

– Tes professeurs le lui recommandent, tes notes de sciences sont si fortes. Tu es très doué. Je suis fière de toi!

– Mais il y a des sciences dans la police! Je peux être détective ou même espion.

– Ton père aime mieux la médecine.

– Oui, il aime mieux le homard aussi!

– Quel rapport?

– Il en a préparé hier soir.

– Hum! et combien?

– Un pour lui et l'autre pour Corinne. « Des homards de Gaspésie », il a dit. Elle était fâchée. Elle n'aime pas le Samos. Il la forçait à boire. Le Samos sucré n'est pas bon avec le homard, *any way*!

– Allons nous coucher, nous reparlerons de ça demain, dit la maman, avançant ses lèvres pour embrasser son fils.

– Bonsoir Georgina, réplique Anthony.

– Mon chéri, j'aimerais bien que tu m'appelles maman, de temps en temps.

– *Mitera mou.*

– Voilà qui est mieux. Tu as une voix extraordinaire quand tu parles grec! Comme celle de Georges Guétary! Tu ne l'as pas connu, un ténor de 1970. N'oublie pas le grec, tes racines!

– *Limera mitera mou!*

- 6 -

Ah! ces vacances de juvénile candeur, passées chez l'oncle en Grèce. Terre inconnue et mystérieuse, pour Corinne, terre ancestrale, que l'on porte dans le sang, chez Anthony. Liberté totale de s'y épanouir et d'y laisser croître un nouveau sentiment sous le regard attendri d'un pays bienveillant.

– Mon oncle, je veux te parler, mercredi... je ne peux pas embarquer sur le bateau... je veux un après-midi *off*.

– Off, quoi? Qu'est-ce que ça veut dire *off*?

– De congé.

– Ah! un jour de congé! Vraiment! Je ne te croyais pas aussi paresseux... la pêche te répugne?

– Mais non, j'ai bien travaillé jusqu'à présent. J'adore sentir tes vieux filets, griller sous ce soleil de plomb, me transformer en bourricot bronzé aux dents blanches, mais j'ai besoin de cet après-midi.

– Pourquoi faire?

– Attendre quelqu'un à l'aéroport.

– Ton père nous ferait-il une surprise?

– Ce n'est pas mon père.

– Mais qui donc, alors? Tu n'as tout de même pas un secret pour ton oncle. Tu as bien travaillé, j'aimerais que tu sois ici toute l'année. Tu peux aller où tu voudras mercredi, mais tu pourrais me faire confiance tout de même.

– C'est une personne que tu ne connais pas, du Canada.

– Dis-moi, ta petite amie, tu en as une, est-elle jolie?

– Si tu la voyais! Elle est pâle comme les statues de marbre, aussi belle, bien plus belle.

— Méfie-toi, l'amour rend aveugle. J'ai hâte de faire sa connaissance. D'accord pour mercredi. En attendant, remontons le filet, veux-tu?

Anthony n'hésite pas. Sa carrure aidant, le filet s'extirpe de la mer, sans grande prise.

— Mon oncle, je viens ici tous les ans et tu n'y pêches jamais rien ou presque.

— La baie est épuisée, trop pêchée, presque morte, et mon moteur n'est pas assez puissant pour m'éloigner au large. S'il y a un coup de mer, tu as besoin de puissance pour contrer les vagues. Il m'en faudrait un autre, un nouveau treuil automatique plus puissant aussi. Au large, les poissons sont en bande à de plus grandes profondeurs, et plus de glace à bord. Hum! Ce n'est pas demain la veille qu'il me sera possible de m'offrir ce bateau!

— C'est l'avion d'Athènes, celui de quatre heures.

— Je vais aller avec toi et la camionnette, mais il faut que l'on pêche très tôt ou une partie de la nuit, d'accord? Et que nous la douchions de fond en comble cette vieille guimbarde, puisque tu me dis que nous allons accueillir ta princesse!

— À minuit si tu veux, nous pêcherons. Alexis, je veux te dire, tu es un oncle formidable! Super-cool!

La camionnette nettoyée brille comme un nouveau modèle de l'année sortant du salon de l'auto. À l'aéroport, dans le hall des arrivées sentant les huiles de bronzage, Corinne dévore des yeux ébahis toute la Grèce estivale. Des shorts bien plus courts que courts, exhibant le plus haut des cuisses des dames à la peau aussi bronzée que des momies maya, des bustes exubérants débordant de leur soutien-gorge restreint, des barbes de capitaine aux longs cours tout de blanc vêtus, une cacophonie de langues grecofranglaises… une tour de Babel sentant bon les vacances Nivea.

— Si tu savais comme le voyage a été long. J'avais hâte de te revoir, dit-elle. Tu as grandi… en quelques semaines! Elle se penche et lui dit frôlant l'oreille : Tu es beau, divinement beau! Oh, oh, et ta peau! Tu es un bronze antique! Laisse-moi la sentir…

— Enfin, le calendrier va virer aux beaux jours puisque tu es là, répond Anthony en prenant Corinne dans ses bras.

Il la soulève à bras le corps et lui parle comme un grand, les mêmes intonations venant d'une voix plus basse et elle l'écoute, de ses lèvres plissées de plaisir, de son nez froissé de désir, de ses yeux frémissants, lui perçant le cœur. Maintenant face à face, tenant leur tête entre leurs mains, yeux dans les yeux, ils s'embrassent longtemps, se frottant le bout du nez, comme le font les Inuits pour faire fondre leurs amours glaciales.

Alexis s'étonne, fronce les sourcils, reste muet, interloqué par l'apparence de cette jeune canadienne tout sourire. Mais qui est-elle? Ressemblance époustouflante! Il se frotte le front. Il l'a vue quelque part!

— Corinne, voici mon oncle, le frère de ma mère, dit Anthony surpris de voir Alexis les yeux hagards. Que se passe-t-il? Alexis, où es-tu? Hé! Alexis, m'entends-tu? Tu es à l'aéroport… Allô, Alexis, atterris! Voici Corinne, de Montréal, ma copine! C'est elle qui te coupe la parole?

— Excusez-moi mademoiselle, vous ressemblez tellement à quelqu'un que j'ai connu voilà très longtemps. J'ai cru voir un revenant. Bienvenue en Grèce! Demandez-moi tout ce que vous voulez!

Alexis reste confus. Autour de ces jeunes gens, sa pensée brode un futur radieux. Ces enfants vivent quelque chose qui transcende sa vision de la vie. « C'est si beau la jeunesse, dit-il au douanier. Rien à déclarer. C'est mon neveu et sa cousine du Canada; valise pleine de bonheur! »

– Passez, passez et bonnes vacances chez-nous! Magnifique! dit le douanier ébahi par la blancheur de la peau de Corinne.

– Montez tous les deux à l'avant, dit Alexis le regard absent.

– Elle est jolie cette camionnette peinte en vert! La marque? Une 2cv Citroën du dernier siècle! s'exclame Corinne, on va être un peu sardinés à l'avant.

– Viens sur mes genoux! dit Anthony galant.

– Il y a assez de place, je ne suis pas si forte… Votre camionnette sent le poisson, j'aime ça. Mon grand-père pêchait en Gaspésie, j'ai tout appris de lui.

– Et pour coucher, questionne l'oncle, qu'avez-vous prévu sur l'île?

– L'Hôtel de la Baie, dit Anthony.

– Si vous voulez... mais il y a bien trop de bruit et de la musique une grande partie de la nuit. J'ai votre affaire! La chambrette au grenier que j'ai rénovée au complet, avec douche et soleil levant. Je viens d'isoler le toit et j'ai réparé les volets qui s'ouvrent sur le vieux port. Je dois tailler les rameaux de bougainvillier pourpre qui envahissent toute la façade. C'est un joli nid de vacances.

– Vraiment? Corinne peut rester avec nous? Coucher là-haut? Alexis tu es cool! Embrasse mon oncle Corinne... il te fait un cadeau royal. Tu verras le soleil se lever sur la Turquie… c'est féerique. Nous, nous sommes debout à quatre heures, pour aller à la pêche. Tu dormiras tranquille.

– Le bateau et la pêche ne me font pas peur, dit Corinne. Les Mi'kmaq sont des pêcheurs sur les rivières et sur l'océan depuis le début du monde.

– Dans ce cas, il faut que je place un autre gilet de sauvetage. Les gardes sont plus sévères ces temps-ci. Je ne sais pas si c'est vraiment prudent, avec une peau si blanche, remarque Alexis.

— Je la frictionnerai à l'huile d'olive et tu lui prêteras une de tes chemises blanches à manches longues, dit Anthony. Mon oncle, tu es vraiment cool, vraiment!

— Qu'est-ce que ça veut dire? questionne Alexis, riant du geste exubérant de son neveu excité.

— Cool? Épatant, formidable, *smart*, extra, super gentil et bien plus encore!

— Ah! bien, tant mieux. Vous devez avoir sommeil, après ce long voyage.

— Moi, sommeil? Mais non! Je suis en Grèce, pays du soleil! Je ne suis pas venue ici pour dormir, mais pour vivre quelques jours avec ce soleil, dit-elle, désignant Anthony.

— Je m'en doutais. Je l'ai senti dès que je vous ai aperçue à l'arrivée. Excusez-moi, vous ressemblez tellement à notre grand-mère sur des vieilles photos... j'ai cru la revoir... Elle était Afghane, disait-elle, à qui voulait bien l'entendre, je ne l'ai jamais crue.

-7-

La silhouette solitaire du vieux chalutier se glissant dans le rougeâtre de l'aube, plisse en longs bourrelets mouvants la mer assoupie.

Les Canadiens se sont levés tôt pour participer à la pêche : filets, appâts, hameçons, gilets de sauvetage, bottes, lunettes solaires et huile d'olive font partie de l'équipement obligatoire. Ce matin, le panier d'osier, recouvert d'une serviette humide, a pris un air de fête. Il cache les victuailles essentielles pour effacer la fringale qui tiraillera les estomacs en début de matinée : thermos de café à dissoudre le coeur, savoureux saucisson d' âne séché à l'air stimulant sur les coteaux de l'île, galette brunâtre de sarrasin recette ancestrale, éternel feta sentant bon la douceur des troupeaux de chèvres et, pour l'invitée de marque du Canada, des gâteries surprise : cantaloups gris-vert rugueux emprisonnés sous une carapace de glace, des figues à la peau bleue fripée par le soleil plus douce que leur chair, et améthystes violettes ramassées en collier au fond d'un écrin d'osier, des grappes minuscules de raisins de Corinthe, bonnes à mordiller. Une collation délicate pour plaire à l'étrangère au teint de lait.

– Comment dit-on, c'est si calme et stimulant en grec? demande Corinne. Pourquoi ne pourrions-nous pas vivre dans cette plénitude? Anthony ne répond pas, trop affairé à démontrer son talent de vrai pêcheur préparant les appâts.

– Nous y voilà. Nichons le bateau entre ces deux rochers. J'éteins le moteur. Avançons à la rame sans trop faire de vagues et de bruit. Anthony, jette les appâts. Ah! ce sacré soleil levant m'éblouit, mes yeux se fatiguent, dit Alexis.

– Et le filet? questionne Corinne.

– Il va d'abord tâter la mer à la ligne. C'est très long de dérouler le filet. Il faut le remonter, souvent pour rien, dit Anthony à voix basse.

– Et si je plongeais pour voir à quelle profondeur rodent ces daurades, je pourrais les rabattre, dit Corinne.

– La lumière est trop frisante, tu n'y verrais rien. Il est interdit d'utiliser de l'équipement de plongée. Il n'y a déjà presque plus de poissons, répond Anthony.

– Anthony, embrasse mes mains, dit brusquement Corinne. Par ses mains tendues, elle exprime son bonheur d'être sur un brin de mer Égée loin de sa Baie des Chaleurs, tout à côté du cœur d'Anthony. Elle ne désire qu'un baiser, rien qu'un baiser qu'elle ne veut pas donner de ses lèvres gourmandes. Comme une aveugle cueillant ses joies du bout des doigts, elle sent le léger frisson d'un souffle lui caresser tout le corps.

Elles les valent bien ces uniques baisers, ces mains jointes étincelantes de soleil!

– Anthony, est-ce que je peux essayer une ligne?

– Chut! ne parle pas trop fort, mon oncle n'aime pas le bruit.

– Je voudrais chanter une incantation mi'kmaq pour attirer les poissons.

– Nous allons nous faire enguirlander.

– Je t'assure, s'il y a du poisson, il se laissera prendre. La pêche sera bonne!

– Peux-tu le faire sans qu'on entende ta voix?

– Ah! non! les poissons aiment la musique!

– Attends, je vais interroger le capitaine.

La grimace que fait Alexis en se tournant vers Corinne démontre bien que la demande fait plus que le surprendre.

– Tu m'énerves. Qu'elle chante ce qu'elle voudra, de toute façon, ces fonds marins sont épuisés. Je me demande ce que nous faisons ici. Si elle chante, elle ne fera pas fuir les daurades, il n'y en a pas, répond Alexis irrité. D'accord, chantez si ça vous chante et enchantez les daurades!

La Mi'kmaq ne se fait pas prier. Ses longs bras orchestrent sa voix et son incantation :

Nisgamewe'g nme'jg,
geitu gesalin…
Poissons du bon Dieu.
Je sais que vous m'aimez.
Vous allez me nourrir
De vos forces cosmiques.
Venez vers moi.
Vous savez que je vous aime.
Je suis vous, demain vous serez moi.
Nos voix chanteront nos cantiques…

Alexis est médusé; sa ligne taquinée par un poisson sautille. D'instinct il la lève.

— J'en tiens une! C'est une daurade, d'un bon kilo, à part ça! Incroyable!

— Une autre! Encore plus belle! s'exclame Corinne, avant d'embrasser la daurade qui se débat au bout de sa ligne enchantée.

— Jetons le filet, crie Alexis.

— Non, les daurades sont fières, elles veulent rester libres jusqu'au dernier moment. Continuons de pêcher à la ligne! dit Corinne excitée.

— Votre chant... effet époustouflant! dit l'oncle ébahi. Il la regarde étrangement. « Cette petite canadienne, porte en elle un mystère troublant », marmonne-t-il, tout en comptant ses daurades. Demain, congé, j'ai une réunion des Anciens combattants, et comme j'en suis le président, il faut que j'y sois. Alors, les Canadiens, amusez-vous toute la journée.

Les cris stridents des mouettes matinales se chamaillant sur les quais sonnent le réveil du petit port de Chios.

Étendue sur son lit, Corinne inspire à pleins poumons l'air de la mer pénétrant dans sa chambrette. Cette mansarde, haute perchée sur la maison de pêcheur rosée par l'aube naissante, est vite devenue son nid de bonheur. De ce refuge exotique si accueillant, elle peut laisser s'envoler sa jeunesse exaltée, sa liberté, en oubliant tout, vraiment tout, de son Québec natal.

« Dans la journée, fermez les volets pour garder la chambre fraîche », lui recommande Alexis. Par ces soleils torrides qui fondent sur le Proche-Orient en juillet, elle tient compte de ce judicieux conseil, mais la nuit, il n'est pas question de se priver du ciel étoilé, et encore moins de la vue pittoresque surplombant le port dont elle n'a, au grand jamais, soupçonné l'existence. Dans les reflets scintillant sous la clarté de la lune, complice de son bonheur, elle lit déjà son destin aux mille projets.

Elle se lève tôt, bondissant hors de sa couche aux premières lueurs blafardes de l'aube. Atavisme, habitude ancestrale, récoltes des siècles passés de son origine mi'kmaq? Elle veut accompagner le soleil dès ses premiers étirements sur sa terre chérie.

Bien décidée d'attaquer la journée du bon pied, elle bascule hors de son lit et s'accoude sur la rambarde du fenestron surplombant le port. Elle offre son corps nu à la brise moite annonçant une rude journée de chaleur. Les taches de couleurs bigarrées des chalutiers, se dandinant au bout de leurs amarres, se reflètent dans ses yeux éblouis. Ces frisons d'eau roses et mauves, mille reflets en constant changement, émoustillent son esprit créatif. Dans ce cadre idéal, elle se voit déjà artiste peintre. Qui sait, un jour, comme sa grand-mère sur les rives de la Cascapédia, elle dessinerait ses rêves, symboles de tout son être en communion parfaite avec cette aurore et ce pays qui l'attire irrésistiblement. Elle mordille la dent d'ours pendant à son collier qui ne la quitte jamais, la même dent de l'animal, bien plus fort qu'un homme, qu'avait tué son grand-père, dent fétiche, qui ne manquera pas de lui donner force et courage toute la journée.

Regardant son corps avec un sourire satisfait, elle se complimente : « J'ai de la chance, cette huile d'olive est efficace, je bronze sans coup de soleil et rougeur de ma peau. »

En quelques jours, cette peau d'ivoire est devenue veloutée, ombrée par un voile mystérieux du Proche-Orient; Elle adore cette sensation d'être une autre femme s'imprégnant du ton de miel cendré des femmes du pays. Avec ce nouveau visage encadré par ses longs cheveux sombres, qu'elle ramasse en chignon, elle se confond à elles. Mais c'est dans son cœur qu'elle ressent cette nouvelle appartenance à l'île, berceau de la famille d'Anthony. Cette métamorphose la hisse à la hauteur du jeune garçon, qu'elle a rejoint, en dépit de toutes les convenances.

Aimer un garçon approchant la quinzaine, aussi grand et aussi beau soit-il, au point de ne pas pouvoir se passer de lui, n'est pas une chose permise, pas plus en Grèce qu'ailleurs, surtout si on est plus âgée que lui de cinq ans. Ici, isolée dans son bonheur, elle peut braver tous les qu'en-dira-t-on et avoir toutes les audaces. Loin de ses contraintes montréalaises, de ses obligations professionnelles librement consenties et des règles traditionnelles de sa Bande qu'elle se fait un point d'honneur de respecter, elle peut vivre et être elle-même tout près d'Anthony.

Oh! elle doit se méfier des élans de son corps ardent, se transformant en une masse mentalement incontrôlable, prête à exploser comme un volcan dormant, au moment où elle se trouve face à ce jeune homme. Devant lui, elle fond, se pâme, perd tous ses moyens et, dans un effort douloureux, étrangle son désir. En quinze jours, Anthony est devenu… éblouissant jusqu'au bout des ongles, charmeur dans ses moindres soupirs, ensorceleur par le plus velouté des regards. Il lui rentre dans la peau, dans la tête et dans le cœur, comme une dague chauffée qu'elle s'enfonce avec jouissance. À chaque instant, elle veut souffrir, se martyriser, s'immoler pour lui. Pourquoi tremble-t-elle de peur de le perdre quand il n'est pas à ses côtés? Toute cette passion contenue jusqu'à la suffocation de son âme ne l'empêche pas de bondir de joie, quand il surgit, volant dans l'allégresse portée par ses quinze ans.

Et il est là, sous le même toit, à la portée de son cœur. Le sacrifice qu'elle impose à son corps affamé de tendresse la rend ce matin plus légère.

Tout en descendant l'étroit escalier de pierre sur la pointe des pieds, elle se glisse dans son short et enfile son t-shirt marqué du cercle et des oiseaux en vol qui la relient à son univers amérindien cosmique. Elle se sent libre comme ces oiseaux, comme le vent qui les porte, libre de vivre sa vie de jeune fille, et par-dessus tout, libre d'aimer, poussée par le désir d'accomplir un grand et unique projet : s'unir à un être sublime qui la fera s'épanouir.

À l'étage au-dessous, dans l'entrebâillement de la porte de la chambre, elle admire, avec envie et pincements des narines, le corps au torse dévêtu. « Adonis sommeillant », pense-t-elle, en s'approchant pour caresser la poitrine sans oser la toucher.

Comme elle aurait voulu se jeter sur ce corps athlétique! Lutter pour le laisser vaincre, le cajoler, le mordiller et même le mordre, et l'embrasser jusqu'à ce qu'il en perde le souffle.

– Dors-tu? murmure-t-elle.

— Oh, non! te sentir toute la nuit dans la chambre du dessus... Un baiser, s'il te plaît! implore Anthony, embrassant la main tendue.

— Un seul, sur la joue. Lève-toi. Ne fais pas de bruit. Nous allons prendre le zodiac et ramer lentement vers les îlots. J'adore la fraîcheur revigorante de l'aube. Viens vite! Je veux ressentir les premiers rayons du soleil sur mon corps. Le tien aussi a besoin de cette nourriture. Te rends-tu compte? un jour nouveau! Nous naissons à nouveau avec l'Univers. Viens vite!

Sur l'île grecque, l'aube se marie aux rochers ocres, oranges et noirs, tandis qu'en Gaspésie, elle tisse, sur le golfe du Saint-Laurent, des mauves étendus en grandes voiles, des roses et des violets estompés en matins cotonneux et indéfinis. Au bord du grand fleuve du Nord, l'été est court. L'immensité et la nature sauvage y laissent peu de temps pour philosopher; il faut s'y battre pour survivre, tandis qu'à Chios, dans ces paysages bibliques, Corinne éprouve le besoin de se fondre dans le Proche-Orient mystique, où les dieux de l'Olympe se rencontrent depuis des millénaires. Parmi eux et sous leur protection, elle se sent déesse.

Le ciel argenté s'étirant vers l'Égypte voilera l'offrande des jeunes corps pudiques sur une plage déserte pour quelques heures encore. Ces précieux instants, où le soleil du Levant inonde la terre de ses bienfaits, ne doivent pas lui échapper.

Aussitôt arrivée, aussitôt intégrée. Il lui semble avoir toujours existé ici, entre le ciel si bleu et la terre de bronze, vivant de ses cueillettes journalières des fruits de la mer. « Un je ne sais quoi d'éternel flotte dans l'air. Je vogue avec mon passé parmi ces divinités toujours présentes. Mon instinct me pousse vers ces maîtres qui finissent, dès les premières lueurs du matin, leur symposium nocturne. »

N'est-elle pas enfant du peuple de l'aurore, son « *peuple mi'kmaq* » pêcheurs des âmes matinales, au moment où naît le continent sous le soleil se hissant au-dessus de l'océan?

— Anthony, j'adore cette nature imprégnée d'un lointain passé! Les choses m'y paraissent si simples. Je me demande pourquoi ton oncle m'a accueillie sans poser de question. Je sens qu'il me regarde constamment croyant que je ne m'en aperçois pas. Mais il le fait avec un tel sourire d'affection, j'ai l'impression qu'il cherche dans ses souvenirs où a-t-il pu me voir? Je crois qu'il veut nous dire qu'il nous aime déjà et qu'il veut, à sa façon, nous aider à nous aimer!

— Peut-être ne se doute-t-il de rien, après tout, nous ne lui avons rien dit, et tu n'es que ma copine.

— Non, non! Il tient à ce que l'on soit heureux, j'en suis sûre. Si notre avenir ne dépendait que de lui, il nous marierait tout de suite.

— Oh! quel bonheur, quel bonheur! Je pourrais enfin t'embrasser!

Corinne glisse sur le mot devenu pour elle un supplice.

— Regarde le port, il nous fait un clin d'œil, dit-elle, il nous embrasse aussi. Comme un signal voulant leur indiquer la voie de l'avenir, les vitres des maisons sur les quais scintillent sous les premiers rayons. Les adolescents goguenards, se regardent, complices d'une même pensée.

— Et pourquoi pas? dit-elle.

— Quoi donc, habiter ici tous les deux? C'est un rêve spontané que nous venons de faire. Corinne, j'aime mon rêve… toi, ici, parmi ces rochers et ces gens simples. Nous pourrions vivre sans demander rien à personne. Vivre au quotidien, là-bas, dans la cabane du pêcheur à la retraite. Mon oncle le connaît bien. Il nous aiderait sûrement.

— Je suis sûre de parvenir à ce bonheur. Bientôt!

Anthony lâche les rames et s'étend sur le fond du canoë, prêt à savourer ces instants merveilleux et inattendus.

Il ne comprend pas trop ces nouvelles sensations exaltantes qui l'escortent vers l'inconnu.

– Accostons dans la petite crique, le sable y est propre! Nous n'avons rien emporté pour manger, dit-il.

– J'ai des figues sèches et du raisin, c'est suffisant. Prends l'huile solaire et frictionne-moi le dos, dit Corinne en ôtant son t-shirt. L'huile d'olive de ton oncle, c'est bien correct, mais j'ai l'impression de sentir comme un hareng dans de la saumure!

Anthony admire la poitrine généreuse.

– Tu commences à bronzer sans coup de soleil, c'est déjà beaucoup. J'avais peur pour ta peau blanche. L'huile d'olive n'est pas si mal, ta peau se cuivre. Tu as pris le fusil et les flèches, sans les bouteilles de plongée, pourquoi? Nous n'avons pas le droit de chasser.

– Je n'ai pas besoin de bouteille d'air jusqu'à cinq mètres, je veux m'entraîner les yeux grands ouverts dans l'eau très salée. C'est nouveau pour moi. Tout est si beau autour de nous! Ne t'inquiète pas, je ne tuerai pas les quelque pieuvrettes qui pataugent dans ces eaux trop pêchées. Admire ces rochers plissés comme du tissu. Ils habillent la terre. J'aime ce coin, tu sais, je dois le respirer à pleins poumons, et toi aussi. Il se grave dans nos cœurs.

Puisant dans ses jeunes souvenirs, Anthony regarde la poitrine nue. « Vénus de Milo, le même galbe? Non, déesse orientale, les seins pointant vers l'avant, une statue ornant un temple cambodgien, vue sur Internet... du marbre blanc poli par un sculpteur céleste... »

Tentation! tentation! pour une ardeur naissante.

– M'aimes-tu? dit-il, implorant des mains jointes une réponse.

– Tu sais bien que je t'adore. Que je passe les plus merveilleux moments de ma vie avec toi. Je les vis ici, dans ce pays captivant, ton pays. J'ai longtemps hésité avant de m'envoler vers toi. Je ne voulais pas te causer des ennuis mais je n'ai pas pu résister au désir de te revoir. Je ne voudrais pas retourner à Montréal... et ne jamais quitter ni toi ni ce pays, jamais!

— Ce pays n'est pas plus beau que ta Gaspésie!

— Rien ne s'y compare. En Grèce, on se laisse porter par le temps. On y vit avec lui, dans lui. Ne sens-tu pas son horloge nous accompagner à chacun des moments du jour et de la nuit?

— Oh la nuit, je hais la nuit. Elle m'éloigne de toi. J'aime mieux l'aube. Enfin! le lever du jour... Je me dis : tant mieux, le jour commence, je vais pouvoir l'entendre sans écouter sa voix, l'écouter quand elle ne parle pas, rester muet mais boire ses paroles, m'éblouir en restant dans son ombre! T'admirer... Tu es belle! Sais-tu que tu es très belle ?

— Répète-le, répète-le!

— Tu es la plus belle de toutes les Grecques de cette île!

— Plus tard, quand nous aurons un nouveau-né, je le présenterai... l'offrirai au soleil, à l'équinoxe du printemps, comme mes parents m'ont présentée à lui, en Gespeg. Frictionne-moi plus bas, les reins...

— Et la poitrine aussi?

— Si tu veux.

Oh! frôler ce corps, l'imbiber d'une huile qui le rend plus galbé. Frôler ce corps! le caresser du bout des doigts, des doigts hésitants, curieux de découvrir une peau veloutée, des rondeurs d'une douceur insoupçonnée, une divinité docile et pourtant inconnue... Anthony s'affole.

Autour des seins, les doigts s'agitent, fébriles et brouillons.

— Tu t'y prends mal, sois plus doux là aussi, mes seins sont fermes mais ils ne sont pas des pommes que tu dois polir... Tu me chatouilles! Arrête! Tu me donnes... des frissons... d'émoi, elle peut ajouter. Elle se pâme, lèvres entrouvertes, aisselles humides, mains moites et reins cambrés.

– Je peux les embrasser? demande Anthony encore timide.

– Tu es si gourmand et pressé que tu finirais par me dévorer.

Elle recule, torse bombé et menton fier, pose ses mains sur les épaules du garçon et le regarde du fond du cœur au fond des yeux.

– Tu es ce que j'ai de plus cher au monde. Je sais que ma vie va s'écouler à tes côtés. Je le savais avant de faire ce voyage, maintenant, j'en suis encore plus sûre. Personne ne pourra nous en empêcher, mais il faut que tu m'attendes.

– Pourquoi attendre? Je suis fort et je peux travailler, rester ici si tu veux demeurer avec moi. J'ai mon passeport grec. Nous pourrions louer un bateau et pêcher tous les jours et vendre nos prises. Tu aimes la mer et moi, je t'adore. Sans toi je ne suis rien. Je ne serai jamais rien.

Les lèvres pincées, baissant la tête, comme un jeune bouvillon impatient de monter à l'assaut de sa vie, il racle le sable de ses pieds nus. Il rumine le pire. « Et si Corinne disparaissait? Si, tout à coup, cette attente devenait un abandon, un abandon définitif? Il vaudrait mieux plonger dans la plus profonde des failles marines, ne jamais remonter pour ne plus voir le soleil qu'elle aime. »

– Nous reviendrons plus tard, dit-elle, pour d'autres vacances. Ici, là-bas, j'ai besoin de toi à tous les instants. M'aimes-tu, grand séducteur un peu triste? Je ne veux pas que tu sois triste, pas quand tu es avec moi. Nous ne devons pas être timides l'un envers l'autre. Voilà quelques mois passés, je n'aurais jamais osé t'approcher, te parler ouvertement, te faire des confidences, puis, tranquillement, j'ai senti que tu aimais être près de moi.

— Je ne pense qu'à toi, toute la nuit je n'ai pensé qu'à toi. Tu me tortures. Pourquoi ne veux-tu pas que je dorme dans ta chambre? tu es bien toute nue devant moi à présent. Je veux t'embrasser, caresser ton corps, le masser, le cajoler. N'est-il pas à moi puisque tu me dis que tu m'aimes?

— Bien sûr qu'il est à toi, mais tu n'as même pas quinze ans... Tu vois, je les compte. Dans ma chambre, tu ne pourrais dormir. Je ne te laisserais pas dormir et moi... je dois me respecter... te respecter ou, plutôt, je devrais dire, me priver de tes tendresses.

— Bientôt quinze ans, mais je ne serai pas encore majeur.

— Je sais, j'ai hâte que tu grandisses, en âge officiel. Je suis venue pour toi. Je veux te garder pour moi seule, mais avant ta majorité je ne veux pas qu'on m'accuse de détournement de mineur. C'est un acte grave quand la fille est plus âgée. Je suis majeure, donc responsable de mes actes. Je ne peux pas commencer ma carrière par une condamnation ou une réprimande. J'ai peur que dans la police on ne l'accepte pas. C'est le métier que je veux faire. Tu en connais la raison. Tu veux rester avec moi, me cajoler, travailler pour moi et avec moi, vivre notre Univers, créer notre Univers, avoir des enfants... moi, j'en veux trois. Je suis sûre qu'ils seront beaux comme toi. Officiellement nous n'en avons pas encore le droit; soyons heureux tout de même, en cachette. Je dois te frictionner aussi. Huile solaire parfumée à l'écorce d'orange. Il est gentil ton oncle Alexis, son huile d'olive m'a bien protégée. Allez, allez, déshabille-toi, pas de timidité devant la jeune fille que tu aimes et qui t'adore!

Un semblant de sourire renaît, il ôte sa chemise largement échancrée en bombant le torse et se penche pour déposer un baiser sur la poitrine excitante. Corinne le dévore des yeux. Ses lèvres se plissent et son corps bouillant de désir fond, comme toujours.

— Tu es déjà velu comme un singe! dit-elle en riant. J'aime ça, ma main sur ta poitrine bientôt garnie de poils frisés, tu es si fort! Tu sais, au YMCA, toutes les filles te reluquent, j'en suis jalouse.

Anthony frôle le sein de ses lèvres gourmandes mais combien novices.

— Non, non, sois sage, embrasse mes mains, mon bras, mon cou et c'est tout, dit-elle, amusée, d'un ton qui n'admet tout de même pas de réplique. Le garçon persiste. Quel jeune homme amoureux inexpérimenté n'en ferait pas autant à sa place? L'amour, c'est aussi de l'audace, Anthony en a de plus en plus, mais l'Amour, le grand, noble, virginal et sublime à la fois, ne doit-il pas se sacrifier et attendre le bon vouloir de l'être aimé?

— Tu es cruelle, et tes seins? Je veux embrasser tes seins de Vénus! Tu es ma Vénus. Je vais te couper le bras au-dessus du coude. Tu ressembleras à la Venus de Milo du musée du Louvre. Le même nez droit qui prolonge le front, les mêmes lèvres charnues, le même cou solide et les mêmes… la même poitrine. Dois-je avoir dix-huit ans aussi pour l'embrasser?

— Tu m'amuses. Le sein gauche seulement, celui du cœur. Non, n'y touche pas, je te le réserve. Embrasse-le du bout des lèvres.

Anthony se serait mis à genoux pour embrasser le sein que Corinne lui offrait.

À quinze ans, on jaillit de la lumière, on est la lumière qui peut éblouir une personne plus âgée. Le léger frôlement des lèvres la trouble. Elle frissonne. Ah, le feu du corps que la brise fraîche porteuse de bonheur attise! Comment se défendre de ces bonds du cœur vers celui qu'on aime? Mais l'amour, celui qui enivre la raison en la gonflant d'apothéose, celui qui hypnotise les êtres qui le rencontrent, leur impose les supplices de l'attente, jusqu'au jour où, l'âge ayant conquis ses droits, cet amour jaillit, pour tout donner et tout recevoir. Dans ces instants fébriles elle se contient, étouffe son émoi, discipline sa tendresse, étrangle son désir.

— Tu es trop gourmand!

— S'il te plaît!

— Hop! le soleil éclate sur la Turquie! Debout! séance de photos sur le roc, un beau piédestal, en contre-jour!

Il n'a plus qu'à battre en retraite, ranger son cœur impétueux et prendre la pose sur le promontoire.

— Pas de grimace, comme Apollon, si tu veux, la main et le bras levés du vainqueur. Il te manque la couronne de lauriers. Apollon n'était pas aussi beau que toi. Tu es mon dieu!

— Qui ne peut embrasser le sein de sa déesse! À ton tour, ma Vénus de poser! Noue ta serviette autour de la taille. Je dirai que j'ai découvert une relique antique, une nouvelle Vénus qui émergeait des eaux à marée basse. À mon tour la photo unique. Vénus naissant des flots devant les rochers de Neptune. Tu es cent fois plus belle qu'elle! Tu dis que je suis poilu, mais toi tu n'as presque pas de poil, te rases-tu? demande Anthony.

— Pour la gym et l'hygiène, le métier. Range le kodak, et viens contre moi. Ne dis rien. J'aime le silence… Le silence est parfois bien plus grisant que les mots.

Ils restent un moment immobiles, silhouettes de bronze fusionnées par le jour naissant. Corinne rompt l'extase.

— Donne-moi ta main… Regarde, ces ombres majestueuses s'effacent comme un lever de rideau sur un acte prodigieux. Pense qu'à chaque seconde nous tournons, tous les deux, autour du soleil, côte à côte, l'un pour l'autre, mariés à sa Planète, mariés à son Univers. Tu es mon astre qui me brûle le corps et le cœur. À quoi penses-tu?

— À mon astre qui me brûle le cœur et le corps. C'est toi!

– Allons communier dans la mer, tout nus. Que le soleil et ses vagues d'or nous baptisent!

Ils avancent dans l'eau jusqu'à la taille, mains entrelacées, regards étincelants illuminés par l'ostensoir céleste que leur Dieu semble créer pour les bénir.

Deux corps dorés scintillent dans la mer frémissante.

Corinne capture une crête de vague entre ses deux mains jointes.

– Baisse ta tête. Par cette eau cosmique, Dieu nous bénit, et par elle, je jure que je t'aimerai toujours, que nous soyons ensemble ou éloignés, vivants ou séparés par la mort. Goûte cette eau. Sens d'abord, du plus profond de toi-même. Respire les algues et les fonds marins qui la nourrissent. Goûte-la de tes lèvres avides de la déguster. Caresse-la de ta langue et bois par toutes petites gorgées. C'est moi que tu bois! Tes lèvres, je veux goûter cette eau sacrée dans ta bouche. Ce sera le baiser secret de nos fiançailles. Le premier de tous les milliers de baisers que je te donnerai. Le premier, que je n'ai jamais donné à personne, de toute ma vie de jeune fille. Comprends-tu? Le premier de tous les baisers bien timide et réservé.

Anthony obéit. Un premier grand amour ne se compare à rien. Il n'est que le don total de soi : offrande suprême, donner sans que rien ne soit rendu. Aujourd'hui, Corinne semble tout lui offrir par cet unique baiser. Il reste silencieux, flottant dans le doute, dissimulé dans le corps trop grand de son innocence.

Il se transformer à vue d'œil ce corps : épaules larges, poitrine presque velue, muscles de fer, prêts à tout combattre et à tout vaincre; la naissance d'un homme en somme, mais par ces mots qu'il n'a jamais entendu prononcer par quiconque, Corinne lui insuffle une grandeur nouvelle. Ce n'est plus un enfant qui grandit mais une âme qui naît, d'abord timide, hésitante, apeurée, répondant à l'appel d'un sauvageon plein de juvénile énergie, curieux de tourner une page du livre de sa vie, d'aborder le premier chapitre de cet inconnu de l'amour sans âge. Balayant le doute, l'âme tendre prend son envol, subjuguée par la luminescence d'un être qui lui confie son amour. Mais comment aborder un premier baiser? Première communion de deux êtres qui souhaitent, sans trop en connaître la raison, marier leurs destins!

L'eau bénite glisse entre leurs lèvres à peine entrouvertes. Que faire de cet irrésistible désir d'unir la fougue d'aimer et de découvrir Corinne qui lui prête sa bouche? Il n'avait jamais senti la rondeur de ces lèvres qui fondent sous les siennes. Anthony se questionne : Comment offrir et partager, conquérir et s'abandonner, aimer jusqu'à en mourir, dans un seul premier baiser? Mais, puisque son amour veut garder ses distances, il restera près d'elle, en la couvrant de ses pensées, sans laisser échapper ses instincts impétueux sans expérience. Plus pur sera son désir, plus grand sera son amour, plus noble sera sa victoire!

— Je boirai de ton eau toute ma vie, murmure-t-il.

Elle rompt le silence mystique et se love, le dos tourné, sur la poitrine du jeune homme.

— Enlaçons nos mains, écartons nos bras en croix, offrons-nous au soleil afin qu'il brille toujours dans nos cœurs et dans celui de nos enfants et de leurs enfants. Chante avec moi ces mots de ma tribu :

Na'gu'set, gi'l na ni'n…
Atgnewattesg maqamigew…
Soleil… tu es mon moi.
Tu vas nourrir les terres,
Tu vas nourrir les mers,
En nous portant sur tes ailes…

Tu vas nourrir nos corps.
Tu vas nourrir nos âmes.

Il veut répéter cet hommage au soleil, mais la voix se mariant calme du matin le subjugue.

Corinne tend l'oreille.

– Ton oncle est levé!

– Comment le sais-tu?

– Je l'entends au fond de la baie, il vient de démarrer son moteur, un de ses quatre cylindres ne fonctionne pas. Il est vraiment *smart* ton oncle. Il me plaît. Tu lui ressembles.

Les jolis cœurs d'Athènes, écumeurs de plage en harassant les touristes, se sont aussi levés tôt. Debout, sur l'avant d'un canot dissimulé par les rochers, un des loups bronzés aux dents blanches s'écrie :

– Oh! Regardez-moi ça, les tourtereaux font du nudisme! Georgi, tu as vu son cul, il est blanc comme neige! Je parie qu'il est chaud comme un volcan. Eh! toi, le puceau, avec ton zob naissant, tu ne peux pas t'amuser avec un cul pareil, et les nichons, des boules de neige à faire fondre! Allons tripoter tout ça. Tu es de mon avis Georgi?

Les amoureux, plus que surpris, sont pris au piège.

– Tabarnaq, voilà ces connards! les mêmes que l'an dernier. Ils emmerdent tout le monde sur la plage, dit Anthony rageur.

– File vers le canot et pousse-le au large. Je vais les amuser, murmure Corinne.

– Tu ne vas pas rester là seule, je reste avec toi.

– Je plongerai pour te rejoindre. Laisse-moi les distraire, c'est ma job. Eh! les boys, restez où vous êtes et regardez le show.

Corinne fredonne un rythme oriental. Le déhanchement voluptueux du corps qui se tortille et claque des mains contient les agresseurs, tout surpris par le numéro improvisé.

– Ça ne t'excite pas, Georgi, de voir ces seins qui sautillent? crie un des jolis cœurs.

– Mais, elle n'a pas de poils! Elle est vierge! C'est une pucelle. Allons-y, tu vas danser ma cocotte, dit Georgi, en ramant plus fort.

– Fichez-nous la paix, je ne sais pas nager! Si je me noie, ce sera de votre faute. Corinne s'affaisse et se laisse glisser dans l'eau.

– Oh! la canaque qui ne sait pas nager! Viens ici, nous allons t'apprendre. Ne la laisse pas prendre un bouillon. Grouille-toi le cul, connard!

Debout sur son canot qu'il a poussé au large, Anthony reste impassible. Corinne nage vers lui. D'instinct, elle reprend la brasse indienne qui lui permet d'avancer sans bruit entre deux eaux.

Comme il est beau ce corps gris perle se mêlant aux reflets vert-sombre des fonds marins! « Une déesse antique nageant avec force et grâce, fuyant les dragons », se dit-il.

– Alors? Va pêcher ta belle! crie Georgi. Tu veux qu'on t'aide?

Corinne essoufflée, roule dans le canot.

– Passe-moi le short et rame lentement, éloignons-nous. Ne leur réponds pas, murmure-t-elle.

– Ils ont un moteur. Ils le mettent en marche!

– J'entends ton oncle encore bien loin. Passe-moi le fusil, enfonce le harpon, je l'armerai.

Debout, poitrine provocante étincelante de soleil, le fusil au poing, Corinne crie :

– Fichez-nous la paix, si vous approchez, je vous coule, et je ne vous repêcherai pas!

— Entends-tu Georgi? Elle se prend pour un torpilleur. Alors démarre, fonce, c'est nous qui allons couler la sirène. On va lui faire le bouche à bouche. Démarre donc! Passe-moi ce cordon. Enfin! le voilà qu'il pétarade. Fonçons sur la sirène et son mousse.

— Les salauds. Ils me font vraiment chier ces deux-là. Ils nous attaquent. Vraiment, ils nous attaquent ces sales pirates! Arrêtez ou je vous crève votre rafiot! Vous l'aurez voulu!

Le harpon part, se loge dans le nez de l'embarcation pneumatique. Le sifflement de l'avant du canot se dégonflant et le bouillonnement des eaux jettent la panique à bord. Les attaquants se dégonflent eux aussi.

— La bâtarde! mon moteur! Saute à l'eau. Il faut sauver le moteur. Arrête-le! hurle Georgi.

— Inutile, il s'étouffe. Je vous avais avertis. Ne vous inquiétez pas, votre moteur fait des bulles? Il ne coulera pas si vous ne gigotez pas trop. Quelqu'un viendra vous repêcher. Anthony, rame, plus fort, éloignons-nous. Ouf! voilà ton oncle. Salut les boys, campez patiemment sur les rochers en attendant le bateau dépanneur!

— Attends un peu que l'on te retrouve quelque part, sale canaque! crie Georgi, poussant son canot dégonflé sur la grève.

Alexis navigue à la cadence que son moteur poussif lui permet. Il comprend vite la tournure des événements. Rouge de colère, il ne mâche pas ses mots.

— Ah vous voilà! que s'est-il passé? Pourquoi ce harpon? Encore vous! vous ne savez pas laisser les gens tranquilles. Restez donc à Athènes. Ne venez pas ici faire vos *pin-up boys* et emmerder le monde! Corinne, cache ce fusil, ce n'est pas une raison pour envoyer un harpon sur quelqu'un en mer! Sais-tu que tu peux avoir une forte pénalité et même quelques jours de prison pour t'être servie de ton fusil et déchirer un canot pneumatique? Et vous... les connards, vous allez quitter l'île rapidement et rentrer à Athènes. Montez à bord, je vous remorque à quai. Donnez-moi ce harpon. Vous allez dire que votre péniche de merde a été déchirée par un cul de bouteille qui traînait sur la plage. C'est compris? Vous pourrez faire sécher votre moteur sur une corde à linge. Putain de putain, mais qu'avez-vous donc tous? Rien dans la tête et rien dans le ventre!

Il regarde d'un oeil courroucé la poitrine de Corinne. « Corinne, ne jouez pas à la Vénus! Ici, il faut se vêtir, on est sur une île grecque. On n'est pas au Zimtadou en pleine Afrique ou sur la Côte d'Azur. Enfilez votre t-shirt! Ce n'est pas la peine d'exciter ces jeunes idiots qui le sont déjà trop! »

— C'est eux qui sont venus nous emmerder, dit Anthony.

— Je sais, je sais! Je les ai vus vous suivre. Mais on ne se sert pas d'un fusil de pêche sous-marine dans cette zone et encore moins en visant des hommes et, qui plus est, sur une embarcation, quel qu'en soit le type. Le temps des pirates est passé et il y a des lois de la mer à respecter. Et si le roulis avait fait dévier le tir? Hein! Il faut vous surveiller comme des enfants!

Le retour au port se fait à petite vitesse et sans un mot. La colère d'Alexis impose le silence le plus complet. Comme pour sceller le baptême du soleil, Corinne, yeux mi-clos et sourire aux lèvres, garde la main d'Anthony sur sa bouche pendant tout le trajet. Elle se délecte et savoure son triomphe.

- 8 -

Que la vie est belle en Grèce quand on l'épouse de tout son cœur! Des grillades parfumées à l'huile d'olive et au thym, piquées d'une pointe d'ail et arrosées de jus de citron, à la tombée du jour, sur les quais d'un petit port de pêche, enrobée de la chaleur lascive du soleil disparu et d'une musique lancinante vibrant au nouveau rythme de votre corps, quelle douceur de vivre!

Le chef cuisinier est ravi de sa soirée. Beau temps et belle clientèle, un tourisme exubérant et aux anges et des habitués aimant se mêler à cette foule bigarrée venue de partout pour se régaler des parfums de la cuisine et de la musique folklorique du pays.

– Alexis, tu ne m'as jamais livré d'aussi belles daurades! Goûte-moi ces splendeurs grillées sur des sarments de vigne. Je me suis laissé dire que ces jeunes Canadiens te donnaient un coup de main. C'est vous, mademoiselle qui parlez aux poissons? Eh bien, chapeau! Restez donc par ici, la technique est bonne. Le vin frais, c'est sur mon compte. Bon appétit! Je vous revois avec un dessert de mon invention : tranches de figues fraîches macérées dans du vin de muscat glacé sur un nuage de mousse de feta de chèvre du jour, parfumée au jus de thym, angélique, mon dessert, pour vous deux, les Canadiens, un dessert angélique!

Autour du Samos la soirée est joyeuse, d'ailleurs, dans cette agglomération tout le monde se connaît. L'hiver, il y a bien quelques engueulades autour du conseil municipal entre les rouges, éternels communistes, et les bleus, les petits bourgeois capitalistes indécrottables, mais l'été, chacun met l'épaule au filet ou la main à la pâte. Les touristes ne manquent pas et les affaires sont stimulantes.

59

Alexis, le célibataire endurci, est heureux de materner tout son nouveau monde, ses deux petits, il ne sait plus les appeler autrement, méritent d'être heureux sous son toit et dans son domaine maritime. Ici, la rue qui aboutit sur le port porte son nom. Hier, un héros national, aujourd'hui un grand cœur voulant faire du bien à tous et chacun, surtout à ces enfants. Les souffrances du passé doivent être oubliées devant l'amour profond de ces jeunes.

— Et ma sœur Georgina, comment va-t-elle? Il faudra bien que j'aille la voir à Montréal. Anthony, demande donc à Corinne si elle a des parents grecs? C'est étonnant, maintenant qu'elle est bronzée, je crois voir Georgina à vingt ans, dit Alexis. D'ailleurs, regarde ta grand-mère, elle pourrait être celle de Corinne; elle a du sang afghan, et vous, Corinne?

— Alexis, que vas-tu chercher, répond Anthony. Corinne est née au Canada de souche mi'kmaq. Elle est née au nord du Québec. Ses ancêtres habitaient les rives du Saint-Laurent, dans un pays appelé Gespeg depuis… oh bien avant que Jacques Cartier ne le découvre, à l'époque d'Henri IV! C'est bien loin d'ici, mais c'est vrai, ajouta-t-il en grec, mamie, tu as le même profil que Corinne, aussi parfait l'un que l'autre et tes yeux doux ont dû en faire chavirer des grands-pères.

Une noblesse naturelle grave le visage de grand-mère ridé par l'âge et les vents marins. Elle est heureuse de se reconnaître dans cette ressemblance. Corinne lui rend son grand sourire en lui prenant les mains. Mêmes doigts longs fripés par les ans chez l'aïeule, même petit doigt écarté de buveuse de thé élégante, chez la jeune fille, un tic sans doute.

La soirée s'étire dans la bonne humeur, mais tout de même, les années aidant, toute bonne chose a une fin.

– Au lit les anciens! Vous, les jeunes, restez et amusez-vous. La clé est sous la potiche de géranium odorant, dit Alexis.

– Nous allons écouter l'orchestre et danser un peu, dit Corinne embrassant l'oncle adoptif. Bonne nuit mamie, ajouta-t-elle, ce qui lui vaut un regard tendre en retour.

La musique électrise Corinne claquant déjà des mains et des pieds. Dansant au rythme des bouzoukis et de l'accordéon, elle s'évertue, sans grand succès, à mettre le corps rebelle d'Anthony en cadence.

– Je dois t'apprendre la danse en mesure. Tu n'es pas doué.

– Mais si, mais si, je vais réussir.

En été, en Grèce, il y a des beaux gars partout, et ils le savent. La meute de loups bronzés aux belles dents et aux corps de spartiates olympiens en vacances maraude encore dans les parages. La leçon du matin est déjà oubliée. Georgi veut redorer son blason. Il avance, poitrine roulante, fesses déhanchées, l'œil hautain et lèvres mouillées dédaigneuses.

– Toi, viens ici, dit-il, saisissant Corinne par le bras.

– Mais lâchez-moi! On ne vous a rien demandé, dit-elle en tentant de se dégager.

– Danse…

– Soyez gentil. Laissez-nous tranquille.

– Danse! tu tortillais bien ton train ce matin.

– Lâchez-moi! Vous me faites mal, espèce de brute. Lâchez-moi ou je vous casse le bras! Les mots sont clairs et pourtant sans effet. Les poings se serrent. Les dents de Corinne aussi… Un judoka ne doit pas utiliser sa force et son art dans un combat… Lâchez-moi, connard! Tiens, tu l'auras voulu! Le coup de karaté part, sec, brûlant, un coup de fouet cinglant qui va laisser une rougeur sur le poignet de l'agresseur.

– Salope. Tu vas me le payer!

Le vaurien attaque. La contre-attaque fulgurante de Corinne laisse tous les touristes médusés. Les cours du YMCA servent à quelque chose. « N'attaquez pas, mais utilisez la vitesse et le poids de l'adversaire », ne cessait de répéter Debeur. Voilà qui tombe bien, Georgi est lourd et fougueux, dans son propre élan, le voyou se projette hors de la piste et s'écrase sur une chaise.

– Tes arrières! crie Corinne, voyant un autre agresseur foncer sur son Anthony déchaîné. Il reçoit le coup de poing à l'épaule et riposte de sa force décuplée. L'attaquant ne résiste pas devant l'énergie farouche de l'amoureux défendant sa belle. La foule applaudit les coups portés par Anthony livrant, pour la première fois et pour la plus noble des causes, un vrai combat à mains nues.

La police s'en mêle, sans trop d'empressement, et applaudit au plus fort de la bataille.

– Enfin! Une dégelée en public flanquée à ces voyous qui agacent les vacanciers, dit l'un d'eux.

L'œil violent, les lèvres rageuses, les loups battus déguerpissent, sans demander leur reste.

– Mademoiselle, dit un des policiers, avez-vous vos papiers?

– Elle habite chez nous, chez Alexis, précise Anthony. Nous sommes Canadiens.

– Oui, je te connais, tu étais parmi nous l'an passé.

– Les voici, dit Corinne en présentant son passeport et sa carte de constable.

Le policier examine la photo et dévisage Corinne.

– Jolie photo. Oh! je comprends votre expertise au combat! Alexis nous a parlé de vous, élève à l'école de police de Montréal. Bravo, bravo! Ils vont vous ficher la paix à présent! Après l'incident de ce matin, que nous a rapporté votre oncle, soyez sur vos gardes tout de même, mais évitez les plongées armées, s'il vous plaît, les règlements sont là pour tous, surtout pour les touristes, aussi gracieux soient-ils. Vous chantez aux poissons? Ils adorent, nous aussi!

La foule applaudit. Corinne et Anthony, des vedettes canadiennes sympathiques vite oubliées; les vacanciers ne cherchent pas les bagarres.

— Viens sur les quais, je veux admirer le ciel de ton pays la nuit, c'est si beau ces rivières de diamants célestes! des étoiles à l'infini. Voudrais-tu vivre sur l'une d'elle?

— J'ai déjà mon étoile et tu la connais.

En quelques semaines d'une parfaite communion avec son âge, prêt à conquérir l'avenir, dans ce vieux pays qu'il découvre sous un nouveau regard, curieux de tout voir, de tout connaître et de tout comprendre, il a encore grandi en liberté.

Ici, pas de remontrance de la famille, de critiques acerbes du père, rien que le bonheur apporté par la présence de Corinne. Sa vie prometteuse, tanguant entre audace et assurance, prend son irrésistible élan,.

— Allongeons-nous sur les bâches. Repose ta tête sur ma poitrine, dit-il.

Corinne se blottit contre le corps d'un adolescent qui, très vite, a l'âme sensible d'un homme.

— Pourquoi ton cœur bat-il si fort? demande-t-elle.

— Tu ne devines pas?

— Je ne sais pas, la bagarre que nous avons gagnée?

— Tu plaisantes! Être seul avec toi, ta tête sur mon cœur, mais c'est pour cela qu'il bat! Tes longs cheveux... tu ne les couperas jamais, même quand tu seras policière, pas vrai? Promets-le moi. Mon cœur bat plus fort, tu dis... Et ta voix, ton parfum, ta peau douce, ta longue main fraîche... J'aime tout de toi et mon cœur te le dit en battant plus fort. C'est tout naturel.

— Merveilleuse ta réponse! merveilleuse! Tu as droit à un baiser. Ferme tes yeux, dit-elle.

— Je ferme les yeux et je dors en attendant ma récompense...

— Non, non, tu rêves! Je veux que tu rêves. Que vois-tu dans ton rêve, Vénus? Elle t'enlace de ses bras retrouvés. Chut! les yeux fermés. Ne triche pas. Non! Vénus n'a plus de bras et t'abandonne? Mais elle a des lèvres, rondes, charnues, brillantes, gourmandes, sen...su...elles, comme les miennes. Elles caressent ton front, frôlent ton nez, effleurent ton menton, suavement. C'est doux, doux, doux! Corinne joint le geste à la parole. Tu rêves et dans ce rêve tu l'implores de t'embrasser mais tu restes muet. Tu te pétrifies. Ta gorge est paralysée par ton amour trop grand. Tu te transformes en marbre, puis en granit, et tout à coup en bronze... et, au moment précis où Vénus dépose enfin un baiser langoureux sur tes lèvres figées, ton corps fond, se dérobe lentement, lentement... et s'étale comme un filet de sirop d'érable sur une crêpe brûlée. Tu ne peux saisir ton amour qui suinte de partout et pénètre dans les milliers de grottes de la crêpe éponge. C'est un joli rêve, non?

— Un supplice! Je suis un martyr! Donne-moi ce baiser, pleurniche Anthony, au bout de ses désirs.

— Dors d'abord. J'aime ton odeur, elle me rappelle les oiseaux de Gaspésie, celle d'un aigle blessé que j'ai soigné. Il revient tous les jours me voir lorsque je suis là-bas. Il est fidèle. Et aussi, celle de mes ancêtres antiques que je n'ai jamais connus, mais qui sont maintenant là, avec moi. Je les retrouve sur ta peau, brûlée par le soleil de toutes les Grèces. Oh! ta peau! je veux la mordre et me glisser sous elle.

Corinne dit vrai, cette peau vive l'écorche de désir.

— Non, non! pas d'Apollon en granit! Pas d'Apollon en sucre! Pas d'Apollon en mélasse! Pas de nouveau rêve cauchemar! Un baiser, un simple baiser, s'il te plaît? Je t'aime, je t'aime! Tes lèvres sont si jolies! Dieux de toutes mes Grèces, aidez-moi!

– Tu dois dormir, sinon, pas de baiser.

– Tu me rends fou. Tous les dieux grecs de la terre, aidez-moi! Je ferme les yeux et tends mes lèvres, aidez-moi donc!

– Entrouvre tes lèvres. Je vais te donner le plus voluptueux de tous les baisers, un baiser que tu ne connais pas, mais que tu n'oublieras jamais, jamais! Le murmure se fait séducteur... C'est mieux que tous les baisers du monde, qu'un baiser langoureux de Vénus. Tu t'en souviendras toute ta vie. Ne bouge surtout pas! Ce baiser sera doux, doux, encore plus doux... Garde tes yeux fermés et tes lèvres entrouvertes. Goûte... je te transmets un sérum de vie, de ma vie. Goûte-moi! Encore, par petites gorgées, encore un goût de moi, susurre-t-elle, en laissant glisser un filet de salive dans la bouche de son amoureux mendiant.

Le mince filet de salive unissant les deux bouches, sans qu'elles ne se touchent, scintille sous le rayon de lune, heureux présage. « Tu me bois; je te donne bien plus qu'un baiser. C'est ma becquée d'amour. Ce n'est pas un rêve. Tu me bois. Avale-moi. Je t'aime! Je t'aime! Je t'aime! » La voix est si douce et lointaine, elle est déjà cachée au fond d'un cœur en transe.

Le message répété, d'une voix ensorceleuse, devient un supplice chinois inondant, goutte à goutte, le cœur tendre d'Anthony. Subjugué, captivé et soumis, ses mains enfouies dans les cheveux de sa déesse, il savoure le plus enivrant des nectars. Une salive divine lui remplissant la bouche, le corps et l'esprit. Il ne sait pas que ce suc d'amour, don sublime d'un être qui lui transfère sa passion, va pénétrer en lui comme une drogue dont il ne pourra plus se passer.

En été, tout le Proche-Orient se couche tard. Il fait bon s'asseoir sur des bancs de pierre gardant, encore longtemps dans la nuit, la moite chaleur emmagasinée pendant la journée torride. C'est le moment des grandes parlotes, des symposiums municipaux où chacun jase et philosophe. Alexis a maintes fois entendu les récits de l'aïeul Michel dire son *sauve qui peu*, après la défaite des armées grecques et la tuerie de tous les habitants des hameaux dans les environs de Smyrne. « Seul rescapé du massacre qui avait anéanti père et mère, frères et sœurs, oncles et tantes, je m'étais caché sous des ballots de feuilles de tabac, au risque de me faire enfourcher par les soldats turcs s'emparant de la récolte. » Après de tels carnages, personne ne doit oublier le message du vieux Michel : transmettre l'histoire vécue est un devoir de mémoire familial.

Les jeunes amoureux, main dans la main, écoutent Alexis décrire les lieux du drame.

— Là-bas, de l'autre côté du détroit, où tout avait chaviré vers le génocide, vous, vous pouvez y aller. Moi, je préfère ne plus revoir tout ça. Avec votre passeport canadien, il vous sera facile de rentrer en Turquie. Le traversier part à sept heures.

— Dès demain matin, je veux voir et sentir ce pays. C'est aussi le mien puisqu'il est celui de l'ancêtre d'Anthony et le vôtre, dit Corinne avec conviction.

— Les enfants, vous avez raison, allez voir et comprendre. Il ne faut plus qu'il y ait de telles barbaries. Le mieux est de s'aimer. En vous voyant à l'aéroport pour la première fois, j'ai eu un choc de bonheur, une espèce de luminescence vous enveloppait. J'ai cru voir la mère de l'ancêtre Michel telle qu'il me la décrivait : solide et décidée, se levant tôt pour cuire le pain et préparer la tablée du premier repas de la journée laborieuse, avant de se mettre devant son métier à tisser la soie et confectionner les chemises blanches de son mari et de ses cinq fils. Une chose m'a toujours chiffonné, en dépit de l'énorme travail que cette vénérable mère abattait pour toute sa famille, elle ne mangeait jamais, jamais, à la table familiale, réservée aux hommes. Elle avait beau les avoir portés, enfantés, nourris, les avoir torchés dans leur tendre enfance, depuis toujours vêtus, coiffés, blanchis et repassés, qu'à cela ne tienne, elle, et sa fille, la sœur de tous ces gaillards, mangeaient à une table séparée, plus près des casseroles que de la chaleur humaine de leurs hommes! Quelle époque! Influence asiatique, peut-être musulmane? Heureusement que les mœurs ont changé et que les femmes ont conquis leur égalité. Certaines en donnant leur sang et leur vie! Alexis baisse la tête, soudainement triste.

Corinne fronce les sourcils. « C'est un peu comme cela dans notre Bande mi'kmaq. Nous, les jeunes, nous allons faire changer cette mauvaise perception de la mère et de la femme, affirme-t-elle. »

– Je suis sûr que vous allez y parvenir. En attendant, aimez-vous, c'est votre plus grand capital et je constate qu'il grandit tous les jours. Je veux être là le jour de votre mariage. Ne perdez pas de temps… il avance si vite! Vous croyez avoir tout le temps devant vous? Détrompez-vous, il file vers la fin du parcours comme un train emballé. Mais vous deux, vous êtes sur les rails qui vous mèneront tout droit vers le bonheur. Vous vous aimez, je le vois et je le sens et je vous envie. Ne laissez personne vous voler cette vie d'amour si rare. Si on l'attaque, défendez-la. Et si vous avez besoin d'aide, je serai là, en dépit de mon âge.

– Excusez-moi, mais vous n'êtes pas si vieux que vous voulez nous le faire croire. Vous serez notre premier invité et notre témoin, ajoute-t-elle en l'embrassant affectueusement. Demain, nous filerons tôt vers la Turquie des ancêtres balayés par le destin.

- 9 -

L'impétuosité de Corinne, toujours désireuse d'en faire plus, sinon trop, l'oblige à tout essayer et vouloir chevaucher un chameau en Turquie n'a rien d'insolite. Elle se sent emportée par « un je ne sais quoi qui m'appartient; le devoir de chacun est de tout apprendre », dit-elle. Un chameau attend une touriste, il faut donc essayer cet étrange animal, Anthony ne peut qu'approuver. De toute façon, voir sa Corinne chevaucher un chameau vaudra bien une photo avant qu'elle ne descende de sa monture les fesses meurtries!

– N'aie pas peur, ces vieux chameaux ne s'emballent jamais. Après avoir traversé des centaines de fois le désert ils sont mis à la retraite et ne transportent que des touristes, dit-il, sourire narquois aux lèvres, tout en aidant Corinne à monter en selle sur l'animal accroupi au sol. Le chameau à genoux, se relève sans crier gare, soulevant d'abord son train arrière.

– Hoops! je vais tomber! Tu aurais pu m'avertir que cette bête se met sur pattes en soulevant le derrière! crie Corinne en mauvaise posture.

– Cramponne-toi à sa bosse, au pommeau de la selle, tient bon!

Un claquement de langue des chameliers, amusés par le déséquilibre de la jolie touriste, et le vieux chameau s'anime.

– Oh, ya ya! je fais du tapecul! Je vais me casser la figure. Arrête-le! Anthony, dis-lui d'arrêter! Dis-lui d'arrêter!

– Il ne comprend que le turc, crie Anthony en riant.

Sur la monture des rois mages, Corinne en déséquilibre est mal partie.

– *Ee'i Ee'i! Nsanoqon welggm*, crie-t-elle en mi'kmaq, avec rage! Quand tu viendras en Gaspésie je te ferai chevaucher un dauphin ou un phoque, tu verras si c'est drôle! Sa voix saccadée par le galop de l'animal fait rire Anthony aux éclats.

– Ce n'est pas moi qui l'ai fouetté. Tu as bien vu, tous les gars reluquaient tes cuisses pâlottes. Tu es drôle, il ne te manque plus qu'un turban!

– Tu vas voir, je vais t'en tricoter un en queues de fouine, tu vas y goûter... mes cuisses pâlottes! Les phoques, je me vengerai. Je les fouetterai aussi!

– Oh! tu es belle quand tu es fâchée. Je t'assure, les gars l'ont fouetté. Un bec... je t'envoie un bec!

Corinne battue et désarçonnée? Elle serre les dents, elle serre les fesses, se cramponne au pommeau de la vieille selle tout en enfonçant ses sandales dans les côtes du vieux chameau et lui ordonne « Cours, cours, *run, please*, cours, *run*, plus vite *Etgwei'e'n, taliulm'tu'n Etgwei'e'n*, pour la jolie Mi'kmaq! *Etgwei'e'n, run faster for me!* »

Le chameau a-t-il compris les ordres affectueux? Il s'envole, flotte allègrement de ses longues pattes frôlant le sable de la courte piste, heureux, sans doute, de transporter, pour une fois, une cargaison légère et parfumée, hilare de plaisir. Cavalière et monture reviennent au bercail, paraissant aussi satisfaites l'une que l'autre de leur petite randonnée dans un bout de Turquie exotique.

– Bravo! *Congratulations!* crient les chameliers amusés. « *Kiz'a bak. o bir beyyaz melek!* » dit l'un d'eux. Anthony ne comprend pas le compliment admiratif turc qui se traduit par « C'est un ange blanc! »

Anthony se précipite pour aider la nouvelle Touareg émérite.

– Ah, non! je te mets en pénitence. Partons tout de suite, tu t'es bien amusé à mes dépens.

– Ne sois pas fâchée plus que ça, tu aimes les nouvelles aventures, dit Anthony de sa voix compatissante si charmeuse.

– Donne-moi ton bras et donne-moi un bec. Je te pardonne parce que... Je ne te le dirai pas.

– Parce que, quoi?

– Parce que je ne t'aime pas, je ne t'aime plus. Tu es un chameau, un jeune chameau méchant. Je préfère ce vrai, vieux chameau, lui au moins obéit! Tu as vu, quand je lui ai dit que je l'aimais en mi'kmaq, il a déployé ses longues pattes et écarté ses grands orteils, heureux de transporter une déesse orientale, moi, en personne!

– J'en aurais fait autant.

– Oh, oh! tes pieds ne sont pas palmés pour courir sur le sable. Plus que jamais espiègle, Corinne sarcastique entonne des vers improvisés.

> Un vent brûlant, comme le sirocco,
> Convoitait ta belle, sur le dos du chameau,
> L'emportant vers le prince des Mille et une nuits!
> Et tu pleurais, puni, ton amour enfui!

Voilà, c'est bien fait pour toi! Elle est partie! Tu as raison, dit-elle émoustillée par ses vers taquins. C'était le fun, au début... Je me sentais sur un cheval dans un rodéo à Calgary. Mais après... j'ai conquis le chameau! Embrasse-moi! Non, pas comme ça, sur la joue. Tu es un chameau gourmand! Sur le nez, c'est mieux! Que je suis heureuse dans tes pays! Je t'aime, mon beau chameau! blatère-t-elle, tentant d'imiter le vénérable animal.

Rien d'étonnant qu'elle change subitement d'humeur, son *beau chameau* la regarde en silence, sourire en coin, son visage bronzé encadrant son regard de velours et, comme toujours, elle chavire dans l'extase qui la désarme.

Dans la plantation s'étendant à perte de vue, les figuiers piquent de taches vert-profond les vallons brûlés par le soleil. Corinne ne se lasse pas de regarder cet immense damier.

– Quel âge peut-avoir un figuier? Crois-tu que ce verger appartenait à ton arrière-grand-père? Il s'enfuit à l'horizon, des kilomètres de figuiers. Il doit produire des tonnes de figues qui seront mises à sécher, où ça? Je ne vois pas de granges ou de séchoirs comme à Joliette pour le tabac.

– On les sèche sur des claies de roseaux, en plein soleil au pied de l'arbre, séchage naturel.

– Alors, des milliers d'abeilles viennent s'y régaler! Je vais te faire un costume avec des feuilles de figuier.

– Corinne, me vois-tu vraiment avec des feuilles de figuiers sur la tête?

– Mais non, couvrant ton zizi! Sur ta tête? Je te couronnerai avec des rameaux de laurier comme les dieux du stade.

– Justement, en voilà un qui te fait de l'ombre.

– Quoi? C'est aussi haut que ça un laurier? Mais il n'a pas de fleurs roses. C'est avec cette feuille que ta mère prépare la sauce de la moussaka? Et cet arbuste de la hauteur d'un pommier?

– C'est le câprier. Ses branches sont très souples et ses fleurs donnent le condiment, les câpres.

– Ces petites grappes de fleurs vont devenir des câpres et aromatiser mes poissons? C'est merveilleux! J'adore les câpres sur de la morue fraîche. Et là-bas, dans la vallée, que récoltent ces fermiers avec leur turban ou leur calotte blanche sur la tête, le champ est vert tendre?

– C'est du tabac, du tabac turc, autrefois grec. Ils le cueillent feuille par feuille. Les plus grandes sont sélectionnées pour confectionner des cigares. Mon arrière-grand-père payait ses quarante ouvriers agricoles avec des pièces d'or.

– Des pièces en or!

– Oui, des pièces en or, empilées sur la table de la salle à manger qui devrait être quelque part dans ces ruines. Il n'y avait pas d'autre monnaie. Toute sa famille aurait été assassinée par les ouvriers agricoles venant des montagnes et le domaine incendié et rasé par l'armée.

– C'est le triste passé. Je veux voir notre demain. Sans cette tragédie, je ne vous aurais jamais connus. Mon amour, mes amours, mes pays, j'adore ces pays, je t'adore!

Devant cette avalanche de passion, Anthony, assailli par tant d'enthousiasme, reste muet, ébloui par Corinne radieuse. Il ne se donne pas le temps d'absorber l'amour qui le prend d'assaut. Les multiples talents de Corinne le médusent. Déjà, du haut de ses quinze ans, tandis qu'il échappe à son adolescence, cette âme, bien plus âgée que lui, mais si près de la sienne, lui fait l'offrande de vivre sa vie, le début de sa vrai vie, dans le pays de ses ancêtres. Dans son cœur, Corinne ne fait qu'un avec cette mer nourricière, ces grèves rocailleuses, ces champs arides et généreux de fruits secs, ces sols frustres maintes fois retournés par d'éreintants labeurs et tachés du sang de sa propre famille. Fait-elle aussi corps avec cet amas de pierres étouffées par les ronces qui formaient, pendant des siècles, depuis Alexandre le Grand, la demeure ancestrale devenue le néant?

Dans son rêve, elle avait cueilli des mûres rouge sang sur cette terre qui avait changé de patrie et de maîtres. Pourquoi l'instinct d'une jeune fille venue de si loin, se rapprochait, si vite, de ce jeune cœur et de ses vieilles racines? Pourtant Samy, le père orthodoxe jusqu'au bout des ongles, ne leur avait jamais parlé de cette tragédie irréparable. De toute façon, il ne parlait de rien, surtout pas de la Grèce, ni de la moderne, ni de l'antique, encore moins d'une Grèce effacée de l'histoire familiale, celle qu'Anthony découvrait avec Corinne et de tout cœur aimée par elle. Il n'avait pas eu besoin de la traîner vers ces ruines enfouies dans le taillis de ronces. On eût dit qu'elle parcourait un chemin connu depuis toujours et devançait ses pensées et ses pas.

C'était peut-être ça l'amour, devancer l'autre dans ses gestes et ses idées. Sur ces terres arides, l'âme d'Anthony se déploie pour se nourrir de Corinne et la nourrir à son tour autant qu'il le peut.

En gigantesque cadran solaire, l'ombre des figuiers s'étire sur les coteaux et marque l'approche du crépuscule chaud. Les oiseaux, piaillant à qui mieux mieux, regagnent leur dortoir sous les feuilles épaisses leur servant de refuge.

Assise sur les pierres branlantes de ce qui devait être un mur d'enclos, Corinne s'exclame : « Comme c'est beau! on dirait des portées musicales, les figuiers y sont les notes! Combien de fois tes ancêtres ont dû admirer ce soleil couchant? J'entends ton arrière-grand-mère nous appeler pour manger son fêta de lait de chèvre, ses amandes fraîches et son pain de sarrasin chaud. J'ai rêvé qu'il y avait un four dans la cour. Regardons, cherchons entre les ronces. »

– Tu vas déchirer ta jupe. Il se fait tard, rentrons à Smyrne, le taxi nous attend. Nous reviendrons et ferons des recherches dans le cimetière. Rien ne nous dit qu'il s'agisse de la ferme ancestrale. Elle était voisine de celle des parents du fameux Onassis. Tout le monde plantait du tabac dans cette région. L'église est devenue mosquée. Il ne doit plus rien rester des tombes anciennes.

– Le four, je veux chercher le four! Je l'ai vu cette nuit! Les ronces étaient fleuries et leurs premières mûres amères comme du fiel de raton laveur.

– OK, cinq minutes! Le traversier ne nous attendra pas. Nous allons devoir coucher à l'hôtel.

– Je sais, tu aimerais ça, hein! dans la même chambre par mesure d'économie! Le four extérieur, il devait être près d'une porte.

– Le vent souffle du Nord. Le four devait être à l'abri, sous un hangar, sans doute. Les orages sont rares mais très violents. Tout a été incendié.

– Je présume que les troupes turques ont tout saccagé pour effacer l'histoire grecque et romane en Asie-mineure. Cherchons ensemble. C'est aussi mon village puisqu'il était, puisqu'il est le tien. Houille! Aïe! les ronces sont voraces!

– Nous reviendrons.

– Non, non, mon rêve! dit Corinne en fermant les yeux, j'ai vu des pierres, une clé de voûte, puis la fumée rouge, et des pierres archées noircies sous la mousse et les ronces. À quoi servaient-elles? Regarde! Et si c'était le four écroulé? C'est le four écroulé, non? J'en suis sûre. Anthony, mais regarde donc!

– Je ne sais pas. Le chauffeur de taxi le sait peut-être? Dépêchons-nous. Hammed, viens donc par ici, ces pierres archées, à quoi servaient-elles?

Hammed se penche vers le tas de pierres, en déplace trois, pour découvrir une porte en arc de cercle en fonte, moulée, marquée d'initiales rongées par l'oubli.

– C'était un four à pain comme en possédaient toutes les fermes. Voilà la porte en fonte et les initiales du propriétaire, un puissant agriculteur sans aucun doute. Un M et un T, peut-être, bien rongés par la rouille. Et ce manche brisé, regardez, le reste de la pelle plate en bois d'olivier. Il ne pourrit pas facilement.

– Tes ancêtres étaient là, gémit Corinne, ces lettres, ces initiales, du moins, ce qu'il en reste. M. T., Michel Tjorbajis? Anthony… j'ai vu ce four dans mon rêve! J'ai vu cette pelle de bois tirant des pains brûlés noirs comme des boulets de charbon, dans un four de glace, le four éteint, mais sa fumée rouge m'asphyxiait. J'efface mon rêve, et pourtant, il m'a conduit vers ton passé, dit-elle en pleurant.

Le chauffeur de taxi, tout penaud d'avoir déplacé les pierres et provoqué le chagrin demande : « *What's the matter?* »

— Anthony, est-ce que je peux emporter ces reliques? questionne Corinne d'une voix cassée par l'émotion.

— Elles ne sont pas à lui. Je présume qu'il n'y voit aucun inconvénient. Hammed, pouvons-nous emporter ces reliques? Ma copine les a vues dans un rêve. Tu sais, les femmes ont des caprices…

— *What? A dream? Why not! Nobody is around. I have a bag in the trunk. But, this is an antique, very expensive, very old metal. Is forbiden…*

— *Broken* et toute rouillée. Tu as compris Corinne? Hammed prétend ne pas comprendre le français mais il saisit vite. Il dit que c'est une antiquité chère et rare.

— Je lui donne cent dollars et ma bague. Elle lui portera bonheur; il peut toucher ma dent. C'est du bonheur pour tous les siens, dit Corinne en offrant l'argent et montrant sa bague en os d'orignal sertie d'une émeraude. Dis-lui que cette pierre vient de Colombie, de mes cousins en Amérique du Sud, elle est gage de bonheur de sa famille, si son épouse la porte.

— *Allah, my God!, gives me* le bonheur. Il ajoute, dans un français au chaud accent , tout en prenant le doigt de Corinne. « Cent dollars et la bague. Cachez ces reliques en sortant du pays. » Corinne émue ne peut s'empêcher de lui baiser la main et de lui passer sa bague au petit doigt.

— Merci Hammed, merci beaucoup. Vous avez effacé mon rêve. Ma grand-mère m'a offert cette bague en me disant : « Si tu t'en départis, sois sûre qu'elle apporte du bonheur à la personne à qui tu l'offriras. » Voilà qui est fait.

Cette porte rouillée vaut bien plus que ma bague. Où avez-vous appris le français?

— Taxi, à Paris.

Smyrne, place de l'embarcadère, devant le magasin *Fashion for you*.

— Oh la jolie boutique! Ils doivent parler le grec ou l'anglais. Parce que je te pardonne ma cavalcade sur ce pauvre chameau que j'ai dû faire souffrir, je veux te faire un cadeau. Choisis le plus beau blouson en cuir dans cette boutique, je te l'offre.

— Je t'aime, je n'ai pas besoin de cadeau. Tu es mon cadeau, tout à moi.

— Je veux que tu sois beau. Monsieur, *we want to try this jacket.*

— *This one is very de luxe!*

— *Yes, this one, my husband likes it.* Anthony, essaie-la. Anthony n'a qu'à se soumettre. Il le fait en riant, amusé par l'insistance de Corinne pratiquant son anglais cassé.

— *You see, it fits perfectmently. How much?* Combien de dollars américains a-t-il dit?

— 320 $? Mais c'est beaucoup trop cher. Il te faut barguigner, tout le monde le fait en Orient. Arrête, filons.

— Je l'aime, moi, cette veste de cuir. Tu la portes très bien. Je t'aime mieux tout nu au lever du soleil, mais, après le coup du chameau que tu m'as joué, tu es obligé d'accepter. *Thank you Sir. You accept… 250?*

— *No, no, $320. Excuse-me, this young monsieur, your husband?* demande le vendeur, en cherchant du regard une alliance aux doigts de Corinne.

— *Yes sir, he is not my brother. Here is $280. OK? That's enough?*

– *Thank you. Happy life. Many children*, ajoute le vendeur satisfait de son barguignage.

– Porte-la tout de suite, je veux t'admirer. *Bye! Bye sir.*

Quelques pas dans les rues de Smyrne sous la chaleur torride de juillet, Anthony suffoque.

– Oh! mon chéri, pardonne-moi, je te fais souffrir comme un chameau dans le Sahara. Ce cuir noir est trop chaud pour juillet. Tu vois, je savoure ma vengeance, moi sur le vieux chameau, toi dans la veste de cuir en été, en Turquie. J'ai hâte de te voir dans ce blouson noir tranchant sur le doré des feuilles du Mont-Royal cet automne, tu y seras un Adonis moderne!

– Je te remercie, mais tout cet argent?

– Il n'y aura rien de trop beau pour toi. Ne veux-tu pas me plaire?

– Oui, quand je pourrai t'offrir des présents.

– Tout ce qui est à moi est à toi et tout ce qui sera toi sera moi. Assoyons-nous sur cette terrasse; veux-tu un thé glacé? Non, non, ton nez bouge et le mien aussi! Une grosse coupe de crème glacée. Une super crème glacée grosse comme une pastèque : amande, chocolat, raisin de Corinthe…

– Tu es gourmande!

– Non, amoureuse! Prends la même. Nous ferions peut-être mieux de prendre une pastèque. As-tu remarqué, elles ont de grosses graines noires?

– Les nôtres ont été modifiées génétiquement pour qu'elles soient plus sucrées. Ici, par les grosses chaleurs, tu n'as pas besoin de sucre.

– Tu y crois, toi, à la génétique? On va s'en servir de plus en plus dans la police.

– Oui, j'y crois. Ce que je soupçonne, c'est que tu es grecque d'origine, tu ressembles tellement aux femmes d'ici. À ma mère, ma grand-mère, et tu t'acclimates si rapidement!

— Que vas-tu chercher, je m'acclimate au pays, parce que je t'aime. Si j'aimais un Sénégalais, j'aimerais le Sénégal. Alors, glace ou pastèque? Tu prends la pastèque et je commande la crème glacée, nous partagerons.

— Gourmandise! Gourmandise!

— Non! Vacances, grandes, grandes vacances avec toi!

Anthony obéit, comme toujours. Que peut-il faire d'autre, ce subjugué d'amour?

— Anthony, je suis si heureuse. Penche la tête vers l'arrière, dit Corinne en quittant sa chaise, ferme les yeux et entrouvre tes lèvres. Bois-moi! dit-elle dans un murmure capiteux.

Pour la deuxième fois, Anthony buvant la voix grisante et la salive sacrée, s'immole l'âme.

« Corinne! » soupire-t-il, perdant son souffle.

Le serveur de crème glacée s'approche en raclant sa gorge.

— Hum! *Your ice cream.* Excuse-moi, *we are in Turkey*! Pas de *kiss here.*

Mais qu'y a-t-il d'immoral à transmettre l'amour en public à celui qu'on aime?

Sur les quais de Smyrne, en attendant le traversier qui les conduirait à Chios, heureuse, puisque comblée par la présence d'Anthony, Corinne esquisse quelques pas de danse accompagnant des vers improvisés.

Je suis Corinne
Qui invente des mots,
Qui chantent sots
Et des quiproquos.
Je suis la gamine
Payant pas de mine

Un si peu coquine,
Des mots de copine.
Je suis la Mi'kmaq,
N'ai jamais le trac,
Des tours dans mon sac,
Je les sers en vrac.

Je suis la Corinne,
J'invente des mots,
Un si peu coquine,
Gare à la Mi'kmaq,
J'ai tout dans mon sac!

– Embarquez. Tout le monde à bord! Allez les jeunes gens. C'est beau l'amour! Jolie grosse dent mademoiselle, de quel animal? questionne le lieutenant surveillant l'embarquement des passagers sur le dernier traversier.

– De mon grand-père, dit Corinne.

– Et ben alors, il avait les dents longues! s'exclame le marin éberlué.

– Allons vite vers l'avant, nous verrons la Grèce se rapprocher de nous, dit Corinne.

Des flots enivrants à la proue du bateau,
le vent transporte sur ses ailes,
les amoureux avides d'infini.
Il gonfle leurs cœurs, il gonfle leurs poitrines.
Il inonde le ciel d'une explosion divine.
En caressant leurs corps, il grave sur leur peau,
les sillons de leurs vies que déjà ils devinent.

– C'est joli. Tu composes des vers à chaque instant. Tu es vraiment assoiffée de tout. Ta mère a dû souvent te dire que tu étais épuisante.

– Quoi! moi! épuisante? Attends que je m'occupe de toi, je t'étoufferai, comme un jeune pigeon, en t'écrasant sur ma poitrine!

– Pour l'instant, tu me martyrises!

– Sais-tu qui était la première femme poète de l'antiquité grecque? demande Corinne, changeant de sujet, tandis qu'elle offre son profil au vent du large.

– Il fait frais, mets ton blouson sur tes épaules, dit Anthony prévenant.

– Ton blouson? C'est ton blouson. Je te l'ai offert!

– Je ne sais pas qui était la poète…tesse.

– Corinne, la première femme poétesse du monde antique… le même prénom que moi.

– Mais comment sais-tu tout ça?

– Je venais te rejoindre en Grèce, tu connais *Qui prend mari prend pays*, il fallait que je l'étudie un peu, pour mieux t'aimer. Ah! ces îles, cette mer, cette histoire, ton sang, c'est le mien aussi. Nous partons dans deux jours. Je ne veux pas rester avec ces idiots qui nous pourchassent. Nous finirions par avoir un accident. Nous reviendrons l'an prochain.

Le recueillement enveloppe toujours les grandes passions. Les vrais amoureux n'ont pas besoin de paroles pour vivre leur extase. À la poupe du bateau, Corinne et Anthony, caressés par la brise saline, main dans la main, fixent en silence l'avenir à l'horizon flamboyant.

Ce voyage au cœur des origines d'Anthony les a encore plus rapprochés. Corinne semble reconnaître ces lieux ancestraux bien mieux que lui. « Et ce rêve prémonitoire, cette porte de four, cette pelle, quelle étrange coïncidence qui nous a permis de découvrir ces reliques! », se dit Anthony.

À quoi songe-t-elle en gardant le silence tout en lui serrant la main? Plus rien de mortel n'existe pour elle puisqu'ils vivent ensemble, au même rythme, l'un pour l'autre, suivant le soleil vers l'Ouest, vers l'infini, où ils ne font déjà qu'un.

— Anthony?

— Je sais ce que tu veux me dire.

— Crois-tu que nous pourrons vraiment vivre ici un jour?

— Je le savais! J'avais deviné ta question. Voilà deux fois que nous avons les mêmes intuitions. C'est bon signe. Nous vivrons ici si nous le désirons très fort. Il faudra que tu me trouves une autre dent d'ours pour me donner la force et le courage de ton grand-père. Elle nous ramènera ici.

— Je suis sûre que ma grand-mère en a une autre cachée quelque part et qu'elle la réserve pour l'homme que j'aime et que j'épouserai et c'est toi.

— Je la lui demanderai quand nous serons mariés.

— Elle en sera ravie. Elle t'aimera tout de suite. Le coup de foudre!

— Mais la bague que tu as donnée à Hammed. Pourquoi as-tu fait ce cadeau? Il ne te la réclamait pas.

— C'est vrai, si je ne lui avais rien dit... mais un feu intérieur, aussi chaud que celui du four, m'a brûlé le cœur. Je devais tout donner pour posséder cette porte et cette palette en bois couverte de mousse. J'ai senti que tout cela t'appartenait, rien qu'à toi.

— Tu m'as dit que tout ce qui m'appartenait t'appartenait aussi!

— C'est vrai mais ces souvenirs sont aussi et surtout à ta famille.

— Tu es ma famille.

— Bientôt.

10

Quand on est né au bord de la Cascapédia tumultueuse, que les premiers sons entendus naissent de la forêt ou jaillissent du fleuve, que le glapissement du renard ou le bruissement des feuilles sous le soupir du vent, les hurlements des loups, le craquements des pas sur les brindilles sèches ou le crépitement du feu quand l'hiver est venu, le moindre bruit éveille l'ouïe pour toujours.

Pour Corinne, marcher le long des quais en rentrant chez elle, signifie d'abord, écouter et sentir. L'atavisme mi'kmaq prend le dessus.

– Il va brûler sa scie celui-là! Il l'étouffe. N'entends-tu pas? Elle pleure, sa pauvre lame est gommée. Ça ne m'étonne pas qu'il travaille dans ce chantier à cette heure tardive.

– Tu ne vas pas tout de même lui montrer comment tenir sa scie? Il n'est pas bûcheron en Gaspésie.

– Il y a pas mal de chalutiers en cale sèche, les vendent-ils? Demande-lui combien coûte ce genre de bateau d'occasion avec un moteur plus puissant? Je suis curieuse de comparer les prix avec ceux de chez nous. Et ce treuil?

– Avec un 400 chevaux, 30 000 euros. Refait tout à neuf, peinture époxy et mécanique garantie pour deux ans, répondit Anthony, traduisant la réponse du mécanicien.

– Merci, merci, monsieur. Tu as remarqué, sa lame a trop chauffé, elle est toute noire. La scie peut lui sauter dans la gueule à tout moment.

– Corinne! ce n'est pas de tes affaires, dit Anthony. Tu es une vraie fouine.

– Tu as raison. Je suis une détective graduée et déjà chargée de mission mais pas en vacances. Le prix est trop cher pour ton oncle pour rénover son Acropole. Que pouvons-nous lui offrir pour le remercier de sa gentillesse? Il m'offre la chambre, c'est beaucoup.

– Avec l'aide que tu lui as apportée en pêchant avec ardeur, je doute qu'il accepte quoi que ce soit. Pourquoi pas un vélo? Le sien est tout rouillé et bouffé par l'air salin.

– Idée géniale et dans mes prix! 250 euros. C'est un *bargain*, plus 18 % de taxes, encore plus cher qu'au Canada! Nous partons demain matin.

– Il lui faut un porte-bagages. Il fait ses petites livraisons dans le quartier.

– Oh! Il va être confus et le refuser. À partir de cette chambre, ma vie a tellement changé, ce vélo est bien peu pour tout le bonheur qu'elle m'a apporté.

– Faisons-le livrer après notre départ. On lui remettra la clé du cadenas dans une enveloppe à l'aéroport.

– Génial!

– Je lui avais fait promettre qu'il ne signalerait pas ta présence à mes parents au cas où ils téléphoneraient, je crois qu'il a tenu promesse.

– De toute façon, en rentrant, je ne serai plus baby-sitter chez toi. Mes cours s'intensifient. Je dois travailler beaucoup le soir. On m'a confié une mission, tu sais!

– Je suis assez grand pour me garder tout seul et te garder avec moi.

– Désormais, nous nous garderons mutuellement. Et nous avons juré d'être un jour ensemble, bientôt, pour toujours!

– Tu y crois? Moi, j'aimerais mieux mourir si je devais vivre sans toi.

– C'est une pensée gentille mais très égoïste. Que ferais-je sans toi? As-tu songé à mon horrible solitude? Plus de rendez-vous au Café Lévesque, que des séances de gym seule, abandonnée de mon dieu, plus de petits becs sur le bout du nez!

– J'en préférerais des gros!

– Que penses-tu de ce coin de Grèce?

– C'est sur cette île que je voudrais mourir, mais d'abord, y vivre longtemps, très longtemps avec toi.

– Je savais que tu allais me dire ça. Nous y reviendrons tous les ans et, un jour, nous y resterons pour y faire notre nichée, notre Bande mi'kmaq. Donne-moi ta main.

Si on nage dans le bonheur, il est difficile de quitter le lieu où il vous prodigue ses bienfaits. Anthony et Corinne sentent fuir le temps des amours parfaites. Alexis se recueille aussi, ce nouveau pan de sa vie, meublé par la présence de ce jeune couple dont il voyait grandir les amours, allait s'évanouir. Il retomberait dans ses longues journées solitaires cherchant un soupçon de lumière et ne vivant que du souvenir de sa bien-aimée Sofia. Bavarder avec ces enfants avant leur départ, lui serrait le cœur.

– Mon oncle? Tu ne pêches pas demain matin, pourrions-nous emprunter ton bateau et aller aux îles pour y voir le lever du soleil? demande Anthony.

Alexis cherche sa réponse dans le regard et le sourire espiègle de Corinne. Elle se mordille les lèvres, Anthony ne pouvait pas lui faire plus plaisir. Et un oncle est aussi fait pour faire plaisir.

– Si vous voulez, de toute façon mon rafiot est si fatigué. Je sais que vous ne pouvez pas faire de vitesse, mais pas de harpon ni de bouteille, s'il vous plaît! Ne recommençons pas une sarabande avec ces connards, ajoute Alexis en ponctuant ces mots. Vous aurez un thermos de café dans le panier et des fruits.

– Et du fromage, bien sûr, dit Corinne. Monsieur Alexis, vous êtes un oncle merveilleux, je vous embrasse!

– En voilà des manières de m'appeler Monsieur Alexis! Appelle-moi Alexis, c'est plus gentil! Pour être au rendez-vous avec le lever de soleil sur les îlots, lever à cinq heures. Les enfants, montez vous coucher, bonne nuit à tous les deux.

Anthony baisse la tête. « Bonne nuit à tous les deux », pense-t-il. Comment peut-il savoir, ce cher oncle, que Corinne refuse de le rejoindre dans sa chambre et qu'elle maintient cette barrière infranchissable?

Il n'a pas envie de gravir l'étroit escalier qui l'amène à son isolation forcée. Toute la nuit il restera en pénitence en ne pensant qu'à elle. Corinne l'aime-t-il vraiment? Après tout, il ne connaissait rien des jeunes filles de quelques années plus âgées. Pouvaient-elles être amoureuses de garçons plus jeunes avec autant de ferveur et ne pas être sincère? Triste, il monte le premier. Il s'arrête sur le palier.

Corinne devine ses pensées.

– Je sais, nous partons dans quelques heures. Notre bonheur ne s'arrête pas là. Il ne fait que commencer. Rentre dans ta chambre, je vais passer un moment avec toi.

Brusquement, le « avec toi » efface le chagrin de partir. Le regard furtif d'Anthony vers le lit ne détourne pas Corinne de sa retenue.

– Viens à la fenêtre, emportons toutes les lumières du port dans nos cœurs. Regarde, la lune nous dit « Au revoir ». Ici, elle est plus rousse que sur la Baie des Chaleurs. Nous n'avons pas l'eau de mer pour nous bénir, mais tu peux m'embrasser avant notre départ, dit Corinne tendant ses bras et ses lèvres.

Anthony réfléchit « Que veut dire sa Corinne? Quelle sorte de baiser peut-il donc donner, lui qui en avait été sevré depuis le début de ces merveilleuses vacances et qui n'en avait jamais donné? Change-t-elle d'avis au tout dernier moment? »

Corinne offre bien ses lèvres pulpeuses mais cet élan amoureux doit rester dans les limites qu'elle s'est fixées, ne jamais succomber au profond émoi et à la tentation que ce jeune homme provoque en elle. Encore une fois, elle freine sa passion tandis que l'index d'Anthony frôle son profil, caresse son nez, dessine ses lèvres, elle soupèse son désir. Enfin! elle s'abandonne... Oh, si peu! Juste une longue pression des lèvres sur la bouche de son amour. Un long baiser pudique, virginal...triste.

— Reste ici avec moi, implore Anthony.

— J'ai hâte que nous rentrions pour faire avancer notre amour. Nous allons provoquer une bien grande crise lorsque les gens apprendront que nous nous aimons pour l'éternité, dit-elle.

Anthony n'ose répondre. Il a bien trop peur que son souffle n'efface le goût du rouge à lèvres framboisé que ce baiser, le premier, a déposé sur sa bouche. Savourer toute la nuit le goût divin et grisant... quelle nuit apothéose inespérée!

11

Sa moustache pendue à sa face carrée au nez écrasé, sa tignasse décolorée toujours en désordre, Lionel, un beau gars, est surnommé Lion. Sa Job aux multiples facettes le pousse a être portier, DJ et producteur de spectacles du club *Tango's Girls*, sur la rue Saint-Jacques.

Hétérosexuel, il court, avec autant d'appétit, derrière les jupons des filles que devant les pantalons des garçons. De sa haute carrure, il en impose aux débutantes dans le métier de strip-teaseuses souvent appris sur le tas. Il les prend sous sa coupe et devient à la fois, imprésario, directeur artistique, agent et promoteur, moyennant redevances, commissions et paiements en nature de toutes sortes. Tantôt un tantinet entremetteur, tantôt gigolo ou un tant soit peu *pusher* de poudres diverses, il n'hésite pas à jeter dans les bras ou les griffes de certains clients gourmands de sexe, les filles les plus vulnérables de son « harem en liberté ». Son réseau, plus ou moins clandestin fonctionne à merveille. Quelques *call-girls* par-ci, quelques joints par-là, plus les tips qu'il perçoit à l'entrée, lui rapportent du cash avec lequel il soudoie, pour changer de gibier, quelques garçons adolescents. Il les aime sportifs, grands et bruns : maillots de compétition, patins à roues alignées, blousons dernier cri, tout cadeau est bon, pour attirer dans ses filets des jeunes gars, dont certains, triés sur le volet, s'ils en ont la faiblesse ou le cran, deviennent ses assistants commissionnaires, l'aidant dans son négoce illicite et ses petits trafics. Il a l'hypocrite habitude de changer de camp, de partenaire et d'associés, ce qui, un jour ou l'autre, lui causera de graves ennuis. Il règne en maître sur la trentaine de danseuses qui lui obéissent sans trop rechigner.

Corinne reprend du service, non pas comme danseuse vulnérable sous la coupe de cet ogre au double jeu, malandrin du monde interlope, (elle ne s'était jamais laissée intimider par ce maquereau) mais, comme policière *undercover*, comme taupe chargée d'une mission secrète. « Et si ce gandin répugnant avait connu et dévoyé son frère? Il les choisissait bien, ces pauvres gars, tous de la même taille, sveltes et bruns. Anthony ne devait pas roder dans les parages. Par son gabarit, sa prestance, son look hors du commun, il deviendrait vite une tentation pour ce personnage corrompu au large sourire de miel », se dit-elle.

En attendant de faire son numéro animalier, Sylvestre, alias Corinne, est acoudée au bar en compagnie d'une de ses collègues de travail.

— Mathilda, regarde vers l'entrée, ton crack-pot de libraire, aussi ancien que les livres qu'il te prête, parle à Lionel. La conversation a l'air très animée.

— Ces deux-là se chamaillent tout le temps, mais à vrai dire, c'est le crack-pot qui est le Boss. Je l'ai dans ma poche. Il ne me les prête pas, j'en achète aussi, ricane Mathilda. Je le paie en nature.

— Ah! et comment?

— Oh que tu peux être gourde ! Tu sors vraiment de ta campagne. C'est un vieux vicieux célibataire, très puissant dans le milieu, pas mal monté d'ailleurs pour sa petite taille. Il me photographie sur toutes les coutures, en noir et blanc seulement.

— Pas en couleur, tes cheveux roux de feu?

— Il développe ses photos lui-même, dans la chambre noire, la lumière rouge l'excite. Avec moi, il surexpose. Tu m'as compris?

— Pas très bien. Il s'assoit aux premières tables, aux premières loges.

– Il aime Chloé aussi, pour ses fesses. Si tu veux faire des photos avec nous, il adorera, trois filles ensemble... alors là, ce sera le grand cinéma! Il est capable de tenir le coup! On rigole.

– Non merci, je n'y tiens pas. J'ai mon bonheur ailleurs. Mais qu'en fait-il de ces photos? A-t-il un site Internet?

– Oh, oh! la miss est délicate ironise Mathilda, tout en remontant son mince bustier couvert de paillettes multicolores. Moi je m'en fous, il paie. Ces photos, il les agrafe sur ses murs quand il affectionne les sujets.

La voix grasse et nasillarde de Lionel inonde le club. « La belle Chloé vous a présenté son spectacle charnu, applaudissez-la! Et maintenant, Mathilda! Mathilda, bien plus belle que la chanson, va vous lire son nouveau livre et l'ouvrir à la page que vous aimez tous, l'Amant de Lady Chatterley. Surveillez la chatte de la belle Lady. »

Sylvestre, très discrète, ne peut s'empêcher de remarquer : « Voilà que le Lion fait des jeux de mots. Il lit aussi tes livres, celui-là? »

– Je t'en prêterai si tu veux. Allez, en piste pour mon photographe personnel! Watche-le, je vais lui mettre mon cul sur ses lunettes.

– Qu'est-ce que tu peux être vulgaire!

– Et toi, avec ton ours, tu ne fais guère mieux. Tu aimes les bites poilues?

– Je...

Corinne se retient. Comment peut-elle porter un jugement sévère sur sa collègue de travail? Ne fait-elle pas la même saloperie de métier, si on peut appeler montrer ses fesses un métier. « Danseuse à poil, toute nue comme un ver ou presque, devant des vicieux qui se masturberaient en public s'ils n'avaient pas honte d'eux-mêmes. »

Hier encore, elle avait dansé pour des dollars, étalé sa poitrine, exhibé ses fesses, camouflé son sexe, tant bien que mal, dans la peau d'ours qui lui servait tout autant de costume que d'alibi. Heureusement que la dent fétiche, qu'elle portait toujours à son cou pendant ces spectacles odieux, lui donnait le courage d'affronter les centaines d'yeux voraces qui la violaient. Avant de monter sur cette piste, ses jambes molasses fléchissaient. Seul, le rythme de la musique assourdissante de tam-tam déguisait son tremblement et camouflait ses pommettes rouges de honte.

Son numéro de fille des bois, bataillant l'ours trop entreprenant, excite les spectateurs avides de disséquer de leurs regards morbides et luisants, les chairs de cette *drôlesse sauvage*. La musique couvre sa peur et les fréquences basses, en secouant les murs et les entrailles, maquillent, comme de gros bourdons, sa tremblote de honte. Personne ne l'entend se murmurer en mordant sa dent porte bonheur.

« Allons-y vieil ours, lutte avec moi, cache mon corps. Je t'aime. Tu me protèges des regards de ces névrosés. Combats, j'aurai ta peau, ils n'auront pas la mienne. Sois câlin, nous allons faire l'amour, toi et moi, en forêt. Hélas! Non, je rêve! L'amour dans la jungle, en public et quel public, des yeux de fauves phosphorescents d'envie tapis dans le noir au milieu du désert de leur solitude. Je te repousserai. Tu m'attaqueras. Il faut que tu sois violent pour que je paraisse forte. Tu me feras un câlin et me mordras avec volupté. Je t'étranglerai comme grand-père te l'a fait. Grand-père, pardonne-moi de me servir de ce trophée de chasse pour gagner cette bataille sordide. Je veux qu'on me respecte. Je ne leur montrerai pas mon secret. Il est à moi et tu sais pour qui je le garde. »

Lion reluque le spectacle de ses yeux mi-clos de chat à l'affût d'un oiseau insouciant du danger. Il aurait bien voulu être l'ours et le conquérant. La salle applaudit! L'intensité des bravos correspond aux tilts des quatre machines à sous et leurs tourbillons de chance, grand plaisir du Boss qui engrange ses piastres.

À partir de cinq heures, Corinne devient la star. Lion peut continuer son rôle de producteur et gérant du cheptel féminin de son poste de directeur artistique dont il s'est affublé. Lion, le champion du taxage, des redevances et pourboires, « gagnés à la sueur de mon front et de vos fesses, mes pouliches » dit-il, avec hauteur et vulgarité, aux filles courbant l'échine. Corinne, alias Sylvestre, fille de cran et déterminée, ne s'en laisse pas imposer par ce gigolo moderne.

– Eh! Sylvestre, je pourrais être ton tigre dans le moteur à la place de l'ours, si tu le voulais?

– Calme-toi, mon cocorico, tu as assez de Mathilde, Chloé, Zouzou et le petit Jeannot, non? Arrête, veux-tu? Ta place est près de la porte d'entrée et au micro. Tu n'es pas le Boss. Toi, et lui non plus d'ailleurs, n'avez aucun droit de regard sur moi. Je fais mon spectacle en professionnelle, alors, reste à ta place en professionnel, veux-tu?

– Justement, le Boss est là-bas, dans le coin sombre, avec ses associés.

Mais aujourd'hui, elle reprend le collier et joue un autre jeu bien plus sérieux. « Un Boss ou un autre », pense-t-elle. Les recommandations du commandant de la brigade des stupéfiants lui reviennent à l'esprit. « Surtout pas d'altercations avec les filles ou quiconque dans les clubs. » « J'oublie ma mission. Il faut que je me surveille. Comment vais-je concilier, études, travail et bonheur? Il est si loin ce bonheur, l'atteindrais-je un jour? Oh! Mon frère, que me fais-tu faire? Je te vengerai. Je l'ai juré sur ton cercueil. »

« Ah! te voilà ma dent, tu tombes à pic. Grand-père, c'est le moment que ton esprit vienne à la rescousse. Donne-moi le courage d'affronter toute cette bande de coyotes et de rentrer dans cette sarabande. Mets-moi sur la piste de la drogue, que je sorte d'ici au plus vite. »

Elle se voit, le nez sur le sol, reniflant les feuillages pourris, écoutant les bruissements de brindilles sous les pas d'animaux cachés dans les taillis, scrutant les empreintes des renards, des coyotes et des loups, les mêmes qui, dans sa savane urbaine, terrassent leur ennemi en les piégeant dans leurs jeux sordides et les acculant au désespoir mortel.

« Je suis dans la jungle, entourée d'animaux voraces. Je dois être une panthère plus vorace que tous. Grand-père, aide-moi. Tu as dû acquérir tant d'expérience pendant ta longue vie, tu dois bien m'en avoir légué une petite goutte quelque part dans ton sang qui coule dans mes veines? Et toi, papa, qui m'a donné ce petit brin de folie et le goût d'entreprendre, ne peux-tu pas me donner aussi un coup de main, un coup de piolet? Tu te servais de la dynamite comme d'un paquet de pop-corn, c'est le moment d'en faire péter un peu. Allons-y. Fonçons tous les trois! Et toi, maman, je ne te parle pas aujourd'hui, je suis certaine que tu serais très, très fâchée de voir dans quel pétrin je vais me mettre.

« Un peu de maquillage, mon couvre-seins de plumes, ma jupette de daim et me voilà costumée en Diane chasseresse pour affronter le big Boss, le Zeus des clubs. Du calme. Un policier ne doit jamais perdre son sans- froid. Reste cool, carcasse, reste cool. Devant lui, ne tremble pas! »

Le Boss dévisage Corinne d'un air amusé :

— Pleine d'énergie et typée à part ça, cette jeunotte. Au moins toi, tu réveilles le monde avec ta musique d'enfer. J'ai les oreilles fragiles… numéro captivant. Tu es la première à utiliser des accessoires intelligents intelligemment. Comment t'appelles-tu? Christine, Caroline? Comment déjà? Tu as travaillé ici voilà quelque temps, je t'avais remarquée.

– J'ai changé de nom. Je suis Sylvestre, vous comprenez, Sylvestre, la fille de la forêt, ça colle mieux à mon numéro sauvage avec l'ours.

– C'est vrai. C'est plus aguichant. Excellent show que tu donnes. Assieds-toi, prends un scotch.

– Non, merci, un Perrier.

– Pourquoi donc, le scotch donne du pep!

– Je prends des antibiotiques.

– Tu portes une sacrée belle dent, l'as-tu arrachée à ton ours?

– Le combat a été rude.

– J'ai vu. Nous avons besoin de vedettes dans nos clubs, pour des promotions. Lion me dit que tu ne danses pas souvent aux tables, tu perds de l'argent, et que tu n'y finis pas ton numéro devant les hommes. Ils aiment le contact.

– Les clients ne s'en plaignent pas. En fait, ils aiment mieux toucher ma dent d'ours que mes fesses. Je leur dis que ça leur portera bonheur, et c'est vrai!

– Elle est rigolote, dit le Boss en se tournant vers son comptable fumeur de cigare. Que voulais-tu me dire?

– Je veux préparer un nouveau numéro. Lionel me reproche de faire toujours le même, mais il refuse de changer l'éclairage et installer un rideau translucide pour mon nouveau spectacle.

– Un rideau quoi, translucide?

– Semi-transparent, laiteux, précise l'acolyte.

– Et je ne veux danser que le soir après cinq heures, quatre jours seulement.

– Il faut que tu sois là, les jeudis et les vendredis. Et dans la journée?

– J'étudie les sciences à l'Université de Montréal. Je veux être biologiste.

— OK pour le spectacle s'il est aussi bon que celui de l'ours. À quand la première, dans trois jours, trois? Le Boss se retourna vers ses deux comparses.

— Faites les changements nécessaires. Splitez-moi ce bar. Je veux y ajouter trois autres machines à sous. Si le show remplit la salle, il faudra en profiter. Si ça marche, petite, tu auras un cachet de vedette aussi fort qu'un salaire de ministre.

— Du culte ou de la politique? dit Corinne espiègle.

— Écoutez-moi ça, elle a la répartie prompte notre Sylvestre. J'aime le travail que tu fais. Tu vas nous le faire ailleurs. Combien peut-on lui donner? demande le Boss guilleret au comptable mâchonnant son cigare.

— Attendons de voir le spectacle. Aussi bon que celui de l'ours, je ne lésinerai pas.

— Bien mieux, plus sexy et carnassier, ajoute Corinne.

— Voilà ce qu'il nous faut, du sang, rétorque le Boss.

Quand le Boss sent une affaire, il n'hésite pas à bousculer le calendrier. Cette petite lui plaît. Son air encore ingénu et franc le titille. Quel changement par rapport aux gens qui l'entourent et lui obéissent bien souvent parce qu'ils ont peur de lui, « ils me volent tous lorsque j'ai le dos tourné. »

Le regard du comptable déshabille Corinne comme un maquignon tâtant la meilleure bête de son cheptel. « La belle est bien tournée, dynamique et jeune, belle pouliche, bon investissement. Je ne prends pas trop de risque. Le Boss est entiché de la jeunotte », pense-t-il. Il y aura de la marge.

Pour fuir le regard de ce toiseur de viande fraîche, Corinne prétend lacer ses chaussures en pensant « ni un curé, ni un ministre se fout à poil devant ses ouailles. » « Parce que je le vaux bien », dit la publicité Loréal. Mes cocos, je vous donne un show, donnez-moi un salaire, double paye n'a jamais fait de mal à personne.

– Pas de tataouinage, règle-moi ce détail tout de suite. Nous placerons trois nouvelles machines, dit le Boss d'un ton n'acceptant aucune réplique.

– Et les permis? demande le comptable.

– *Never mind, we'll get them*, bâtard!

Il se lève brusquement. Son portable le ramène vers ses soucis, sa voix gluante, dormant sur l'appareil, sent la fatigue des nerfs.

– Alllôoo? combien de fois dois-je te dire de ne pas m'appeler sur ce portable? Où es-tu, dans une cabine avec une carte d'appel, j'espère? Demain, bougre d'âne, demain. Watche-le toute la nuit, sinon!

Corinne, sirotant son Perrier, ne prête pas attention à la conversation, du moins en apparence. Elle examine la bague du cigare laissé dans le cendrier. « Un Montecristo, trempé dans le rhum Clément, les deux plus chers, du grand luxe! Cette voix suave est celle d'un type capable de poignarder une personne en lui demandant gentiment son avis. » Avec cet appel où le Boss dévoile son caractère intraitable sous une apparente mollesse, sa mission est commencée.

« C'est un renard qui clapit, la femelle lui répond. Ne bouge surtout pas » lui disait son grand-père quand, encore toute petite, elle allait lui rendre visite au bord de la Cascapédia.

Le Boss est bien plus qu'un renard, c'est un loup, éternel diplomate, bien trop rusé et trop aimable, prêt à dévorer tous les agneaux. « Un loup déguisé, pense Corinne, je ne serai pas le Chaperon rouge. »

– Salut ma belle, dans trois jours, que tout soit prêt! dit-il d'une voix lasse. Tout à coup pressé, il bondit hors de son siège, escorté par ses acolytes jetant des regards inquisiteurs dans tous les coins, et disparaît aussi vite qu'il était venu, tout en ordonnant à Lion au passage « Règle-moi ce nouveau spectacle pour… dans trois jours. » Le ton ne tolère pas de réplique.

— Mais?

— Dans trois jours. Travaille un peu. La Sylvestre, fiche-lui la paix et travaille avec elle. Tu m'as compris!

Ces mots secs volent au visage de Lion comme une giclée de mitraillette. Ils peuvent devenir une condamnation radicale si les choses ne changent pas chez Lion. Intrigué par la conversation de Corinne et du patron, il veut en savoir plus long.

— Dis-moi, Sylvestre, que t'a dit le Boss?

— Il m'a confirmé que c'était toi le producteur, responsable de tout. Tu as quatre jours pour tout produire.

— Il m'a dit trois.

— Il sait que tu lambines ou que tu as… d'autres occupations, qu'il n'apprécie pas beaucoup, disons, entre toi et moi. Watche-toi Lion, watche-toi!

— Moi? mes affaires…

— Payantes. Pas vrai? Écoute, moi je suis ici pour danser, vos salamalecs et conflits je m'en balance. Si mon spectacle est apprécié, j'aurai droit à un salaire fixe plus les tips, insiste Corinne.

— Combien? Ne m'oublie pas dans tes prières.

— On verra, si on a du succès, mon petit Lionel… on est tous les deux dans le même bateau. Pas de succès, pas de dollars.

— Bon, faisons la paix. Arrête tes remarques sarcastiques qui blessent mon honneur. Je règle les décors et la mise en scène. Je suis aussi le producteur.

— C'est d'accord, mais je ne suis pas ta pouliche, tu ne m'as pas encore montée. Mon Coco, nous réglons les décors et la mise en scène ensemble. Je travaille, tu me regardes travailler et ta production s'arrête là, d'accord? Le Boss l'accepte tel quel, non? Quoi? Le roi de la savane fait la moue! Oh le roi Lion est froissé! Excusez-moi monsieur le directeur artistique, ironise-t-elle. Allez Lion, signons la paix des mots et des mains baladeuses.

Corinne a lancé la machine infernale sans trop savoir où elle allait l'amener. Elle ne doit pas croiser le fer avec ce pivot crapuleux qui peut lui faire mieux connaître ce milieu tout croche qu'elle souhaite ausculter et espionner. En l'observant, cette fripouille, à tous les niveaux, devrait bien lui dévoiler quelques indices.

- 12 -

Quelques coups de scie par-ci, quelques coups de marteau par-là, des heures supplémentaires d'électriciens chevronnés et le décor se plante, mystérieux et agressif.

Une visite chez Ponton, loueur de costumes dans le Vieux-Montréal, pour y dénicher une peau de panthère noire, un peu de Kryla peint à la main avec patience et application, des plumes d'oiseau piquées sur le costume très ajusté dévoilant tous les atours de la future vedette, et les répétitions peuvent commencer. Dans un spectacle destiné à survolter l'ambiance et l'excitation des spectateurs, le costume n'est pas tout, il faut lui ajouter de l'exotisme, des odeurs sauvages, du rythme endiablé, de la fougue et du sexe. Corinne fignole son spectacle; des contorsions devant un miroir, accompagnées de musiques africaines à vous crever le tympan, scellent, à l'abri des regards, le mariage de ses multiples talents.

La façade du club illuminée brille de tous les éclats multicolores et animés d'une grande enseigne au néon : *Tania, la déesse, se bat contre un fauve!*

La star est prête, son nouveau numéro jeté en pâture aux chacals de la rue Saint-Jacques.

Dissimulée derrière son rideau translucide, la panthère va grogner, rugir, bondir, se battre, toutes griffes dehors et Corinne, voluptueuse douceur féline, la dompter.

Ce numéro doit être apprécié du Boss et lui remplir sa salle, non seulement pour que la vedette mérite son salaire, mais en plus, pour essayer de rentrer dans ses bonnes grâces et pénétrer dans le cercle fermé des spectacles de bar et de tout ce monde de la nuit. Il a le bras long et des contacts à tous les niveaux de la société montréalaise.

Corinne est sur une bonne piste, longeant le précipice. Son instinct la guide.

« Cet homme est puissant bien qu'il feigne la décontraction. Il est implacable et autoritaire; peu de gens lui résistent. Il peut être violent à ses heures. Il est pire que du sable mouvant, on avance sans crainte, et zzhopp! Il vous gobe comme un gentil lézard carnivore capture une mouche de sa langue lasso. Derrière son visage suave, aux moustaches bien taillées, se cache un dur à cuire dont il faut se méfier. Puisque le hasard, ou la fatalité, m'a mise sur son chemin, mieux vaut tirer profit de cette situation inespérée. Ma mission consiste à surveiller les filles et leurs habitudes pour découvrir un réseau de distribution de chnouf, le Boss étant parlable, autant s'adresser à lui par la même occasion. *Tous les chemins, même les fausses pistes, mènent à Rome!* »

Comme tout ce qu'elle entreprend, Corinne va faire son travail avec zèle et obstination, mais une image la hante. « Ou j'ouvre une piste sûre dans quelques semaines, pour satisfaire le commandant, ou je lâche prise et repars en Grèce avec mon Anthony dès qu'il en aura l'âge, c'est bientôt. »

Triste tout à coup, elle soupire : « Il me faudra bien le mettre au courant de cette mission périlleuse. Je ne peux pas continuer à lui cacher la vérité. Comment le prendra-t-il? Va-t-il penser que je lui ai menti, que je le trahis, que je le trompe dans mes pensées et dans mes actes? Comment va-t-il accepter que j'exhibe mon corps à toutes ces turpitudes alors que j'ai toujours refusé ses caresses?

« Ah! Ces caresses timides, du dos de la main, qui me donnent tant de frissons! J'ai si souvent refusé leurs moindres tendresses. Je suis immorale et diablesse, je lui vole sa jeunesse tout en me martyrisant. Je risque de le perdre. Lui révéler l'objet de ma mission? Que ferait-il de ce secret à son âge? Ne s'emporterait-il pas comme un jeune fauve à qui on a volé sa proie? Ne bondirait-il pas dans ce milieu pour me protéger et casser ma mission? Je ne veux pas qu'il lui arrive un malheur comme à mon frère; un autre malheur dans la famille, dans ce milieu? Non, ça, jamais! Comment suis-je descendue si bas pour exercer un métier sur ce terrain sordide et sacrifier celui que j'aime? »

Une larme coule sur sa joue. Elle ne l'essuie pas, préférant mordiller la dent fétiche qui, tôt ou tard, lui chuchotera une solution.

Georgina sonde du regard son fils taciturne.

– Vraiment, tu ne veux pas me dire ce qui te tracasse, tu as tant de soucis que ça? Tu étais revenu de vacances resplendissant de santé et totalement transformé. J'étais si heureuse de voir tes yeux pétiller d'amour... oui, d'amour! Les mères voient un tas de choses dans le comportement de leurs fils. As-tu rencontré quelqu'un qui te manque? Une jolie fllle? Dis-le moi. Tu la reverras l'an prochain. Vous pouvez vous écrire. A-t-elle Internet? Ne téléphone surtout pas d'ici, tu connais ton père. Alors? Tu ne me dis rien? Tu gardes ton secret. Toi... tu aimes quelqu'un, j'en suis certaine. Regarde-moi dans les yeux. Tu peux tout me dire, je te le promets, je n'en parlerai pas à ton père. Les mères n'ont qu'une parole.

La voix douce de la maman, implorant un peu de confiance, ne brise pas le mutisme de son fils. Elle a vu juste. Son instinct de mère lui parle. Elle accepte cette situation qui devait se présenter tôt ou tard. Des fredaines, vers la quinzaine, tous les garçons en ont eues. Les vacances ne sont-elles pas faites pour ces petites aventures estivales sans lendemain?

En Grèce, les amours sont précoces. Son fils devait, un jour ou l'autre, faire chavirer des cœurs d'où sortirait l'heureuse élue. Il n'était pas question d'intervenir dans la sa vie selon la mode libérée d'aujourd'hui.

Elle se penche pour arroser ses géraniums, son geste gonfle sa poitrine. Elle surprend le regard de son fils qui l'admire, avec convoitise peut-être?

– Elle a la même poitrine que moi? questionne-t-elle, empruntant le regard enjoué de Corinne. Anthony croit entendre son amour de vacances lui dire «Je veux vivre à Chios avec toi! »

Il sourit, en murmurant.

– Oui, presque la même, le même nez droit, les mêmes lèvres que toi, ajoute-t-il en glissant son index sur le profil de sa mère, qui se prête, pensive, à ce geste affectueux.

– Et ses cheveux, frisés comme les miens?

– Noir comme la nuit, mais lisses et longs comme des fils de soie. Très beaux.

– Elle se fait un chignon?

– Oui, grand-mère le lui a montré.

– Ah! elle connaît déjà la famille!

– Elle te ressemble beaucoup, beaucoup, mais… elle a la peau blanche, très blanche.

Georgina réfléchit un instant.

– Alors elle ne me ressemble pas tout à fait. Est-elle orthodoxe? Fais attention, ton père est à cheval sur sa religion.

– Elle est très croyante, surtout devant le dieu Soleil.

– Ça, c'est de la religion ancienne. Elle ne fait pas partie d'une secte au moins?

– Ben, non, d'une Bande, aux vieilles coutumes.

– Une Bande? Aux vieilles coutumes, des vieilles coutumes comme tes ancêtres? Si elle est aussi jolie que moi, je suis rassurée. Comment s'appelle-t-elle?

– Comme la première poétesse grecque dans l'antiquité.

– Oh! tu en as appris des choses. Tu as raison, c'est si beau la Grèce antique! Elle s'intéresse à l'histoire ancienne, c'est bien pour son âge. Au fait, quel âge a-t-elle?

– Tout juste vingt ans, à peine, un peu plus...

– Plus âgée que toi! Ce n'est pas normal. Tu en as presque quinze, mais tu es un homme maintenant. Tu dois trouver une fille de ton âge. Et jusqu'où sont allées vos amourettes? Je n'en parlerai pas à ton père, mais ne fais plus cette tête chagrinée. Tu ne m'as pas dit son nom. La première femme poète, mais c'est Corinne. Elle s'appelle Corinne? Elle a la peau blanche et me ressemble de profil? Dis-moi, où l'as-tu rencontrée pour la première fois?

— À l'aéroport avec Alexis.

— Alexis la connaît et la grand-mère lui a appris à faire un chignon! Toutes les jeunes filles grecques savent faire leur chignon, dès leur tout jeune âge. J'avais oublié de te dire que Corinne, la montréalaise, celle-là, ne fera plus la gardienne ici, tu es au courant sans doute. L'as-tu revue depuis ton retour? Je l'ai rencontrée au marché Jean-Talon. Splendide, rayonnante de joie, très enjouée, cette fille! Elle était bronzée comme un sou neuf et éblouissante. C'est vrai qu'elle me ressemble, bien plus, maintenant qu'elle est bronzée. Elle portait un chignon. Je ne savais pas que les Mi'kmaq portaient des chignons. Je croyais que les jeunes filles indiennes se tressaient les cheveux. M. Hamel, le fromager, m'a demandé si elle était ma fille. Les vacances lui ont bien réussi. Elle m'a dit qu'elle avait pêché tous les jours. Il y a certainement encore beaucoup de poisson en Gaspésie, bien plus qu'en Grèce.

— Tu l'aimes Corinne? demande timidement Anthony.

— Laquelle? la Grecque ou la Mi'kmaq? répond la mère, le front plissé. Bon, assez pour ce soir. Nous en reparlerons. Je t'embrasse.

Depuis plusieurs jours, Corinne est aussi préoccupée. Comment dire la vérité sur son travail de taupe dans un club de danseuses sans qu'il ne se sente trahi. Sur le boulevard Saint-Laurent, là où les filles de rue mettent leurs multiples talents en valeur, le hasard fait bien les choses.

— Anthony, attends-moi, je dois parler à ces copines.

— Elles font le tapin, dit Anthony fronçant les sourcils.

– J'en ai pour une minute… Carmen salut, et toi aussi Josiane, vous, de service sur la Main! Je n'en reviens pas!

– Et oui, nous faisons le tapin, et toi, que fais-tu cette année?

– Des cours de chimie et bio à l'Université de Montréal, je dois rentrer à Gaspé. Salut! Travaillez bien, vos parfums sentent un peu trop la minoune, dit Corinne espiègle.

Les jeunes policières éclatent de rire.

– Nous sommes des minounettes sans trop d'expérience!

– Essayez le Vol de nuit, ça marche à tous les coups! Faites attention tout de même, c'est dangereux votre affaire. Salut, mon copain m'attend.

Corinne quitte ses collègues policières à leur travail de fausses prostituées racolant des clients qu'elles prennent au piège tendu par l'escouade de la… moralité!

Anthony, l'œil sombre, observe la scène à distance. Corinne de retour, il demande d'un ton hargneux « Pourquoi as-tu parlé à ces filles? Tu vois bien qu'elles font le trottoir! »

– Mais non! elles étaient avec moi aux cours de Nicolet. C'est une de leur première mission. Quand tu seras policier, tu vas peut-être devenir barman ou portier dans un club. Les missions de police ne se font pas toujours en uniforme. Anthony, je sais que tu m'aimes. M'aimes-tu vraiment, très profondément? Si je te confiais un secret que tu ne puisses révéler à personne sans mettre ma vie en danger, garderais-tu ce secret? Je dis bien, précisément, et j'insiste, sans mettre ma vie en danger? Comprends-tu?

– Que veux-tu que je fasse pour toi, avec toi, je ne sais pas? Je garderai ce secret. Il doit être facile de mourir en emportant le secret de celle qu'on aime. Je pourrais mourir pour toi, tout de suite, pour te protéger!

– Il ne s'agit pas de mourir, bien au contraire, il nous faut vivre l'un pour l'autre. Aussi intensément qu'à Chios, notre île sacrée. Je veux la revoir cette île, moi, avec toi et pour très longtemps!

— Ton secret, que je jure de garder?

— Tu sais comment j'ai payé une partie de mes études…

— Oui, tu dansais dans des clubs où je n'ai pas le droit d'entrer. C'est fatigant d'être toujours trop jeune pour tout. Personne ne vous écoute et on n'est jamais assez grand ou assez vieux. Il vaut bien mieux se taire et penser à ce qu'on n'est pas. Il faut toujours attendre quelqu'un. Je piétine au collège, je piétine pour t'aimer, pour avoir le droit de t'aimer officiellement! Des fois, je suis désespéré de ne pas être plus vieux pour te mériter.

Il baisse la tête et continue de parler avec un étranglement de cœur.

— D'après les photos exposées dans les halls d'entrées de ces clubs, les filles y montrent leurs seins et leur cul. Ça te plaît ce sale travail?

— Oh non, je refuse d'avoir des photos dans l'entrée! Mes jambes en tremblent rien que d'y penser. Tu as vu ces filles policières au coin de la Main, elles aussi crèvent de peur. C'est pour ça qu'elles travaillent à deux. Elles ne sont que des leurres, des trompe-clients, qui cherchent des prostituées.

— Quoi donc?

— Des leurres, comme les canards en bois flottants que les chasseurs posent sur les lacs, ils attirent et trompent les vrais oiseaux.

— Si c'est ça la police d'aujourd'hui et ses méthodes!

— Le crime organisé ne travaille qu'en cachette, et pour le combattre et l'abattre, il faut que la police descende au même niveau, là où dansent les rats. Un policier sur trois travaille en civil, en *running shoes*, en blouson tout fripé, avec la barbe de trois jours, parfois comme des sans-abri ou des mendiants et même des gangsters. Certains y laissent leur peau quand ils sont découverts par les gangs. On n'en parle pas. Ils sont toujours en mission secrète, mais certains y laissent leur peau, je le répète, ils sont zigouillés, abattus sans pitié, comme des lapins, si leur stratagème est découvert par ceux qu'ils espionnent.

— Est-ce un crime de vouloir coucher avec une femme quand on est un homme bien fait?

La question est embarrassante. Corinne lit la pensée d'Anthony frustré.

— Oui… non… enfin… je ne sais pas. Il y a la loi qui interdit la prostitution, la vente de la drogue et tout le reste. Le rôle de la police est de la faire respecter.

— Mais toi, pourquoi te crois-tu obligée de danser dans ces clubs? Qui t'y force?

— Personne ne m'a forcée à devenir policière. Tu sais que je veux venger mon frère, et j'y arriverai, mais maintenant que je suis diplômée et senior en partant, je dois obéir aux ordres qui m'ont été donnés, des ordres ultra secrets, sinon la mission peut échouer et mettre en danger de mort le policier qui reçoit ces ordres. Comprends-tu? Dis-moi que tu me comprends. Tu sais bien comment on a retrouvé mon frère étranglé. Les gangs ne sont pas tendres.

Anthony a peur. Ses yeux s'assombrissent et se vident de tous sentiments. Risque-t-il de perdre la personne qui est devenue sa vie, l'amour de chaque instant de sa vie?

— Et tu as reçu un ordre qui te met en danger? J'ai compris. Il reste un moment silencieux. Corinne baisse une tête coupable. Et tu as reçu l'ordre de danser dans ces clubs qui sont incendiés les uns après les autres! Ce ne sont pas les danseuses qui y foutent le feu tout de même! Ta job est très risquée et tu as l'air d'aimer ça!

— Je le fais en pensant à toi, à nous, à notre bonheur, à notre mariage. Je ne souhaite qu'une chose, repartir en

Grèce avec toi. Tiens, regarde, s'il m'arrive un accident en mission ou autrement.

Corinne fouille dans son sac à dos.

— Lis cette lettre du notaire Leroux. Elle est datée d'hier.

Le front plissé, Anthony déplie l'écrit en silence. N'a-t-il jamais lu une lettre signée par un homme de loi? L'instant est grave.

— D'un notaire? Pourquoi d'un notaire? À quoi sert-il le notaire? Il lit à voix basse et hésitante :

...Votre testament a été placé en lieu sûr comme vous me l'aviez demandé. L'unique bénéficiaire en est bien le jeune homme que vous avez désigné. Toutefois, comme c'est le cas pour vous, il devra attendre l'âge de vingt-cinq ans pour bénéficier de votre donation s'il vous arrivait un accident pendant vos fonctions professionnelles. Après vérification auprès du ministère des Ressources naturelles, tout est en règle concernant la montagne de vanadium.

Quant à la question de votre mariage avec M. Anthony, dès que ce jeune homme aura atteint l'âge minimum de seize ans, il pourra se marier avec l'accord de ses parents, qui seront alors, dégagés de leurs responsabilités parentales...

Marc Leroux, notaire

Anthony, médusé par la sobriété de la lettre.

— Pourquoi rédiger un testament à ton âge? Tu me fais peur. Tu ne vas pas mourir au moins? Je mourrais moi aussi. Je mourrais avec toi, tout de suite, si tu disparaissais! Si tu veux mourir, nous mourrons ensemble! Que ferais-je sans toi? Cet air, cette lumière, ce soleil, toute cette énergie cosmique qui nous inonde, ça n'aurait plus de sens, tout se détraquerait, ne tournerait plus rond. Je ne pourrais que faire un bond dans l'au-delà pour t'y rejoindre. Comprends-tu?

– Bien sûr, je te comprends. Je ne veux pas mourir! Moi, je veux t'aimer, t'embrasser, vivre pour toi. C'est vrai, je n'ai pas grand chose à te léguer, mais ne serait-ce que ma dent, elle vaut son pesant d'or, et bien plus. Dans la police, tu sais, on ne peut rien prévoir.

– Je veux que tu la portes pour toujours, éternellement, dit Anthony. Je la mords aussi, en pensée, elle me donne du courage.

– Merci, merci! Ma grand-mère m'a dit la même chose. Encore un an et tu seras à moi et je serai tienne, dit Corinne en bondissant de joie. Dès que tu en auras l'âge officiel. Nous allons chercher une dispense, ton père sera bien obligé de te l'accorder. Fais-moi confiance.

– Mes seize ans? Mes parents?

– Avant ça! Nous trouverons un moyen de les convaincre.

– Mon père? Pas si sûr, il pourrait devenir violent.

– Mais non, il fléchira si nous restons les plus forts, les plus unis, les plus sincères aussi. Mais tu ne dois pas te chamailler avec lui. Promis! pas de bagarre verbale qui n'arrange rien, enrage tout le monde et risque de casser notre projet fabuleux!

– Et ma mère?

– Oh! je ne m'attends pas à de grands mamours de sa part. Elle est pourtant si gentille.

– Combien de temps vas-tu danser la nuit? Je n'aime pas te savoir dans ces clubs toute nue.

– Je me suis arrangée, mes costumes me cachent. Et la nudité, partielle, est pour moi un symbole religieux, celui de notre serment au soleil de Chios. Ce corps-là t'appartient. Personne ne pourra le toucher ou le conquérir. Je veux qu'il soit aussi blanc et pur que toutes les sculptures de Grèce. Je sais que tu le resteras toi aussi en attendant que nous soyons ensemble pour la vie.

– Je me sens tous les jours plus fort. Je comprends mieux tous ces fous de Dieu, de leur pays, de leurs missions, ils deviennent plus forts, par amour et ils donnent quelque chose d'eux-mêmes.

– Il y a aussi d'autres coutumes, d'autres règles, auxquelles je me dois d'obéir, par respect pour ma grand-mère, qui m'a confié cette dent, par respect pour mes parents décédés et tous mes ancêtres. Mon père, Québécois pure laine, était devenu plus Mi'kmaq que tous les Mi'kmaq, par amour, par amour de ma mère. C'est beau, un amour aussi grand, non? Changer tes racines, changer ton sang, ta foi, par amour d'un autre être auquel tu veux ressembler, te souder, te confondre!

Dans ma Bande, ma tribu mi'kmaq, quand on se promet l'un à l'autre, il faut, plutôt, il fallait, que la fille et le garçon vivent séparément pendant un an en complète chasteté. Nous n'obéirons pas à ce calendrier, mais nous resterons isolés chacun de notre côté pendant une semaine, chacun dans nos wigwoml, qui sont devenus des maisons. Je devrais dire des cabanes, maintenant. Je dois t'avertir, mes cousins irréductibles et chauvins, les mâles de la Bande, n'aiment pas voir un étranger épouser une femme de leur clan. Il va falloir que tu prouves que tu es un guerrier, solide, très solide et te battre pour conquérir ta place au sein de ma tribu. Je crois que tu en sortiras vainqueur, immensément grand, comme je t'ai toujours perçu. Personne ne pourra nous vaincre! Tu seras mon héros!

– Quoi? Nous vivons des temps modernes? Il faut se battre contre qui de nos jours dans ta Bande?

– Tu devras prouver que tu peux assurer la survie de ta famille en chassant tous les gibiers : la perdrix volage, le lièvre bondissant, le raton laveur finaud, le castor têtu, l'orignal ténébreux, l'ours foudroyant, et pêcher le saumon et le homard dans les eaux tumultueuses ou profondes. Et personne, vraiment personne, ne sera là pour te seconder et te porter secours. Ces épreuves sont dures, très dures, souvent insurmontables. Mais moi, j'ai confiance, je sais que tu m'aimes!

— Et si je rate les épreuves?

— Ce sera la preuve que tu ne m'aimes pas, pour eux, bien sûr. Que tu n'es pas digne de rentrer dans le clan et, le plus terrible, que je ne suis pas digne d'y rester. Je serais répudiée.

— Ne voulons-nous pas repartir en Grèce?

— Je dois trop à ma grand-mère, ne serait-ce que parce qu'elle m'a offert cette dent qui est mon bien le plus précieux. Avec elle, je pourrais, nous pourrons accomplir des miracles.

— Je devrais chasser… comment? Je ne connais rien du gibier et de ses habitudes et encore moins d'un fusil.

— À l'arc, au piège, au couteau!

— C'est tout? Bien! il vaut mieux que je commence tout de suite à m'entraîner avec ton arc. J'imagine que tes cousins ne fournissent pas une arbalète ou une mitraillette!

— Rien de plus facile. Nous allons nous organiser. Un grisbi sera la perdrix en vol, un ballon de rugby, un lièvre sautillant, une poubelle en plastique, le daim dévalant une côte et une vieille paire de bottes, un saumon s'envolant au-dessus des rapides. Nous nous placerons à un endroit sécuritaire sur la montagne. Je tiens, j'y tiens beaucoup, à récupérer toutes mes flèches, dit Corinne le plus sérieusement du monde.

— Et avec ces… comment les appelles-tu… ces accessoires, ces leurres volants, je suis supposé devenir un guerrier et te mériter? Écoute, j'aime mieux ne rien dire à personne, mais ta méthode, si tes cousins l'apprennent, ils se foutront de ma gueule!

— Tu vas voir, il n'y a rien de facile à décocher une flèche dans une vieille botte jetée en l'air; flécher un saumon en plein vol, lorsqu'il jaillit du torrent, n'est pas donné à tout le monde, mais moi, je le fais. Et je me suis entraînée avec des accessoires insolites. N'oublie pas, je veux récupérer mes flèches.

    – Et les pièges?

    – Nous commencerons par les collets.

    – Tu vas devenir mon entraîneur?

    – Bien sûr! Tu es déjà très, très bon tireur sur des cibles fixes. Je me moque de ce que penseront les hommes de ma Bande. Mais je veux faire plaisir à ma grand-mère. Elle est la seule personne qui ait confiance en moi. Je veux qu'elle ait confiance en toi aussi. Tu seras meilleur que mes cousins. Je serais tellement contente de leur clouer le bec à ceux-là.

    Anthony croit Corinne, mais tout de même, cette tribu mi'kmaq dont il avait vaguement entendu parler, le rend perplexe. Il est loin de la Gaspésie. Montréal et ces clubs où danse Corinne, en courant un grave danger, est une plus grande préoccupation lui donnant une mine dépérie qu'il ne peut cacher à sa mère.

-14-

Le club Tango's Girl n'est pas très différent des autres clubs de danseuses : des filles musclées y dansent et s'y déshabillent sans précipitation, dévoilant, parfois sans trop de conviction, leurs atours sensés plaire à la plus grande clientèle possible. Les plus timides traînent les pieds et étirent le temps, soit, dans leurs loges ouvertes aux quatre vents du personnel masculin, surtout de Lion, le producteur, qui s'octroie tous les droits d'y entrer à tout instant et y faire régner une sorte de terreur mâle, faisant fi de leur intimité, soit, en espérant que la partition musicale qu'elles ont choisie afin d'accompagner leur spectacle se termine avant qu'elles aient atteint le moment fatidique où leur string scintillant tombe, quelques pas après la chute de leur brassière, démasquant, pour des quelques courts instants, leur anatomie qu'elles essaient de rendre provocante. Pour de nombreuses danseuses professionnelles, si le physique bouge, l'âme ne suit pas. Comme tous les humains qui projettent leur corps devant le public elles sont des artistes qui on la trouille aux fesses appelé trac.

Il faut de tout pour faire un monde. Tous les goûts sont dans la nature et tous les gars spectateurs ont chacun leur attirance. La fille grassouillette, parée de ses breloques scintillant aux chevilles et fleurissant ses poignets, plaira plutôt à Pierre, et la maigrichonne, vêtue que de clinquants bijoux, à Jean. Quant à Jean-Jacques, il sera peut être captivé par la poupée des îles encore basanée de suaves parfums ou la championne gymnaste, contorsionnée comme une acrobate dévoilant sous une carapace de cuir noir, ses charmes féminins sous les angles les plus aguichants. Chacune et chacun y joue sa partie. Dans le fond, les filles réchauffent le cœur des gars qui se sentent un peu moins abandonnés. Beaucoup n'osent à peine regarder ce déballage de seins volumineux explosant de brillance des huiles parfumées, de fessiers prometteurs de plaisirs absolus, de cuisses entrouvertes en avenue de jouissance des yeux, de ces chairs gesticulantes restant toujours aussi inaccessibles, de corps gauches ou provocants, qui les laissent encore plus penauds qu'excités. Mais au fond de ces rencontres insolites, il y a, de part et d'autre, un énorme besoin de tendresse.

Ici, ce ne sont que des pas, la plupart du temps hésitants et empruntés, pratiqués par des danseuses novices qui essaient de générer, à travers cet emploi, des dollars de secours, et là, c'est l'expérience de la professionnelle, dictant le tempo du corps souple et provocant, trimant pour toucher le pourboire le plus gros. Il faut bien vivre et même, si possible, vivre bien de ce foutu métier!

S'exhiber et se tortiller comme un ver nu ne sourit guère à Corinne et c'est plutôt un cache-honte qu'un cache-sexe qu'elle porte dans ses costumes tirés de son imagination.

Lion a vite compris qu'il doit tout faire pour la réussite du nouveau spectacle. Le Boss ne lui a pas fait dire « Règle-moi tout ce show illico! » Perspicace et intéressé, il se dit « Attention! La petite Sylvestre entre dans les bonnes grâces du patron, alors, jouons la collaboration à fond. De toute façon, plus de clients, plus de piastres dans mes poches et tout le reste. »

Il aborde Corinne en s'ébouriffant la tignasse et se donne un air félin supposé aguicher, et pourquoi pas séduire, la fille incorruptible.

– Sylvestre, tu es splendide ce matin. Je suis le lion, tu es la panthère. Tu devrais changer de nom pour ton nouveau spectacle formidable qui va catcher tous les gars. Tu te bats avec un fauve, ce prénom Sylvestre, ça ne sonne pas bien.

Ce n'est pas sauvage et chaud. Tania! Tania! ça claque et sent la savane. Que penses-tu de Tania? Rrrrrrrr! Tu entends ça? Écoute, je grogne au micro! « Tania, la fille sauvage attaquant la panthère, sort de sa tanière, Rrrrr ! » Le micro va jouir! « Taniaaaa! fait l'amour avec la panthère noire! » Choisis la photo. Tania! Je te splasherai le nom en rugissant, Rrrrr…Taniaaaa! Je fais une banderole pour la publicité en façade. Que ça brille et sente la jungle! Je vais y mettre du spray d'orange, du poivre et des épices sous pression que les gars reniflent ton châoaat… avant d'entrer.

– Reniflent mon show?

– Non, ton châoaat…!

– Pourquoi pas de la pisse de jument pour parfumer l'entrée, tant que tu y es? Pas de photo de moi à l'extérieur, s'il te plaît.

– Non, ton ombre chinoise, un bout de la queue du fauve et la pointe de tes fesses, sur toute la façade. Grand spectacle, affiche gigantesque! C'est facile avec le computer.

– OK, montre mes fesses mais pas ma face.

– J'y avais pensé. Il nous faut garder le mystère. Regarde le layout de la bannière, il y a du punch dans le bout de tes fesses!

La main leste de Lion joint le geste à la parole.

– Pas touche Lion, pas touche, sois gentil avec moi.

Le coup sec du tranchant de la main prouve bien que Corinne ne plaisante pas pour assumer sa défense. Un éclair dans sa pensée la rappelle à l'ordre. « Pas de bagarre avec qui que ce soit » avait dit le commandant. Elle se reprend. Oh! Excuse-moi Lion, c'est ma grosse bague qui t'a frappé, je ne l'ai pas fait méchamment. Tiens, un bec pour effacer la douleur.

– Tu es méchante avec moi, dit Lion tendant sa main molasse.

Corinne dilate ses narines. « Cette main a une odeur particulière ».

– Lion, un deuxième gros bec pour me faire pardonner encore plus gros, dit-elle en embrassant la main avec insistance. « Ce gars-là a touché de la chnouf, il n'y a pas trop longtemps, et pour cause. » :

À la porte de ce club, Lion est très actif, très affairé. Son portable ne dérougit pas. Il chuchote souvent dans la pénombre avec des visiteurs qui font de courtes apparitions.

L'instinct de Corinne se met en éveil. « Ce type-là trafique beaucoup plus que tu ne le crois. Il faut que tu le connaisses mieux. Voyons un peu, il sort, pour l'instant, avec Zouzou, la petite vénézuélienne à la peau satinée, si gentille à part ça. Elle boit et fume un peu trop à ton goût. Ses danses endiablées lui montent à la tête; elle la perd sur la piste. Ce Lion est capable de la doper pour son show. Comme toi, elle cache son trac à sa façon. Ses fleurs exotiques collées par-ci par-là, l'habillent si peu et si bien à la fois, mais elle va y laisser sa peau si elle continue à s'empiffrer de drogue de la sorte! Qui la lui fournit? »

– Lion, tu veux nous parler à Zouzou et à moi? demande Corinne.

– Certainement! J'ai une demande spéciale du Boss. Il veut que vous alliez donner un spectacle privé avec Chloé dans son palace de Westmount. Tu la connais Zouzou, sa cabane de luxe?

– Non, oui, un peu, dit Zouzou baissant le regard.

– Tania, précise Lion, ses grands bras soulignant les éléments de décor du palace, tu vas être époustouflée, la maison est … marbre et colonnades, piscine intérieure, cave exceptionnelle, et Ferrarrrris! Et la bibliothèque, la Bibliothèque nationale bourrée de livres anciens! Un vrai château à la Salomon!

115

— Chez le Boss, des bouquins? s'étonne Corinne. C'est amusant. Je ne l'imagine pas en train de lire un livre! Eh! toi, le producteur, directeur de conscience, dis-moi, en quoi consistent ces shows privés?

— Rien de plus que ce que tu fais ici. Mais pas de peau de panthère, le show est exclusif…

— Monsieur le reproducteur, ce show est mon show, et restera bien mon show, tu as compris, pas question qu'une autre fille le copie ailleurs ou que tu le vendes à qui que ce soit dans une autre boîte concurrente!

— Sur la montagne, dans le château, c'est Chloé qui s'occupe de tout et fait la mise en scène.

— OK, nous irons, le samedi après-midi, mais il faut que je sois libre à cinq heures, je ferai de mon mieux, dit Corinne plus qu'intriguée. « Après tout, le Lion avait toutes sortes d'activités pas trop catholiques, le Boss devait bien être au courant et les tolérer. Là-haut, dans ce fameux nid d'aigle, l'envers de la médaille, qui sait… une piste à suivre. " Regarde sous le taillis, sur les dalles de roche, la tache jaunâtre, la bête a marqué son territoire, tu ne vois plus ses empreintes sur le roc mais la mousse est brûlée par la pisse qui le trahit… observe ma petite, renifle, ton œil va perdre la trace du gibier, mais ton nez peut voir dans les coins et le noir absolu… renifle! " »

— Zouzou, que fais-tu ce soir, je veux te montrer mes nouvelles robes? dit Corinne dans le taxi qui les conduit chez

elle. Dans le château du Boss où vais-je atterrir? Zouzou, dis-moi, comment est son château? Quel sorte de spectacle y donnez-vous? Pas de foutsi-foutzi, sinon je n'y vais pas.

— Je ne sais pas, je ne me souviens de rien quand j'y vais. On m'y soigne bien.

— Lion t'a-t-il demandé de dire que tu devais y perdre la mémoire?

– Il ne veut pas que j'en parle. Je ne me souviens de rien, moi, quand je danse, tu sais…

– Et tu ne trouves pas ça bizarre? Fais pas l'innocente. Tu sors avec Lion, je comprends que tu ne veuilles rien dire, mais moi, j'aimerais savoir, tu entends? Je ne veux pas tomber dans les griffes du Boss ou de qui que ce soit. Qui s'y trouve dans ces soirées?

– Des gens *smart*, du beau monde. Je ne me souviens pas.

– Zouzou, je t'aime beaucoup, tu es gentille, mais ne devrais-tu pas laisser tomber ta satanée drogue? Tu deviens une loque, une poupée de chiffon, et pourtant tu es la plus jolie de nous toutes et la meilleure danseuse. Tu vas te tuer. Ta santé, c'est important! Tu n'as jamais un sou, bien que tu gagnes gros. Qui te vend ces joints et la chnouf? Tout ton argent y passe. Je vais lui dire d'arrêter de te tuer.

– En faisant ça, tu me tueras encore plus.

– C'est Lion? dis-moi que c'est Lion et il te baise quand tu es dans les vaps, n'importe où et n'importe comment, comme si tu étais une bête. Quel salaud! Tu n'es pas une machine pour lui obéir comme un robot!

– Ne dis rien, tu vas me faire souffrir encore plus, s'il te plaît. Je suis déjà morte… parfois.

– Qui la lui refile? Où l'achète-t-il? Arrête de trembler. Tu me fais peur de te voir en transe. Que cherches-tu dans ton sac? Attends, je t'aide. Toi aussi tu lis des bouquins comme Mathilda! Décidément! vous êtes toutes des intellectuelles. Nous arrivons, descends, je paie le taxi. Que se passe-t-il? Tu as des douleurs! Zouzou? Si tu savais comme les gens t'aiment! Tu arrêterais… Va aux toilettes, je te rejoins. »

Quelques secondes d'isolement suffisent pour avaler la drogue assassine et Zouzou se désarticule comme un ourson en peluche.

— Mais qu'est-ce que tu fous avec ce bouquin qui prend toute la place dans ton sac? gronde Corinne. Que viens-tu d'absorber... quoi? Tu es restée trente secondes seule. Tes jambes te lâchent? Assieds-toi, j'attends mon chum.

Droite comme un i sur sa chaise, les yeux hagards, Zouzou dandine déjà sa démence artificielle. « Le photo...aphe, la... photo...graphe, marmonne-t-elle, le photo...aphe. »

— Quoi? Le photographe? Que veux-tu dire?

— Le photographe, balbutie Zouzou, digérant sa dose.

— Prends cette eau pétillante, dit Corinne en caressant les cheveux de Zoé amorphe. Regarde comme ces cochonneries te démolissent. Rentrons. Je te reconduis chez toi. Fais un effort, marchons quelques pas. Il faut que tu ventiles ton corps en bougeant.

Zoé, oiseau blessé, ne peut faire obéir ni son cœur ni sa tête quand Anthony arrive en courant et s'affale sur une chaise.

— Tu arrives au bon moment, s'exclame Corinne, regarde, Zouzou est encore dans les vaps. Aide-moi à la monter chez elle.

— Je la porte jusqu'au premier. Allez, zoupi, embarquez-moi cette Zoupette pas mal K.O. La clé de son appart, dans son sac, dit Anthony.

Agrippée aux cheveux d'Anthony, Zoé reprend ses esprits en partie.

— Toi es mignon... toi mignon, toi, beau mignon, pour Lion, pour photogra... J'ai soif... de l'eau, implore-t-elle, ouvrant sa bouche comme un poussin manquant d'air avant de mourir.

— Rentrons, si je peux trouver la clé dans ton fouillis de sac. Ton sacré livre! toi aussi, tu lis la Chatterley? C'est Mathilda qui te les refile ces bouquins? Ah! j'y suis, le vicieux libraire photographe! Bouff! Quelle pagaye dans cette chambre! Allonge-la sur son lit. Enlevons-lui sa blouse, qu'elle respire un peu. Oh! Mais c'est affreux! Regarde-moi ces brûlures, ma pauvre Zoé, tu es criblée de brûlures, des cicatrices énormes, des cigares! Les fleurs que tu portes collées sur ta peau en dansant? J'y suis, moi qui croyais que c'était une idée originale de costume de fille des îles. Ces plaies! Ah! les barbares! Qui te fait ça? Il va falloir que tu me le dises, que je lui parle. « Non contents de la droguer et d'abuser d'elle, ils lui piquent toutes ses piastres, et il faut, en plus, qu'ils la martyrisent. Tu vois, Anthony, que mon travail de... danseuse n'est pas inutile, » dit-elle. Le mot *policier* a failli lui échapper. Elle se reprend, « je peux, au moins, aider des copines maltraitées comme Zoé. »

Les lèvres pincées d'Anthony n'approuvent pas. Zoé, le pantin disloqué, marmonne de sa tête grandiloquente, « le show, le show, je veux y aller ».

-15 -

Automate en fer forgé orné de feuilles d'acanthe, la grande grille s'ouvre dès l'appel lancé aux agents de la sécurité par le chauffeur de la Cherokee. Corinne avide de voir de ses yeux espions, scrute tout : Somptueux jardin à l'italienne, style Villa d'Este : des haies de buis, des fontaines bruissantes sous le soleil de Westmount, des Vénus de marbre, noyées dans la fumée d'hickory et de volailles grillées sur le grill géant…que les invités de marques se congratulant à qui mieux mieux vont déguster. »

— Cori, admire, le Boss a ses filles de marbre qui lui font un show dans son jardin italien; on va bouffer un barbecue sicilien, dit Zouzou

— Et là-bas, l'étendue d'eau?

— Le lac Saint-Louis. Il y amarre son mini voilier de soixante-dix pieds. Des boiseries… Oh!!! on s'y amuse… T'es *smart*, t'es riche, t'es riche, t'es *smart*… le Boss est riche et *smart*!

Le chef du petit groupe de protection rapprochée, travaillant pour assurer la sécurité du Boss donne des ordres : « Directement dans le garage s'il te plaît. Nous prendrons les filles en charge à l'intérieur. »

— Vous, les trois filles, passez par le corridor de la cuisine. Toi, la nouvelle, qui t'envoie ici? Fais attention, ta sacoche… ne scratche pas les Ferraris au passage.

— Hop! pardon, excusez-moi, c'est Lionel, je danse au Tango, répond Corinne. « Grand-père, que c'est beau! "Ma fille, le beau nénuphar cache parfois les sables mouvants dans les eaux pures du marais. Écoute, sens, regarde, le renard est passé sous ce taillis, ses poils d'hiver abandonnés." Corinne, Corinne, tes yeux! Grave dans tes yeux, mémorise donc, mémorise les chiffres, les plaques des bolides rouges, un numéro, un nom, un vrai est lié à ces plaques… ça peut toujours servir. »

— Les filles, le corridor de la cuisine. Rentrez dans la salle de maquillage. À vous de jouer… Chloé, montre à la nouvelle…

La nouvelle suit le mouvement, docile et curieuse comme une fouine désinvolte.

Tout est bougrement excitant dans cette demeure princière hi-fashion et high-tech! Dans quel traquenard va-t-elle se fourrer?

Dans la salle de maquillage, Zoé, l'œil éteint et sourire perdu, se pomponne cachant ses brûlures par des fleurs complices.

— Chloé, as-tu remarqué les cicatrices de Zoé, des brûlures comme des pièces de cinq cents? dit Corinne à mi-voix, tout en examinant, adossée au mur, le studio bien éclairé. « Très grand miroir, beaucoup de lumière, grandes toilettes, douches aux parois de verre, fleurs et parfums, belle salle de maquillage, avec un king-size de divan par-dessus le marché! Grand confort, bien mieux que dans le club! Un décor trop bien planté à mon goût … »

— Je n'aime pas beaucoup voir ces cicatrices. Ne parlons pas de ça maintenant, veux-tu? Ce n'est pas mon problème ce soir. Change-toi donc et prends un verre. Zouzou ne se gêne pas pour en prendre.

« Un peu trop », pense Corinne, plus occupée à mémoriser le contenu du salon de beauté.

Une vibration insolite de la cloison raisonne dans sa tête appuyée à la paroi. Ses sens sont en alerte. Elle colle son oreille sur la cloison capitonnée de tissus orientaux aux couleurs vives ramagées de fil d'or.

— Chut, murmure-t-elle, quelque chose bouge dans cette cloison. Un moteur!

— Laisse faire, dit Chloé, faisant danser ses seins volumineux devant le miroir. Corinne, narines déployées

— Quelqu'un fume un Montecristo parfumé au rhum, remarque-t-elle.

— Comment sais-tu ça?

— Je connais, mon chum en fumait. J'ai déjà… Chut…, tu…?

Chloé hausse les épaules.

— Bois donc ton verre, fais comme Zouzou.

— Je prends des antibiotiques.

— Pourquoi donc?

— Infection, dit Corinne en montrant son bas ventre. Un salaud, le fumeur que j'ai viré, tout en examinant avec soin l'arête épaisse du grand miroir. « Faux miroir, miroir double, nous sommes surveillées! Le cigare, de l'autre côté. Nous offrons un spectacle à des invités. Ah, ah! Voilà le show privé du Boss. Attendons la suite… mais? »

— Prends une douche, dit Chloé. Zouzou, viens, viens ma chérie, ne boit pas trop vite. Je vais t'essuyer, te masser, t'embrasser. Tu aimes mes caresses. Viens sur le sofa.

Corinne, l'œil brillant, le nez dilaté, les oreilles aux aguets, gobe la scène de sa bouche estomaquée.

« Tiens? Chloé fait des avances à Zoé, c'est nouveau ou c'est du cinéma? Zoé fait quelques pas, timides ou hésitants, remarque-t-elle. Non, incertains… elle titube presque. La revoilà dans les vaps. Elle ne peut vraiment pas se passer de sa dose. J'y suis. Qu'a-t-elle consommé? Qu'a-t-elle bu? Le show va commencer. Elles vont jouer les lesbiennes. Mais qui reluque derrière ce miroir? Comment vais-je me sortir de ce pétrin? »

Elle s'isole dans les toilettes et crie assez fort pour être bien entendue.

— Oh.merde, voilà que ça revient, jusque sur mes cuisses !

– Quoi donc? demande Chloé entre deux baisers.

– Regarde-moi cette fuite! C'est chaque fois de même chose, ces antibiotiques décalent mes dates. Qu'est-ce que j'ai fait au bon Dieu, des fuites aujourd'hui!

– Tu ne peux pas faire le show avec nous dans ces conditions, dit Chloé irritée, tout en caressant Zoé soumise.

Corinne ne se prêtera pas à ce spectacle abominable. « Jamais, jamais! Où me suis-je fourrée? Ma dent… Je t'en prie, ne me laisse pas choir dans cette sloshh puante »

Un gars entrouvre la porte. « Habillez-vous les filles … rejoignez les invités dans la biblio. Chloé, le Boss te demande. »

« Ouf! merci ma dent », se dit Corinne, en ajustant à la hâte, à l'écart du miroir hypocrite, sa jupette, son corsage. Chloé est courroucée.

– La prochaine fois, tu garderas tes périodes à la maison. Icitt, ce n'est pas une infirmerie mais une machine à piastres, dit-elle. Tu me fais perdre ma journée de reine du faux miroir. C'est ma spécialité et mes dollars!

– C'est ton affaire, répond Corinne, excuse-moi.

Dans la bibliothèque aux rayons couverts de livres anciens, Chloé va se rattraper en circulant, de convive en convive, dégustant du caviar et de l'esturgeon fumé et conversant du bout des lèvres avec des galants subjugués.

Le Boss est là, crâne luisant, petits yeux noirs de boa pétillant de malice, trônant dans son fauteuil de cuir de buffle, entouré de quelques invités qui s'apprêtent à jouer au poker. Une caméra vidéo sommeille sur la table d'acajou incrustée d'ivoire.

« Le cigare et le rhum… Le comptable est ici, mon flair est bon… Oh! ça alors! que fabrique le commandant parmi tout ce monde huppé? Il porte une chemise blanche, il doit en avoir des dizaines dans sa garde-robe d'officier de police. Il me regarde d'un œil éteint. Sait-il dans quels draps il me glisse? "Vous danserez pour nous, avait-il dit. Vous danserez pour nous." C'est bien ses paroles. Il m'ignore, détourne son regard. Je le comprends, s'il m'a vue derrière le miroir, il doit être un peu gêné tout de même.

« Ce beau livre sur la table en ébène? Beaucoup d'art africain ruisselant de mystère et des livres dont les reliures peaufinées par des maîtres anciens contrastent avec l'autre table en acier brossé. En arrière-plan, cachés par un paravent chinois et la pénombre, des invités fument le cigare. Les mots du commandant "vous danserez pour nous" et le "vous ne m'avez jamais rencontré!" jaillissent comme une source vive. Le commandant fait-il partie de la combine? Est-il client ou fournisseur? »

— Sylvestre, prenez une coupe de champagne, le rosé est le meilleur, et assoyez-vous à côté de mon ami, grand patron d'une société de transport maritime, dit le Boss, désignant un homme d'affaires ressemblant, à s'y méprendre, au commandant.

Corinne prend un air dégagé tout en se questionnant : « Ce n'est pas possible, le commandant ici? Qu'a-t-il à voir avec une compagnie de navigation? A-t-il un frère jumeau identique? Pourtant? Pourtant? »

Corinne est plus que perplexe; l'incisive gauche ébréchée du commandant l'obsède. Elle sourit. Il se tire l'oreille droite…et racle la gorge… un tic! Le même.

— Serveur, passez-moi votre plateau, dit-elle, en essayant de couvrir son désarroi. Une coupe monsieur?

— Sylvestre, rendez le plateau, vous êtes ici pour vous détendre. Et ce n'est pas votre travail. Vous n'aviez pas l'air dans votre assiette tout à l'heure. Je… je vous ai vue arriver, dit le Boss, ce verre de champagne rosé vous remettra d'aplomb.

Corinne ne répond pas : « Oui, oui. Explique mon arrivée. Tu parles, monsieur le grand Boss, tu voulais surtout voir mon cul derrière le miroir, le montrer au grand navigateur et à tous les autres et me filmer, en plus. Si tu savais que ton ami navigateur est mon commandant. J'en mettrais ma main au feu. C'est bien lui. Quel jeu joue-t-il celui-là? Et ton comptable et son cigare, a reçu une invitation au spectacle, lui aussi! Que peut bien faire le commandant ici, entre le Boss et le comptable? À moins, qui sait, un frère jumeau? Pourtant cette incisive gauche légèrement ébréchée, son jumeau ne l'aurait certes pas au même endroit, cette cassure si petite! C'est bien lui, il n'ose pas me regarder. Je dois lui couper la parole. Il se tire l'oreille gauche et se racle la gorge : ses deux tics! Je n'ai pourtant rien bu qui pourrait me donner des visions! »

Le Boss insiste.

– Vous ne prenez vraiment pas ce champagne rosé, c'est pourtant le meilleur?

Le commandant observe la scène du coin de l'œil tout en feignant de tripoter le livre de luxe.

– Toujours des médicaments, répondit Corinne, je ne dois pas faire de mélange, j'en perdrais la tête.

– Ce serait amusant, ricane le Boss.

Corinne repousse l'offre des mains. « C'est ça, je ne vais pas prendre le seul verre de champagne rosé sur le plateau pour me retrouver comme Zoé dans les vaps, pense-elle. Dans ta belle cabane, Boss, je ne boirai rien ce soir! Zoé ne nous rejoint pas dans cette bibliothèque, où est-elle donc passée? Lion, tu es un ignoble salaud d'envoyer Zoé dans un tel abattoir! Je ne consentirai jamais à m'abaisser de la sorte. Vous traitez cette fille que vous martyrisez bien plus mal qu'une bête. Tiens! Surprise, le comptable précédé de son long cigare, le guidant à pas feutrés vers la salle de maquillage. Où est passée la pauvre Zoé? "Écoute le renard… sens l'odeur des feuilles mouillées…" Le cigare… le rhum… "Le renard est malin, il glapit afin que tu bouges. Reste contre le vent pour le tromper à son tour."

« Oh grand-père! si tu savais comme je te suis reconnaissante de m'avoir appris à me servir de tous mes sens! Je suis entourée de fauves tapis dans la pénombre! Ils sont en chasse et c'est moi le gibier. Je dois sortir de ce piège à gazelle. Ma dent, où est ma dent? La voilà, coincée sous mon corsage! »

— Assoyez-vous près de moi, dit le Boss prévenant.

— Oui monsieur. « Voilà qu'il me vouvoie à présent…de la classe, galant, un peu trop… jouons le jeu. » Quelques minutes, monsieur, je dois rentrer, je travaille ce soir et j'ai un rendez-vous important à cinq heures.

— Cinq minutes, mon ami fera plus ample connaissance et je vous raccompagnerai. Je vous laisse seuls.

Gênant ce tête-à-tête. Corinne ne peut se défiler, il lui faut du culot.

— Depuis combien de temps êtes-vous dans la navigation? Avez-vous parcouru le monde avec vos bateaux de plaisance? demande-t-elle.

— Pas de Queen Mary ou de Princess of the Sea de plaisance, mais des porte-conteneurs, du fret de toutes sortes, des pinardiers et des bananiers. Sur ces derniers, il y a des cabines très confortables réservées à quelques passagers. Si un jour vous voulez descendre vers les tropiques, mes trois bananiers, prennent des passagers. De très belles vacances en perspective. Je vous les offre… vous êtes associée au Tango, alors…

— On y mange que des bananes flambées au rhum? Si mon patron me donne des vacances, je ne dis pas non. Peut-être un jour, monsieur? Votre nom déjà?

— Appelez-moi Clovis…à bientôt. Voici votre chauffeur.

Le Boss chauffeur est guilleret; émoustillé par sa passagère, qui sait?

126

— Capitaine au long cours, il faut que je file, Chloé vient te rejoindre, traite-la bien. Salut, pense... efficace, efficace! Filons Silvestre...

Sur le cuir noir du siège avant de la Mercedes décapotable, la peau claire de Corinne saute aux yeux gourmands du Boss excité.

— Où allons-nous? demande-t-il d'une voix courtisane.

— Coin de Laurier et Parc.

— Coïncidence, je vais chez Monas, je transforme *Les Gazelles*. Un nouveau club; il est à toi... en exclusivité, si ton show marche à fond au Tango.

— Il marchera. Je suis prête, si Lion ne traînaille pas.

— Que penses-tu de Lion? Moi, il m'emmerde. Il n'en fait qu'à sa tête... tête dure, tête dure! Trop occupé ailleurs. Il joue sur deux tableaux. Veux-tu le surveiller pour moi?

— C'est vous le Boss, non? Moi, je ne veux que danser. S'il vous plaît, ne me demandez pas de venir faire des shows spéciaux dans votre jolie maison. Vous me payez pour que je danse au club. C'est tout.

— Minute, minute! Tu te fâches vite, sans raison. Le boss? Humm! des fois je me le demande. C'est un business très dur. Tu devrais en sortir. Tu veux que je t'aide, je peux te financer une boutique de mode, si tu es compréhensive avec moi. Lingerie fine, tu dois aimer, tes costumes sont bien dessinés. Dessous frivoles, il y a un marché pour les belles femmes et les gars qui leur font des cadeaux.

— Vous avez bien d'autres chats à fouetter et des Lions aussi.

— Surveille-le pour moi. Il me joue dans les pattes.

— J'ai assez de mal à me surveiller.

— Tu es smart, si tu veux ta boutique... tu serais élégante dans une boutique high-class sur Sherbrooke.

Sur la cuirette exotique la cuisse pâle est devenue provocante. Le Boss s'excite, allonge le bras, sa main est douce et agressive. Corinne sent le geste, très... trop audacieux. « Il se croit tout permis celui-là » Elle ne bronche pas, se cabre et marque un temps. La main ..? « Il travaille de la tête plutôt que des mains. Un homme, encore un...ose poser sa main sur ma cuisse... c'est la première fois que je suis agressée aussi directement, même dans le club, personne ne m'a encore touchée. Je n'ai jamais fait, et ne ferai jamais, la danse contact. Alors Boss, enlève ta main. » Elle est troublée par le geste doux inattendu. Elle rougit des pieds à la tête et revoit, dans un flash, toutes ces dernières vacances – Anthony et ses doigts timides surchauffant son désir enflammé. Elle esquisse un sourire mêlé d'un soupir, mais c'est la main du Boss. « Mon Dieu, mon enquête? rue Laurier, déjà! Je n'aurais pas dû laisser cette main sur ma cuisse aussi longtemps. Oh Anthony! »

– Monsieur le Boss, s'il vous plaît! Vous me payez pour être danseuse, votre main s'égare, retirez votre main... Je vous en prie. Le regard du Boss se fait cajoleur.

– Appelles-moi Frank, comme tout le monde...Ta boutique, rue Sherbrooke, tu y serais reine...

Corinne confuse est sauvée par le feu rouge.

– Hop! Laurier et Parc, je suis arrivée. Merci pour le lift. Bye bye!

« " Le castor pris au piège se ronge la patte pour se libérer ". Grand-père, tu as toujours raison » se dit-elle.

Quelques pas de course et Corinne s'affale à la terrasse du Café Lévesque :

– Excuse-moi, je suis en retard, dit-elle, se recoiffant.

– Je t'ai vue passer dans la Mercedes décapotable, qui était-ce?

– Mon patron. Il savait que j'étais en retard. Il venait chez Monas, j'en ai profité.

– Et lui aussi…

– Ne fais pas cette tête, sois gentil.

– Pourquoi t'accompagner dans son bazou de luxe?

– Je te l'ai dit, il venait chez Monas.

– Acheter des bols à salade. Il a dû t'en raconter tout une, dit Anthony hargneux.

– Tu n'as aucune raison de le prendre sur ce ton. Sois gentil avec moi. Fais-moi confiance, d'accord?

Corinne prise au piège de son combat? Elle n'est pas la seule. Dans ce drame de générations qui s'interposent et de femmes qui ne veulent pas partager leurs amours, Georgina doit livrer le sien. Les yeux perdus dans l'obscurité de son salon, le programme tardif de la télévision grecque ne l'intéresse guère. Les nouvelles d'Athènes? Bof, les catastrophes des autres ne représentent rien à ses yeux. Elle pressent que quelque chose de bien plus important se trame sous son toit. Son fils a brusquement changé. Après quelques jours d'enthousiasme exubérant à son retour de vacances, il ne desserre plus les dents et reste des heures dans sa chambre, le regard rivé au néant du plafond ou fixé, face à la fenêtre, vers l'avenue du Parc.

Il rentre trop tard.

– Bonsoir mon grand, dit Georgina, minuit passé, assieds-toi près de moi. Parlons un peu. Raconte-moi ta journée.

– Je suis fatigué et préférerais me coucher. J'ai des cours de bonne heure.

– Pas demain, c'est samedi. Tony, assieds-toi, tout à côté de moi, j'ai besoin de te parler. Nous ne nous parlons pas assez souvent. Je voudrais t'expliquer ce qu'est la vie, ma vie. Je sais, ma vie c'est ma vie, et ta vie… tu commences à penser qu'elle est tienne, à toi seul, que personne ne peut s'en mêler, que seule une autre personne a le droit de la connaître, que tes parents n'ont plus aucun droit de regard et tu as bien raison! Sais-tu comment on appelle l'état d'âme d'un garçon de ton âge, qui est bien plus un homme qu'un garçon? Je m'en rends compte depuis quelques jours, mais, tu as les yeux rouges, tu ne pleures pas pour rien. Un gars de ta trempe ne pleure pas pour rien. Je sais ce qui fait mal à mon grand fils que j'aime. Mon chéri, cette douleur qui te tourmente, t'étouffe et t'étrangle, c'est quoi? Ces poignards qui te perforent le cœur? Tu ne peux pas me le dire, tu ne veux pas me le dire. Cette angoisse qui te pousse au désespoir... Je connais ; c'est l'amour! Tu es amoureux. Depuis ton retour, tu es amoureux de cette Corinne que je veux connaître un jour. Elle ne peut pas continuer à rendre mon fils amoureux et en même temps, lui faire de la peine.

– Maman... comme tu es bavarde. J'ai besoin de réfléchir, de me retrouver, seul, de comprendre ce qui m'arrive. Je veux être heureux avec cette personne et sa façon d'entrevoir sa vie tournée vers la nature, l'infini, le cosmos.

– Cette Corinne n'est pas de ton âge. Elle pourra se marier avec un homme plus âgé qu'elle. C'est tout naturel et l'usage. Toi tu grandiras aussi. Il faut que tu t'amuses et connaisses d'autres jeunes filles de ton âge et puis... elle est si loin de nous, de notre façon de voir les choses. Elle est indienne et québécoise. Elle n'est pas grecque. Travaille-t-elle?

– Non... oui... elle étudie la biologie et la chimie.

– Et elle veut devenir policière pour venger un membre de sa famille, pas vrai? Chéri, viens dans mes bras. Dis-moi tout. J'ai tout compris et j'ai parlé à Alexis après avoir rencontré Corinne une deuxième fois au marché Jean -Talon. Elle portait son chignon torsadé à l'envers, comme le fait ta grand-mère qui est gauchère, et elle le retenait avec un peigne en bois d'olivier gravé du symbole de l'île de Chios. Un souvenir de vacances sans doute.

« Alexis m'a envoyé une photo d'une porte de vieux four et d'un fragment de vieille pelle qu'il a fait encadrer. Quand il m'a dit que des touristes, des jeunes Canadiens, avaient découvert ces objets en Turquie, dans les ruines brûlées d'une très grande ferme, et qu'il croyait que c'était la nôtre, j'ai tout de suite pensé que c'était toi le touriste. En voyant le chignon torsadé à l'envers, j'ai su que Corinne, la Montréalaise, avait aussi fait le voyage. Et tu sais combien bonasse est Alexis, il ne ferait pas de mal à une mouche et surtout, pas à toi. Il m'a si souvent dit " Je l'aime, comme s'il était mon fils", et souvent répété des " Cette petite est bien plus Grecque que nous." Il a ajouté, ce qui me surprend tout de même, " Georgina, crois-moi, quand j'ai vu cette jeune fille arriver à l'aéroport, j'ai eu une vision éblouissante de l'arrière-grand-mère cuisant du pain; la même scène que nous avons sur la photo sépia datant de 1912; même allure altière, même fière prestance d'un cavalier sur sa monture venant du grand Nord. La grand-mère montait comme une reine, fière, digne… même sourire sincère et rayonnant d'un missionnaire débarquant sur une terre lointaine pour y conquérir toutes les âmes! Et voilà que cette jeune fille perdue découvre ces lambeaux de vieux four dans un lieu si peu connu de nous tous! Elle nous a affirmé qu'elle avait rêvé de ce four dans la cour de la ferme et c'est là qu'elle l'a trouvé. Fabuleux… incroyable! Georgina, j'avais promis à Anthony de ne rien dire de sa visite, mais devant cette porte toute rouillée du four de nos ancêtres et cette vision, vraiment je ne peux pas me taire… et de la façon dont Anthony et Corinne se sont comportés pendant ce séjour. J'ai cru voir le bonheur à l'état pur, Georgina, parfaitement pur, bien plus pur que tout ce que je pouvais imaginer. Ces enfants s'aiment! C'est éblouissant de vérité, mais il y a quelque chose

131

d'immensément pur et surnaturel dans leurs amours!" Au bout du fil, la voix d'Alexis s'excitait, " En quelques jours, ils ont gagné la sympathie de tous. Les grands-mères les regardaient avec tendresse; les hommes, surpris de leur jeune assurance, avaient un sourire d'admiration. Ne trouves-tu pas bizarre l'étrange ressemblance qu'a Corinne avec toi?"

« Tu as cru revoir ton premier amour. " Et mon dernier, tu le sais trop bien. Je ne me suis jamais marié."

« C'est vrai, Alexis, pardonne-moi. Je me rends compte, maintenant, que ton amour pour Sofia était aussi une immense passion. Tu as été fidèle à cet amour pendant ces quarante ans et tu le resteras jusqu'à ton dernier souffle. C'est beau, tellement beau! Es-tu heureux au moins?

"Ta question est stupide Georgina. Qui t'a dit que l'amour blessé rendait heureux? Mais il est, comme tu viens de le dire, beau! Voilà ce que je ressens devant ces enfants. Fais attention Georgina, l'amour brisé peut tuer un être humain aussi facilement que la foudre. Que mon beau-frère, toujours aussi fougueux et têtu, je présume, ne casse pas ces cœurs de cristal. Ils n'ont pas besoin de lui et de nous pour vivre. Leur monde est serein, plein de lumière, pour nous, éteinte depuis longtemps. N'essayons pas de les comprendre dans leur univers que nous n'atteindrons jamais. Nous assistons à un miracle!" »

Alexis avait bien ajouté « Ces deux êtres ne pourront jamais être séparés. J'en suis sûr. Ils vivront ensemble d'une façon ou d'une autre, ou mourront ensemble en parfaite harmonie. Je leur souhaite tout le bonheur du monde. Je sais ce dont je parle et je ferai tout pour qu'ils soient heureux. »

Georgina ne répète pas cette dernière phrase chargée de mots bien trop fatidiques. « ... ou mourront ensemble. » Elle tressaille : " trop de jeunes garçons s'enlèvent la vie sans raison apparente. "

Alexis n'avait-il pas vécu des amours brisées lorsque sa fiancée, aussi plus âgée de trois ans, combattante contre les forces communistes, avait été capturée par l'armée révolutionnaire et mourut, sous les tortures, en refusant de trahir ses camarades infiltrés dans les forces bolcheviques. À bout de chagrin, pour se tuer à son tour, Alexis se porta volontaire dans les missions les plus périlleuses, mais la mort ne voulut pas qu'il rejoigne sa bien-aimée. Au contraire, il devint un héros national. Il ne s'est jamais marié.

– Mon oncle nous a longuement parlé de sa fiancée Sofia et de leurs périlleuses missions pendant la guerre anticommuniste interminable, dit Anthony.

– Elle avait été faite prisonnière et torturée au début de la bataille. Elle mourut en Juillet. Alexis eut un chagrin qui le ronge toujours. Il s'est porté volontaire dans des missions impossibles de commandos pendant les trois années suivantes. Il y raillait la mort. La pauvre Sofia ne l'accompagnait certainement pas.

– Comment peux-tu dire ça? Si Sofia l'aimait avant sa mort, elle l'a accompagné partout dans les missions les plus périlleuses, et lui a donné le courage de se dépasser au combat grâce à l'amour qu'elle éprouvait, vivante et passionnée. Elle l'aidait à combattre et à vivre pour remporter la victoire, sa victoire, leur victoire! C'est Sofia qui le transportait dans son héroïsme. Il nous a raconté toutes leurs batailles, les larmes aux yeux. Il pleurait Sofia.

« Au défilé militaire, le jour de la fête nationale, il portait ses douze médailles y compris les deux décernées à Sofia. Il était si beau ce jour-là. Il se mordait les lèvres pendant le salut aux morts en retenant ses larmes. Quand le ministre des armées quitta l'estrade d'honneur et traversa, seul, la grande place pour venir lui serrer la main et se pencher sur ses décorations, il se raidit et salua. À cet instant, je ne sais qui en a donné l'ordre, la garde d'honneur a présenté les armes, la foule a applaudi... pas le ministre, mais Alexis. Quand il a montré les décorations de Sofia au ministre, les siennes semblaient n'avoir aucune importance, une larme a roulé sur sa joue burinée. »

— On l'avait surnommé le tigre bleu, dit Georgina, le regard absent.

— Pourquoi?

— À cause du petit foulard de soie bleu de Sofia qu'il a porté pendant toute la guerre très meurtrière.

— Il l'avait à la parade. Le ministre l'a même touché. Il devait tant l'aimer sa Sofia!

— Tu as raison, l'amour d'un cher disparu peut transformer le survivant et le faire renaître. Alexis en est la preuve, dit Georgina rêveuse.

— Maman, dit Anthony, maman, répète-t-il avec douceur, en prenant la tête de sa mère entre ses grandes mains, maintenant que tu sais que j'aime Corinne, je ne t'appellerai jamais plus Georgina mais Maman, comme tu le souhaites. Voudras-tu être celle de Corinne aussi?

— Nous verrons. C'est d'abord ta santé qui me préoccupe et tes études. Mais habille-toi comme avant, tu es très élégant quand tu veux. Si tu le fais pour Corinne, j'en profiterai un peu. Explique-moi comment elle a pu découvrir ce vieux four?

— Elle avait vu en rêve l'aïeule cuire du pain à l'arrière de la ferme.

— Comment ça, l'as-tu entendue rêver?

— Mais maman, je ne couchais pas dans sa chambre! Pourquoi me poses-tu cette question? Tu penses que nous avons... Corinne est majeure et je ne suis qu'un adolescent de quinze ans. Elle me respecte et me respectera tant que je n'aurai pas atteint l'âge officiel.

— C'est rare de nos jours tout ce respect, dit Georgina, examinant son fils qu'elle trouve bien grand et bien mûr pour son âge. Oui, tu es un homme, bientôt, ou déjà, avec des moustaches, alors, pendant les vacances, avec une jolie fille… Corinne est jolie, c'est vrai, tu aurais…

— Maman, bonne nuit, je sais où est mon devoir.

— Je te fais confiance, mais j'aimerais que tu ne rentres pas si tard tous les soirs et n'aies pas cette mine contrariée. Je voudrais bien savoir qui en est responsable.

— Je réglerai mes problèmes tout seul.

-16 -

— Lion, regarde un peu, quel est ce type qui se planque dans la pénombre au coin de la ruelle, c'est un gars qui travaille pour toi ou contre nous? dit le Boss, fais-le moi disparaître. Je n'aime pas tes fréquentations depuis un certain temps, surveille-toi Lion, surveille-toi. Couche avec qui tu veux, mais pas de double jeu et de double territoire. Tu sais ce qui peut t'arriver, je te le redis, c'est arrivé à d'autres.

— Oui Boss, je vais y voir, je ne sais vraiment pas qui se cache dans le coin.

— Justement, vas-y voir. Reviens avec ce type.

Lion sent le vent tourner, d'autant plus que sa conscience n'est pas des plus tranquilles. Le Boss a repéré ses petits manèges et ses grands trafics. Le fait-il espionner par cet inconnu? Lionel n'a plus qu'à exécuter les ordres laconiques bourrés de sous-entendus. L'atmosphère de la boîte de nuit s'alourdit. Un orage approche. Le Boss est bien capable de le faire surveiller aussi.

L'inconnu est tapi dans le noir au bord de la ruelle.

— Eh, toi, que fais-tu là dans la pénombre? As-tu du feu? dit Lion.

— Je ne fume pas.

— Avance sous le lampadaire, Tu es grand. Oh! bien fringué! Qui t'envoie icitte, la police?

— Personne.

— Alors, tu cherches du travail? j'en ai. Allez, pas d'histoire, qui t'envoie icitte? mais tu es tout jeunot. Tu es beau gars! pas très bavard. Tu attends une fille? Qui? Je vais le lui dire. Laquelle? Suis-moi, viens rencontrer le Boss. Il n'aime pas que des gars fassent le guet devant ses clubs.

Viens! Oh mais tu es bien balancé! J'ai connu un gars comme toi, aussi grand, brun, beau comme un chérubin. Il avait des cheveux lisses, les tiens sont bouclés. On me l'a confisqué. J'ai eu beaucoup de chagrin. Mais qui attends-tu, allons, tu peux me le dire? Les filles, je les connais toutes, plus que bien. Si tu en veux une...
　　– Personne.
　　– Écoute, ne joue pas au plus malin avec moi et viens t'expliquer. Allez, donne-moi le bras. Oh! cuir très doux, beau blouson, fais voir la marque. Tu es *smart*.
　　– Ne touchez pas à ça!
　　– Avance si tu ne veux pas que je te botte le cul!
　　L'inconnu se rebiffe.
　　– Fichez-moi la paix, je n'irai pas!
　　Il dégage son bras emprisonné dans les mains de Lion qui le tiraille. La manche du blouson se déchire. Bruit sinistre, signal de la bagarre. Une main s'abat sur la gorge et l'épaule de Lion qui titube. L'inconnu bondit comme un félin et disparaît dans la nuit. Lion, cassé en deux, regagne son club, bredouille, la tête basse, l'épaule endolorie.
　　– Que t'arrive-t-il? dit Corinne en le voyant recroquevillé, le Boss te cherche, il n'est pas de bonne humeur.
　　– Oh putain, ce connard qui se cachait dehors! Un grand gars qui a failli me tuer. Hum, il était beau! Il m'a filé un coup, regarde, j'ai la clavicule cassée.
　　– C'est rouge. Lève ton bras, non, rien de fracturé, mauviette! Tu t'es fait battre mon pauvre Lion! Tu lui as pincé les fesses, tu as essayé de lui chanter la pomme et il t'a répondu par une volée. C'est rigolo. Je voudrais bien connaître le gars. T'a-t-il donné son nom au moins? dit Corinne ironique.
　　– Non. Il attendait une fille, mais sa voix... du velours! S'il revient, il faut que je lui parle. Il est beau!
　　Le sang de Corinne se fige.

— Quelle taille as-tu dit?

— Presque six pieds... Un ange!

— Sa voix?

— Du velours!

— Son nom?

— Ma chérie, il n'a pas voulu me le confier.

— Mais il t'a dérouillé, pourquoi?

— Il est beau comme un dieu et méchant...

— Va voir le Boss, il te cherche, dit Corinne tout à coup perplexe. Ce comme un dieu. », la ramène au sien.

— Dis-moi, ses cheveux, noirs ou bruns, comment étaient ses cheveux?

— Bouclés, noirs. Un ange... je t'ais dit!

— Va voir le Boss, répète Corinne soudainement songeuse.

Le visage de son frère se superpose à celui d'Anthony. Encore un autre souci qui peut tourner au cauchemar. Cette mission devient des plus téméraires puisque, sans prendre garde et préparation, Anthony gravite dans le secteur... C'est bien lui, grand, brun, frisé, voix douce, réflexes prompts. Oh mon Dieu!

Le marché Jean-Talon regorge de fruits et légumes fraîchement cueillis par les paysans qui y vendent leur récolte en grandes palettes multicolores savamment étalées. C'est l'occasion pour les immigrants montréalais de se retremper dans l'ambiance de leurs marchés nationaux, qu'ils soient de Smyrne, de Marseille ou de Calcutta. Corinne se délecte de cet exotisme. Un cantaloup odorant par-ci, des poivrons brillants rouges et verts par-là, des tresses d'ail frais pendant comme des colliers sur des tonnelets regorgeant de thym, toutes ces bouchées d'été s'harmoniseront avec l'huile d'olive, première pressée, aromes grecs, encore le meilleur moyen de prolonger et mordre ses vacances. D'un étal voisin, Georgina observe la sereine Corinne faire son marché. Elle dit un mot complaisant.

– Joli panier! Il ne vous manque plus que le feta national, dit-elle. Vous permettez que je vous offre celui-ci? C'est le plus près de celui de Chios. Vous êtes resplendissante avec votre chignon bien torsadé et votre teint doré.

– Bonjour madame. Vous aimez ces fromages et ces figues fraîches de votre pays, moi aussi, dit Corinne en grec.

– Vous avez fait des progrès énormes dans ma langue, vous avez dû avoir un bon professeur. Avez-vous quelques minutes? Je vous offre une viennoiserie et un café bien pressé. J'ai besoin de vous parler sérieusement d'un sujet très important, pour vous, comme pour moi. Mon frère Alexis, que vous connaissez, m'a appelée, non pas pour me parler de lui, mais de vous et d'Anthony. J'ai toujours eu une confiance absolue en mon frère. Je l'ai vu terriblement souffrir quand il a perdu sa fiancée qui s'appelait Sofia.

À la boulangerie Première Moisson, Mme Colpron, la fondatrice, œil de faucon sur la bonne marche de sa maison, veille au grain, dans les deux sens du mot. Elle tient mordicus que son pain soit goûteux et elle photographie ses clients mentalement. Aucun ne lui échappe, elle se rappelle leur visage et leur nom! « Madame Costas, voici une petite table pour vous et votre fille. »

Si Corinne sourit, Georgina ne répond pas. Tracassée, elle entre tout net dans le cœur du sujet, le cœur de son fils et du sien; celui de Corinne lui importe si peu. Elle n'a aucune envie de faire des mamours et de perdre du temps pour discuter d'un sujet aussi brûlant qui incendie le cœur de son fils et risque de mettre le feu à toute sa famille.

— Je suis au courant de votre liaison avec mon fils. Je suis sa mère, j'ai le droit de savoir. Il n'est qu'un adolescent. C'est bien drôle d'avoir un chum plus jeune, de le poursuivre en Grèce pendant ses vacances, ce n'est qu'un caprice, j'espère. Où voulez-vous en venir avec lui?

— Madame Costas, je serai franche et directe avec vous, l'épouser! Je veux l'épouser dès qu'il en aura l'âge, s'il veut bien de moi. Et le rendre le plus heureux des hommes par mon amour infini pour lui.

— Si je ne vous connaissais pas depuis longtemps, je prendrais cette histoire comme du fun de jeunesse, mais votre différence d'âge et de religion orthodoxe que vous ne pratiquez pas?

— Pardon? Sans vouloir vous offenser, madame, n'avez-vous pas trois ans de plus que votre mari? Personne ne le sait et ne s'en rend compte. Voilà que votre mariage dure depuis vingt ans. J'ai besoin de lui. Rien que de le voir venir vers moi, me... je ne sais pas comment vous expliquer, je perds tous mes moyens et dès qu'il parle ou qu'il rit, alors là... je fonds. Avez-vous déjà ressenti un tel vide où votre corps n'existe plus devant un homme? L'effrayante sensation de ne plus s'appartenir. Le besoin de disparaître à jamais pour ne pas être happée par cette présence. Le besoin de fondre, de mourir, pour ne pas entraver le vol de celui qu'on aime. Ce chagrin solitaire qui vous perce le cœur comme un poignard sans lame assez longue pour finir le supplice? Vouloir mourir pour l'autre, sans qu'il sache qu'il est aimé, adulé? Madame, j'ai tant fait cet effort!

— Ne dramatisez pas, Anthony n'est qu'un garçonnet, très grand pour son âge, c'est vrai. Vous me dites avoir besoin de lui, mais lui, sait-il quels sont ses besoins? Il a tant de choses à connaître. Vous avez vingt ans bien passés, je ne sais plus, et faites déjà votre vie.

— Madame, ma vie est simple. Vous êtes femme et vous pouvez me croire, vous devez me croire. Votre « faites déjà votre vie », peut laisser croire que je fais tout pour la perdre et la galvauder. Personne, entendez-moi bien, personne ne m'a jamais touchée, pas un homme! Comprenez-vous? J'ai vingt ans et pas un homme ne m'a touchée, et personne ne me touchera! Anthony, votre fils, sera le premier. Notre vie éternelle a commencé. Rien ne pourra l'interrompre. Nos mains et nos cœurs ne tremblent pas devant l'avenir, bien au contraire. Nous avons pris la ferme résolution d'attendre le temps qu'il faudra pour convaincre tout le monde : la loi, la loi parentale, la loi divine et vous, sa mère, qu'il adore, ce qui est normal.

— Vous me faites peur, je crois entendre mon frère quand il me confiait les secrets de ses amours avec sa chère Sofia. Ils étaient tous les deux si passionnés l'un pour l'autre!

— Et si jeunes!

— Corinne, je ne sais, ni quoi dire, ni quoi faire avec cette découverte. Donnez un peu de temps à Anthony, je vous en prie, ne le rendez pas malheureux. Rencontrons-nous plus souvent. Il n'est pas heureux en ce moment, il rentre très tard. Le retenez-vous si longtemps? Je vais essayer de ne pas parler à mon mari de cette aventure. Lui aussi rentre tard de son travail. Il serait certainement furieux d'apprendre que vous lui enlevez son garçon avant qu'il ait l'âge de raison. Anthony est un garçon des plus raisonnables.

— Il est bien plus que ça. C'est un homme raisonné et raisonnable.

— Mais comment le savez-vous, vous ne l'avez pas élevé tout de même?

— Pendant ce séjour en Grèce, j'ai vu, j'ai senti, j'ai découvert qu'il en avait toutes les qualités, du moins, celles que je recherche chez l'homme avec qui je veux partager ma vie : franchise, courage, esprit d'initiative, grande intelligence et... je cherche le mot, délicatesse envers les femmes. Il en a beaucoup quand il parle de vous ou de votre maman, avec vénération. J'aime ça, moi! Je crois qu'il ressemble à votre frère Alexis qui est un homme formidable. Admettez que votre frère est un homme formidable!

— Vous voyez toutes ces qualités dans mon fils? Vous le connaissez mieux que moi.

— Pas encore tout à fait. Depuis mon voyage en Grèce, qui n'était qu'un préambule à nos relations, je le découvre tous les jours un peu plus ; il est passionnant! Quand il me parle de ses cours de sciences, oh quel prof! Il a l'art d'expliquer avec sagesse et passion, et pourtant il n'a que...

— Quinze ans, même pas... trop jeune.

— Excusez-moi, il faut que je me sauve, mes cours. Puis-je vous embrasser? Nous sommes deux à aimer Anthony maintenant. Regardez nos profils dans ce miroir, même moisson, copies conformes, paraît-il! C'est lui qui me le dit. À bientôt!

Corinne s'envole, léger papillon butinant, d'étal en étal, quelques morceaux de fraîcheur du terroir multicolores, avant de disparaître dans la foule ramagée du marché Jean-Talon.

La fermeté et la franchise de ces propos, laissent Georgina les bras ballants, soucieuse et désemparée.

Les paroles passionnées et catégoriques de Corinne lui annoncent qu'elle n'avait pas vu grandir son enfant et qu'elle allait sûrement le perdre. Cette jeune fille entreprenante, presque inconnue, avait jeté son dévolu sur son fils, parcelle de son corps de mère. Allait-il bientôt la quitter, peut-être fuir le nid familial? Tout cela arrive un jour, bien sûr, mais le plus tard possible, comme chez ses cousins insupportables, âgés de vingt-cinq ans, traînant encore sous le toit parental, accrochés au fer à repasser de leur mère pour qu'ils soient *smart* et machos et à la carte de crédit de leur père.

Les mots prophétiques d'Alexis se gravent dans son esprit dérouté, « Ils vivront ou mourront ensemble… mourront ensemble! Mourront ensemble! » Georgina frissonne. Il y a tant de jeunes garçons qui s'enlèvent la vie de nos jours, sans raison apparente. Mais l'amour incompris, blessé, rejeté, détruit, n'est-il pas la porte de l'ultime désespoir transposé en un acte sublime d'une dernière et ultime déclaration d'amour? Qui sait? Le drame d'Alexis, vouloir maintes fois mourir. Quelle abnégation! Quel courage!

La femme, sinon la mère, doit réagir comme bien des mères, perdant leur fils le jour de la célébration de leur mariage à partir duquel elles commencent à jalouser et détester leur bru.

La mère flouée dresse un plan. D'abord, le secret de ces amours insolites, son mari ne doit pas en être informé. Gagner du temps et savoir tout sur cette Corinne qu'elle croyait connaître. Mais une voleuse de fils ne s'aborde pas comme n'importe qu'elle femme voleuse de mari!

-18 -

La rentrée scolaire est toujours une période de mise au point et d'analyse de la capacité de l'étudiant à bien réussir son année d'études qui le propulsera vers son avenir. Les parents essaient de soulever le voile qui cache le talent de leur progéniture, qui est, sans aucun doute, bien plus douée qu'eux. Sam avait maintes fois clamé que son petit génie des sciences serait, un jour, bientôt, un grand médecin. Pourquoi docteur? Dans son vieux pays de Grèce, le titre de docteur était, de son temps, la clé pour accéder à la notoriété dans tous les milieux de la société. Il n'y avait aucune raison que le chemin à parcourir pour acquérir une bonne réputation et la fortune, soit différent ici qu'ailleurs. L'escalade sociale commence par des études dans les meilleurs collèges!

Bien cravaté et complet du dimanche, Samy serre dans sa poche l'invitation du directeur du collège secondaire de son fils, pépinière des futurs hommes de science. Depuis un certain temps, il a autre chose en tête et il a négligé les études de son aîné. Ne lui remet-il pas des bulletins qui ne cessent de faiblir depuis les derniers trimestres? Timide et appréhensif, il entre dans le collège, par la porte qui, il le ressent, n'est pas aujourd'hui un arc de triomphe à la gloire de son garçon qui lâche prise, ses bulletins le prouvent. Il y est accueilli à bras ouverts.

– Monsieur Samuel Costas, nous sommes si contents de vous voir! Savez-vous que votre fils est en passe de devenir un génie des sciences? Son avenir est assuré. Ses études seront payées par la faculté de médecine de McGill. Que ce soit en physique, en chimie ou en biologie, il n'a que des notes exceptionnelles! disent en chœur, le professeur de sciences et le directeur du collège.

144

– Comment ça? Je ne vous comprends pas! Sur ses bulletins, ses notes baissent depuis le dernier semestre!

– Montrez-nous! Mais, ces bulletins ne représentent pas les notes obtenues par votre fils! Ces notes sont fausses et ces bulletins aussi. On n'y retrouve aucune de mes annotations élogieuses et bien méritées, dit le professeur.

– C'est incroyable! Qui a pu se prêter à ce petit jeu… à cette…? C'est une plaisanterie, ajoute le recteur, où est Anthony? Pourquoi ne vous accompagne-t-il pas?

– Il doit être au karaté, sa dernière passion.

– En tout cas, les sciences l'intéressent aussi, nous pouvons vous l'assurer, mais ces bulletins sont faux. D'habitude, certains élèves manipulent leurs notes vers le haut, mais dans ce cas, c'est bien la première fois que nous voyons un bulletin truqué vers le bas. Nous devons tirer cette affaire au clair. Gardons tout cela entre nous. Nous sommes certains que vous êtes comme nous, curieux d'en connaître la raison.

– Vous pouvez le dire! souligne le père décontenancé, je vais y voir.

Ah! les études, Samy n'y avait jamais compris grand chose. En Grèce, le métier le plus facile qu'on ait dans la peau, c'est celui de pêcheur, et puis, les touristes aidant, il n'y a qu'un pas pour devenir grillardin de poisson frais dans un bistrot au bord d'un quai. Et voilà, un nouveau métier appris sur le tas, qui ajoute de la valeur à la prise de la journée! Hélas, la Grèce touristique d'été, est suivie d'une longue saison morte d'hiver. Alors, on songe à l'oncle d'Amérique et le Canada en est la porte d'entrée. Quoi de plus naturel que d'atterrir à Montréal pour y pratiquer, avec une certaine expertise, le métier de grillardin de poisson frais. Hélas, au Canada, ce n'est pas un métier, travailler chez les autres, trimer devant les fourneaux jusqu'à minuit, non, ce n'est pas un métier. Il ne valait pas la peine de traverser l'océan pour si peu. Mais le fils, presque né en Amérique, le fils, superbement doué en sciences, se doit, lui, avec ce don de Dieu, orthodoxe sans aucun doute, se propulser dans la haute sphère du savoir universitaire et gagner sa vie glorieusement, comme tous les docteurs diplômés de McGill. Des études payées à McGill, quelle aubaine et quel honneur!

Abasourdi par la tricherie de son fils, Samy descend de l'autobus 165. Il veut marcher sur deux kilomètres, en traversant le parc du Mont-Royal à pied, pour se remettre les idées en place. Pourquoi ces bulletins falsifiés? Il n'aurait jamais pensé pour une seconde, que son fils, son propre fils, choyé, protégé, éduqué dans les règles strictes de la religion orthodoxe grecque, puisse en arriver à ce mensonge si dégradant. Était-ce ça la jeunesse d'aujourd'hui? Pourtant, moi, Sam Costas, n'ai-je pas fait l'effort financier et moral pour bien éduquer ce fils? Quel ingrat! Qui peut bien l'influencer de la sorte?

Il marche d'un pas nerveux. Plus il marche, plus son raisonnement s'embrouille.

« Ce n'est pas possible, pourquoi Anthony m'a-t-il falsifié ces bulletins? Pourquoi est-il si gandin ? Ne va-t-il pas être comme son grand-père, coureur de jupon et joueur invétéré? S'il avait de l'argent de poche à flamber, il jouerait aux courses, assurément, mais je ne lui donne que des piastres de misère et il ne fait que des menus travaux mal payés. Il va me cracher la vérité. Il faut que je connaisse la vérité et redresse la situation. Un fils aîné à McGill, quel bon exemple pour les trois autres! Enfin, un gradué, un docteur, le premier dans la famille, autrefois, des marchands de figues et de tabac, moi, un vulgaire cook, mais jamais un docteur en médecine. Il faut que mon surdoué d'Anthony soit celui-là. Mon fils, docteur! Quelle gloire! Mais, ces bulletins faux, pourquoi cette combine… pourquoi cette combine? », se

146

répète-t-il à chacune des marches de l'escalier le menant à son appartement.

– Que t'ont-ils dit au collège, demande Georgina, tu as l'air contrarié?

– Tu veux savoir ce que m'ont dit le directeur et le professeur de sciences? Tu veux savoir ce qu'ils m'ont dit au sujet de ces bulletins minables ? Des faux! Tu m'entends, de faux bulletins! Ils n'ont jamais vu un bulletin truqué avec des mauvaises notes! Anthony a les notes les plus fortes de la classe et de loin, et de tout le collège. C'est pour ça qu'ils m'avaient convoqué, et ce n'est pas leurs habitudes. Et ce bougre de fils nous apporte ces bulletins truqués. Qu'a-t-il donc dans le crâne? Personne n'a jamais vu une telle supercherie, des notes qui ont baissé entre le collège et la maison, crie Samy furieux, et je ne me serais aperçu de rien sans cet appel.

– Calme-toi, calme-toi, implore Georgina. Anthony est un brave garçon, propre, studieux, c'est très bien s'il obtient de si bonnes notes que ça! Il est affectueux, et c'est un homme déjà! Il doit avoir une bonne raison. Qui te dit que c'est lui qui a altéré les bulletins?

– En tout cas, c'est lui qui nous les a remis. Il doit tout de même les regarder, non? Mieux que moi, c'est certain. Tu parles d'une farce! Quand rentre-t-il?

– Si c'est lui, promets-moi de l'écouter. Il doit avoir une bonne raison, dit Georgina couvrant ses mots de ses mains jointes. Justement, le voilà.

Anthony entre, la mine grise comme tous les soirs. Son regard croise l'expression agressive de son père.

« Ça y est, le paternel est au courant de tout, ma mère a flanché et m'a trahi. Attention à la super engueulade. S'il braille trop, je quitte la maison. "Ne te chamaille pas avec lui" avait recommandé Corinne. "Oui, mais, il y a des moments où la bagarre est bien dure à éviter." » Allait-elle surgir de la bouche du père s'efforçant d'être calme sous le regard de son épouse désemparée?

– Bonsoir, tous les deux. Que se passe-t-il maman, tu as l'air contrariée? dit-il en suspendant son blouson au porte - manteau. Son père lui coupe la parole :

– Monsieur Anthony, expliquez-moi ce que signifient ces bulletins, ironise Sam, brandissant les pièces à conviction. Sous le regard implorant de la mère, Samy change de ton.

– Monsieur Anthony, félicitations! Votre collège m'a convoqué pour me confirmer que vous êtes le meilleur élève en sciences et de loin, de très loin, et un très bon élève en général, en français en particulier, imbattable en gym et même en grec, ce qui devrait faire plaisir à votre mère.

– C'est important de préserver sa langue maternelle, la Grèce antique vaut la peine d'être connue, dit Georgina, cachant son anxiété, nous sommes les pères de la civilisation occidentale. Elle se place en arbitre entre ses deux hommes aux dents serrées.

Anthony se contrôle tant bien que mal : « Mon vieux Samy, tes *"vous monsieur"* sont de gros nuages noirs qui s'accumulent dans ta gorge. J'attends le coup de tonnerre et l'éclair justicier qui va s'abattre sur moi. "Anthony, attention à toi, ne te chamaille pas avec ton père", avait dit Corinne. Plus facile à dire qu'à faire », pense-t-il, prêt à riposter.

– Explique-moi le pourquoi de ces faux bulletins qui ont estomaqué le principal et ton professeur? Ils ne sont pas très fiers de toi, et moi encore moins, ni de toi, ni de moi... Ces bulletins ?

Le regard d'Anthony interroge sa mère, « As-tu révélé notre secret? »

Les doigts entrelacés de la maman implorant le calme lui donnent le courage d'affronter le pire. Il mord la dent d'ours qu'il ne porte pas encore. Ah! si, dans ce moment crucial, Corinne était à ses cotés, il aurait plus de courage de parler à sa mère, peut-être encore sa complice ou, du moins, son alliée. La franchise devient sa meilleure arme, son va-tout.

– Maman, je vais vous expliquer. Je suis bon en sciences; j'aime ces cours qui m'apportent des réponses aux questions que je me pose sur l'univers qui nous entoure, mais je ne veux pas devenir docteur. Je n'ai aucune envie de tripoter les patients et de les écouter. Il faut un talent et une espèce de dévotion envers autrui que je ne possède pas. Les sciences, j'en aurai besoin dans le métier que j'ai choisi, surtout dans l'avenir et si je veux monter en grade.

– Monter en grade? dit Samy éberlué.

– Je veux devenir policier. J'aurai besoin des sciences pour être détective dans les grandes enquêtes, sur les trafics des drogues et des faussaires de toutes espèces.

– Oh! oh! Monsieur commence bien, en tripotant ses bulletins. Déjà faussaire… pour comprendre les gangsters, il faut les imiter. En voilà un bon départ!

– C'est vrai. Les policiers ou les policières sont parfois de faux barmans, de fausses putains qui risquent leur vie en civil...

– Et toi tu veux risquer ta vie au milieu de faux policiers au lieu de sauver celle des autres dans un hôpital. Entends-tu ça Georgina? La prison de Joliette ou l'Hôpital Royal Victoria! Monsieur… deviendra faux gangster pour mieux les arrêter, et il fréquente de fausses putains pour mieux connaître les vrais, sans doute. Monsieur… se pratique sur de faux bulletins, avant de faire de la fausse monnaie, je présume!

La fureur bégaye dans la gorge du père. Georgina tremblante prévoit le pire. Le père et le fils, face à face, ne s'affrontent plus; deux hommes ont pris leur place. On ne sait jamais, des hommes se battent pour moins que ça; Anthony baisse la tête et serre ses mains fermées sur la bouche.

« Sacrée dent d'ours, donne-moi le courage de parler, de m'expliquer, mon père n'est pas un ours, mais un homme, il devrait bien finir par comprendre… me comprendre. Non, je ne me chamaillerai pas avec lui. Debout Anthony, montre que tu es digne et grand comme un dieu grec qu'elle adore. »

Le garçon se lève, sans arrogance. Il fixe son père d'un regard serein, bien loin des airs courroucés et vengeurs qu'il prenait lors de précédentes confrontations. La sincérité se lit sur son visage impassible. Depuis son voyage en Grèce, où il avait découvert le vertige d'aimer, il n'a plus peur de son père, il est devenu son égal.

— Je m'excuse d'avoir utilisé ce subterfuge pour t'amener à m'écouter. C'est une tactique de diversion. Je ne serai pas docteur. Je n'aimerais pas tripoter les gens, les regarder dans la gorge et écouter tous les 33, 33, qu'ils apportent dans un cabinet de médecin mais je ferai de la biologie. J'aime la mer et sa vie. Ne suis-je pas Grec après tout? C'est aussi de la génétique, la grande science nouvelle, début de toute chose qui existe. La biologie est utilisée tous les jours dans la police moderne. Savez-vous que l'on peut déterminer l'heure à laquelle une personne retrouvée en forêt est décédée, à partir de l'âge des asticots qui fourmillent sur son cadavre, les mouches…

— Ah! en voilà un très plaisant métier, même moi qui ne connais rien en sciences, je ne travaille pas avec les asticots! Tu en fais un drôle d'asticot. Mais qui a bien pu te mettre cette idée dans la tête? École de police plutôt que médecine à McGill, tous cours payés, un choix difficile, bougre d'âne! Ta mère et moi ne trimons pas pour la gloire mais pour t'élever plus haut que nous.

La maman sent l'orage assombrir la pièce. Le message lancé par ses gros yeux implorant la compréhension du père porte fruits. Samy respire profondément.

— Écoute, voilà bien longtemps que tu ne m'as pas appelé papa, mais tu as dit « maman », tout à l'heure. C'est bien mieux que Georgina. J'aime mieux, beaucoup mieux, alors, oublions les bulletins. L'essentiel, c'est que tu aies de bonnes notes en sciences. Nous verrons plus tard pour ta carrière.

Georgina laisse tomber ses épaules, fermant les yeux, son corps se détend dans un long soupir intérieur.

– Embrassez-vous, implore-t-elle. J'ai reçu un certificat cadeau de l'Union des infirmières. Nous allons Chez le Père Michel, le vieux Michel a quatre-vingt-dix-neuf ans. Il connaissait notre famille et celle d'Onassis. Elles cultivaient du tabac. Je suis prête dans cinq minutes. Je vous y invite. Allez, Samy, Anthony… Pronto ! Une accolade entre vous deux. Le père Michel était de Smyrne aussi, il va nous en parler! Anthony, tu connais Smyrne, pas vrai? On y fait de jolis rêves devant un four! Pas vrai? Non? Je dois me tromper! En route!

Anthony ne refuse pas, le sourire de sa mère est trop engageant. Elle n'a encore rien révélé du secret qui les lie. Il ne répond pas, trop préoccupé qu'il est, les yeux fermés, à embrasser aux creux de ses mains celles de Corinne.

Il pense déjà au lendemain, à son premier jour d'entraînement qui le portera au seuil de la Bande mi'kmaq.

— **T**u vois que le baril en plastique est pratique pour récupérer mes flèches, dit Corinne en riant. Anthony tu es vraiment un champion. En quelques séances de tir à l'arc, tu ne rates plus cette cible qui roule aussi vite que court un chevreuil. Tu m'épates vraiment. Ta technique apache est précise : la flèche emprisonnée sous l'index et l'index au coin de la bouche…parfait… Moi j'aime la façon mongol : l'index au coin de l'oeil, la flèche posée sur les trois doigts ; elle est libre de voler vers la cible, comme un aigle plane et pique sur sa proie.

— J'ai un très grand prix à gagner, le connais-tu? C'est toi. Je veux te mériter selon les règles de ta tribu.

Aucune technique ne doit lui échapper : du tir à l'arc sur une vieille botte lancée avec application par son entraîneuse, amusée par son ardeur assidue, au repérage des pistes d'animaux en forêt, Anthony apprend, sourire amusé aux lèvres, l'art de devenir un homme mi'kmaq. Il ne lui manquera plus que d'affronter les vrais dangers au bord de la Cascapédia.

Poser des collets dans les fourrés du parc du Mont-Royal paraît plus qu'insolite au policier à cheval qui s'est approché en silence.

— Hé! Toi, le jeune, peux-tu me dire ce que tu fais là?

— Je pose des collets. Je m'entraîne pour devenir un guerrier chez les Mi'kmaq. J'ai un professeur de chasse.

— Chez les Mi'kmaq ou chez les Big feet, tu n'a pas le droit de poser des collets dans le sous-bois du parc.

— Corinne, viens par ici. Monsieur, c'est la Mi'kmaq qui m'entraîne.

— Mademoiselle, vous êtes Mi'kmaq, perdue à Montréal? Vous n'êtes pas à Guaspeg ici. Et cet arc, vous risquez de blesser quelqu'un! Tous les deux, vous vous foutez de moi!

— Non, non, constable, nous savons tirer. Tenez, regardez, là, sur le talus, personne ne passe. Regardez, mon champion, pour me marier, est obligé de devenir guerrier. C'est la règle de ma tribu.

— Mademoiselle, vous me prenez pour qui?

— Je vous assure. Vas-y Anthony, à toi, la botte.

Corinne court récupérer la flèche logée dans la cible volante par un Anthony excité par son entraînement.

— Vous voyez comme mon champion est adroit!

— Tabarnouche! oui, mais c'est défendu, et les collets?

— Il n'y a plus de lapins, nous les avons tous mangés! dit Corinne, espiègle.

— Quoi!

— Je plaisante. C'est vrai, nous allons nous marier et Anthony doit devenir chasseur s'il veut être accepté par ma Nation. Je connais le règlement des parcs de Montréal, je suis constable.

— Je vous prends en flagrant délit de braconnage dans un parc public et vous me racontez une histoire abracadabrante. C'est la première fois que j'entends un tel argument, vraiment!

— Je vous assure, nous allons nous marier avec une dispense. Savez-vous poser un collet et tirer à l'arc? dit Corinne.

— Ben... Hooo, je… non, bafouille le constable.

— Alors, chez les Mi'kmaq, vous ne pourriez pas me marier.

— Quel dommage! Assez de vos salamalecs de Mi'kmaq, rentrez chez-vous. Quand je vais raconter au poste que j'ai trouvé une Mi'kmaq entraînant un jeune Grec au tir à l'arc et à la pose de collets, mes collègues vont me demander si je suis tombé de cheval sur la tête! Salut la tribu!

« Ah! la jeunesse, qu'est-ce qu'il ne faut pas entendre de nos jours. » murmure le cavalier en s'éloignant tout en se retournant sur sa monture pour s'assurer qu'il n'avait pas rêvé.

« Il est certain que personne ne le croira! » se disent en cœur les apprentis chasseurs en riant aux éclats!

– Emballons notre bazar. Rentrons vite, le travail m'attend, dit Corinne.

– Ce sale boulot, je ne l'aime pas, rétorque Anthony, abandonne.

– Après ma mission accomplie. Viens vite.

– **Le** buffet est gratuit, roulez-moi ces trois chariots de plats chauds dans le bar, dit le chef Mario, cuisinier du club Tango. Les clients prennent place devant les machines à sous, tout en jetant un oeil sur le spectacle donné par Mathilda.

– Du rôti de bœuf juteux, de la saucisse de Toulouse accompagnée de *beans* à la tomate, du saumon doré par la sauce hollandaise, et tous ces pains croustillants? Et vous donnez toute cette bouffe gratuitement!   Et ton *food cost*? s'étonne Samy, en visite dans les cuisines de son vieil ami.

– T'inquiètes pas, le Boss n'y perd pas au change, ses machines à poker marchent à fond. Et puis le spectacle de la Tania lui remplit la salle. C'est la plus belle de toute. Elle a quelque chose de secret cette fille. Tu vas voir, c'est une bombe bien roulée! Quelle fougue! Viens te taper une Labatt et te rincer l'œil.

Les deux cuisiniers assaillis par la musique trépidante entrent dans le bar enfumé,

– Celle-là, c'est Mathilda, mire ses jambes et son buste, elle en a à revendre. Son galant, le vieux chnoque est aux premières loges. Tous les vendredis, elle va lui caresser le nez avec ses fesses. Il adore ça. Il est fier d'être la vedette, ce con! Nous, nous rigolons.

La voix nasillarde de Lion prend le relais de la musique.

– Applaudissez le spectacle que vient de nous donner Mathilda, Mathilda, la belle amante de Lady Chatterley. Et maintenant, le plus sauvage, le plus féroce des félins sortant de sa tanière, la flamboyante et exotique Tania, femme panthère, fille de la jungle! Les deux femelles vont s'entretuer pour l'un de vous messsssieurs... les tigres et les léopards. Le

Lion c'est moooa! Quelques rires et sifflements approuvent le D.J. orgueilleux.

Le rideau translucide tombe sur la scène, Un roulement de tam-tam annonce le spectacle inédit et brûlant. La salle s'enrobe de pénombre. Les derniers éclats de voix s'étouffent. Dans le noir, les yeux gourmands fouillent le silence et les clients, fantômes en chemises phosphorescentes, se figent. Les narines se dilatent et s'imprègnent des odeurs stimulantes des tropiques que Lion vaporise sournoisement dans les conduits de ventilation. Arôme de gingembre grillé, huiles essentielles d'orange et cannelle excitent les chasseurs à l'affût du grand show. Ravel n'est pas mort, le rythme des tam-tams sourd et lancinant naît de la pénombre bleutée. Il monte avec langueur du fin fond de la savane à l'horizon rougeâtre. Là-bas, la chasse aux fauves est ouverte. La bête mugit. La meute se rapproche provocante et sans pitié. Ses rugissements s'amplifient et déferlent sur la scène à la vitesse d'un sirocco. C'est le diable Bongo qui se déchaîne pour devenir assourdissant, couvrant la voix de quiconque oserait parler pendant le spectacle. L'ombre chinoise du fauve mâle surgit. Tous les regards se rivent sur le mystérieux voile blanc. Tania, la dompteuse, claque du fouet et de la voix : « Assis, Bongo, couche! Couche! Assis! Voilà… tout doux, câlin! Fais-moi câlin! » L'ombre voluptueuse se prélasse sous les caresses et la langue du fauve. Les tam-tams assouvis ne laissent fuser que les gémissements de plaisir de la belle Tania. Mais la brouille s'implante pour finir en bataille et en viol. Le corps se détend, laissant apparaître, dans l'entrebâillement des rideaux que chaque spectateur souhaite arracher, des fesses excitantes, socle charnu d'un dos cambré prêt à recevoir l'offrande du mâle agressif. Après avoir surchauffé l'atmosphère et survolté les clients soumis et lèvres pendantes, Tania apparaît, sensuelle et provocante, découvrant ses seins et déroulant sa peau féline jusqu'à la limite de « son secret ». Les regards dévoreurs de sexe s'agglutinent sur les lèvres charnues de la Tania échevelée. Samy, comme tous les autres spectateurs, reste ébahi devant tant de fougue, mais sa raison est bien plus personnelle.

— Je connais cette fille, dit-il en serrant le bras de son collègue. Comment s'appelle-t-elle?

— Tania, la sauvagesse, tu as entendu le D.J., Tan…

— Pas du tout, c'est Corinne, gardienne de mes enfants.

— Et alors, les filles ici changent très souvent de nom comme de rôle. Il y a un tas de filles qui se ressemblent.

— Depuis combien de temps fait-elle ce numéro?

— Une semaine. C'est son nouveau spectacle. Avant, trois mois avec son show de l'ours, c'était Sylvestre. Moi, tu sais, je les nourris toutes et il en passe tellement, leur nom me préoccupe peu!

— Elle est superbe. C'est bien elle, je reconnais ses jambes. Elle a un grain de beauté au haut de la cuisse gauche, à l'intérieur.

— Dis-donc! Ta vue n'a pas encore baissé! Et comment sais-tu ça?

— Oh, je la reluquais un peu, quand elle jouait sur le tapis avec les enfants!

— Et ta femme l'a foutue à la porte. Tu as intérêt de ne pas lui dire que tu l'as revue à poil dans un club se bataillant avec une panthère. Tu voudrais bien être le félin! Coquin de Samy, je te comprends. Buvons un coup. Tu veux qu'elle vienne nous parler? Je l'appelle.

— Non, non, non, surtout pas! Elle ne m'a pas vu.

Samy repart, plus que perplexe. Il vient d'admirer un spectacle impétueux, donné avec fougue et talent par un corps provocant caché sous un décor, et soudainement, il est confronté à cette jeune gardienne qu'il avait déjà convoitée.

Mais tout de même, de son job de gardienne à celui de danseuse, s'exhiber de la sorte; Il n'aurait jamais pensé qu'elle puisse être aussi dévergondée et de mœurs aussi légères. Quelle drôlesse! Probablement une de ces filles modernes pas mal délurées, plus facile de conquête qu'il ne le croyait. Avec celle-là, chacun avait sa chance.

Rentrant chez lui les homards viennent troubler ses rêvasseries galantes. Il vaut mieux prévenir que guérir, avant que ce Mario, bavard comme un coiffeur, ne s'échappe et parle de la présence de Corinne dans son spectacle flamboyant à sa femme. Il prend les devants.

— J'ai revu Mario, il a changé d'emploi avec une belle augmentation, dit-il, sur un ton désinvolte.

— Comment va-t-il? Où travaille-t-il maintenant? demande Georgina sarcastique.

— Dans un club de filles, pas très intéressant comme cuisine. Il n'y prépare que des buffets gargantuesques offerts par la maison aux clients.

— La bouffe et les fesses à la carte, je présume. Il vient de m'appeler, tu as oublié ta carte de crédit, dit Georgina sèchement. Paraît-il que tu y as revu une de nos employées? Pourtant nous n'avons jamais eu de business, ni de personnel.

— Ouais! Il voulait dire la Corinne, la gardienne, qui travaille là, dit Samy désinvolte.

— Elle est serveuse?

— Bof, non... Elle y fait un numéro de panthère.

— De panthère? C'est quoi ça, du strip-tease? Tu veux dire que la petite Corinne, qui gardait les enfants, fait du strip-tease, à poil? Tu as dû te tromper. Lui as-tu parlé?

— Non, elle ne m'a même pas vu. Ces boîtes sont bondées le vendredi soir.

— Tu as l'air de t'y connaître.

Le visage de Georgina s'assombrit. Elle reste muette, prétendant faire du rangement. Son mari l'observe. « J'espère que ce satané bavard de Mario n'a pas jacassé selon son habitude », se dit-il.

— Georgina, plus tu frottes l'écran de la télé, plus tu crées de l'électricité statique qui attire la poussière… Georgina se retourne, soupçonneuse :

— Dis-moi, cette Corinne, quel numéro électrique fait-elle? Se fout-elle à poil devant tout le monde pour montrer son derrière et son devant?

— Non, mais non! Elle fait un numéro de panthère avec un collant. Elle exhibe un peu ses seins… bof, franchement, un rien!

— Je présume qu'ils pointent encore, à vingt ans. Les femmes sont admises dans ces clubs?

— Bien sûr! Certaines s'agglutinent aux machines à poker.

— Parce qu'il y a aussi des machines à sous! Ne t'avise pas d'y revenir et d'y rejouer. Tu as vu ce qui est arrivé à ton cousin qui a perdu son resto dans ces cochonneries de bar-casino, de putains et de machines à sous. Et la Corinne, c'est tout ce qu'elle y fait? Mario lui sert du homard de Gaspé, je suppose?

— Je ne lui ai pas parlé. Pourquoi tu t'intéresses tant à cette drôlesse, elle ne travaille plus ici après tout!

— C'est cent fois mieux pour nous quatre.

— Comment pour nous quatre?

— Toi, moi, elle… Anthony!

— Anthony?

— Anthony est un homme maintenant et il pourrait bien lui courir après, lui aussi!

— Qu'est-ce que tu vas chercher? Je ne cours pas après cette petite et Antho… bof! dit Samy en haussant les épaules, j'irai chercher ma carte demain.

159

— Non, c'est moi qui irai!

— Je vais dire à Mario de me la rapporter.

— Je m'en occuperai moi-même. Je veux voir ce qu'est un club de danseuses et comment la petite s'y comporte.

Dans sa cuisine, Georgina renfrognée, réfléchit toute la soirée sans trouver de solution pour parer à cette nouvelle situation périlleuse.

« Je dois en avoir le cœur net. Cette petite fait du strip-tease et sans doute autre chose et elle dit vouloir épouser mon fils. Pauvre chéri, il court vers la catastrophe. Je me dois de mettre le holà et casser cette fréquentation. "Ces deux enfants sont faits pour vivre et mourir ensemble." Oh! Alexis, pourquoi m'as-tu mis cette idée dans la tête? » pense-t-elle.

Anthony rentre. Elle ne fait aucune allusion à la découverte de Corinne dans un club de danseuses. Le lendemain, il lui faudra la voir, la rencontrer, dans ce lieu mal famé pour le croire et, si Sam n'avait pas menti, analyser cette situation nouvelle intolérable.

— Oh Anthony! Pourquoi rentres-tu aussi tard depuis quelque temps? Que fais-tu? Je me fais des soucis. Tu ne me le diras pas.

— J'attends quelqu'un.

— Qui ça? Corinne?

— À l'université.

— Des cours aussi tard?

— Bonsoir maman, je suis las.

— Oui, va dormir, tu as mauvaise mine.

21

Devant le Tango's Girls Club, Georgina hésite. La grande enseigne au néon animée *Tania la Sauvagesse!* ne laisse planer aucun doute.

– Madame, êtes vous seule? demande Lion lorsque Georgina pénètre dans le club enfumé. Voulez-vous une place au bar, une table près de la scène ou une machine à poker?

– Au bar. Je viens voir Mario, le chef, pour un emploi. Est-ce que Corinne Tremblay danse ce soir?

– Nous n'avons pas de Corinne ici.

– Le numéro de tigresse.

– Ah! la Tania, notre vedette. Bien sûr, elle passe dans dix minutes. Formidable cette panthère. Vous allez aimer. Voilà Mario. Il surveille son buffet. Allez lui parler, je dois accueillir les clients. Madame, d'habitude, c'est deux dollars pour le portier, *please*, ajoute Lion, la main tendue. Je vous recommande le spectacle de Tania et celui de Zouzou aussi. Elle a une jolie peau parsemée de fleurs.

– Merci monsieur, je vais admirer ces beautés. J'aime ça. Si peu, quand elle longe la piste où se trémousse Chloé, elle détourne la tête prétendant chercher quelqu'un dans la pénombre.

Mais comment avait-elle eu le courage d'entrer dans un de ces clubs mal famés? Il lui fallait une sacrée bonne raison. En fait, depuis la veille, elle en avait deux : son mari qui partait peut-être en chasse de jeunettes aguichantes, au risque d'y perdre son salaire, sa foi et son... et la Corinne... à la fois gibier et panthère qui allait dévorer son fils. Eh bien, puisqu'il le fallait, elle aussi serait la tigresse protégeant sa portée! Mario pourrait lui en dire plus long.

– Mario, comment vas-tu? Tu as l'air à ton affaire dans ce club, tu te crois dans un harem?

– Georgina! Mais que fais-tu ici? Hier Samy et aujourd'hui, c'est à ton tour! Grande visite!

– La carte, je viens chercher la carte. Tu m'offres un verre?

– Avec plaisir! Chantal, donnez-moi la carte oubliée hier soir. Georgina, une bière, une blonde, une draft?

– Si tu veux, une draft, petite, mais je cherche une brune, la panthère. Sam m'a dit que la gardienne des petits danse ici.

– Oui, son show va commencer. Une sacrée belle Nana. Elle remplit le club… Ouah! La musique… infernale! On ne pourra plus se parler.

La voix nasillarde de Lion jappe.

– Et maintenant, pour réchauffer les cœurs et les queues… la panthère et Tania la dompteuse! Allons-y pour le tam-tam, la jungle et les fauves sexys!

Georgina n'a jamais ouvert les yeux aussi grands avant un spectacle bien trop inusité pour elle. Cette Tania est-elle bien la Corinne qui envoûte son fils? Elle souhaite se tromper!

Son devoir de mère, bien plus important que celui d'épouse, la pousse à tout faire pour sauver son fils du désastre. Tôt ou tard, si cette relation scabreuse continue, elle l'entraînera vers ce bouge… *Qui s'assemble se ressemble*. Anthony finira par se confondre à cette va-nu-fesses ou à ce grand maquereau parfumé, contrôleur de l'entrée de ce cirque où la meute de gazelles déballent leurs peaux changeantes à chaque éclairage, soulignant leur indécente vulgarité.

– Mario, peut-on leur parler après le spectacle?

– Bien sûr, certaines font des mamours aux tables. Et puis, la plupart sont parlables. Elles triment ici, mais ce n'est pas toujours rose à la maison. Fille-mères, divorcées, seules, elles ne volent pas leur salaire. Moi, je ne suis que cuisinier. Regarde donc le show.

Quinze minutes de rythmes endiablés, des Oh! et des Ah! d'admiration, une salve d'applaudissements et Georgina, elle aussi transportée par le spectacle mené tambour battant, ne peut s'empêcher d'applaudir. Cette fille maquillée, les seins provoquant dardés vers les yeux dévorant la dompteuse, joue la déesse de la savane avec brio. Mais quelle ressemblance avec la fille qui convoite son fils! Georgina regarde son profil dans un des nombreux miroirs réfléchissant les visages insolites des clients. Dans cette lumière rougeâtre, la ressemblance est encore plus saisissante, en fait, sous le maquillage bronzé et les éclairages de scène, le teint de Corinne rejoint son teint basané. Déroutée, elle en frissonne.

– Peux-tu l'appeler?

– Elle vient vers nous, prendre son eau minérale. On peut dire qu'elle se dépense sur scène celle-là!

– Tania, voici Madame Georgina, je vous laisse seules, la cuisine m'attend.

– Corinne, excusez-moi, je suis un peu désarçonnée et vous aussi. Je vois, vous restez bouche bée. Vous vous demandez qu'est-ce que je fais ici. Vous m'interrogez d'un regard inquisiteur. Rassurez-vous, il n'est rien arrivé d'irréparable. Votre spectacle est, disons, charmant. Vous plaisez à tous les gars à la langue pantelante. Je constate qu'ils sont très nombreux à s'exciter. Oh! Cette musique si forte. Il faut que je vous parle absolument, demain à Jean-Talon, dix heures, à la Première Moisson. Vous y allez presque tous les jours. D'accord? Tenez, vingt dollars pour votre show.

— Madame Georgina, je vous en prie… que sait-il passé? Vos vingt dollars, gardez-les. Vous me vexez. Dites-le moi.

— À demain, dix heures. Ce n'est pas trop tôt pour vous qui vous trémoussez toute la nuit?

— Madame, s'il vous plaît, qu'est-il arrivé? Je serai là!

Georgina aurait pu s'emporter et hausser la voix, s'étouffer de colère et hurler son désarroi, Corinne ne l'aurait certainement pas entendue tant elle restait abasourdie par cette visite.

— À demain, dit Georgina proche de la porte de sortie, sans regarder Corinne qui l'accompagnait. Monsieur le portier, votre panthère, la Tania est explosive. Qu'elle continue à s'acoquiner, elle ira loin!

— Madame, merci de votre visite. Revenez, dit poliment Lion, surpris par le ton agressif. Il se retourne vers Corinne décontenancée.

— Tania, qui est cette rombière, ta mère?

— Tu vois bien que je lui ressemble, non? C'est ma tante Georgina qui cherche son mari! J'en ai rien à foutre, moi, de son mec!

22

Une mère n'abandonne pas son fils dans les bras d'une autre femme, quelles que soient ses qualités, aussi facilement qu'on le croit. Cet homme grandissant fait partie de sa chair. Dès sa naissance, il est beaucoup, parfois trop, elle-même et le reste pour toute son existence. Pour le garder et le sauvegarder des embûches de la vie, l'instinct maternel est le plus astucieux des cadenas.

— Il fait si beau, Anthony, je vais au parc avec les petits, viens-tu? Viens, nous parlerons pendant leurs jeux.

La demande est gentille. Une mère gentille qui connaît votre secret, ne se contredit pas trop. Il est important d'avoir sa mère comme alliée dans toute bataille où les générations nouvelles croisent le fer avec le père. Il faudra bien qu'il sache un jour et qu'il encaisse le choc. Georgina, elle, a un bien grand souci. Après la visite des plus édifiantes au club, elle veut sonder l'âme de son fils avant de l'arracher des griffes de cette peste.

— Ce parc est tellement pratique pour nous qui habitons le Plateau. Les enfants, sur la balançoire, pas de bataille entre vous. Restons tout près, ton frérot est si turbulent, comme toi, dit-elle, en regardant Anthony avec un soupçon de réprimande. Tu sais que tu es turbulent dans ton genre. J'ai revu Corinne. Cette relation me perturbe beaucoup.

— Corinne? Où donc?

— Je ne sais pas si je dois te le dire. Un endroit pas très recommandable pour une jeune fille comme il faut. Le connais-tu?

— Elle danse dans un club, Le Tango, c'est ça qui te chiffonne?

– Je n'aimerais pas que la femme de mon fils ait ce genre d'activité.

– Elle fait son métier, c'est tout! Qui t'a dit qu'elle travaille là?

– Ton père. Il ne sait pas que vous vous fréquentez et que vous êtes allés en Grèce chez Alexis, du moins pas encore. Le jour où...

– Si tu le lui dis et qu'il s'emporte trop, je quitterai la maison. Je suis fatigué de ses remontrances. Il ne fait que râler sur mon dos.

– Pour aller où?

– J'en ferai mon affaire. Maman, le fait que Corinne travaille dans un club de nuit et un strip-joint, ne me fait pas plus plaisir que ça, mais pour l'instant, elle doit le faire.

– Mais pourquoi donc? Si elle est aussi...

– C'est une obligation, je ne peux pas te dire pourquoi, mais elle doit le faire. Rien ne change entre nous à cause de cette activité. J'ai confiance en elle.

– D'accord, mais tu as une mine renfrognée qui prouve que tu as un, ou des soucis. Depuis quelques jours, ils te minent et je ne veux pas te voir aussi triste, replié sur toi-même, rongeant tes ongles et ton sang, cherchant une solution à un problème que tu ne peux pas régler et dont tu ne veux parler à personne, même pas, surtout pas, à ta mère. C'est de sa faute. Cette situation ne peut pas durer. Ni pour toi ni pour elle. Regarde ce qui arrive dans ces clubs. Ils sautent ou brûlent les uns après les autres. Et ce n'est pas ta place.

– Je n'ai pas l'âge d'y entrer.

– J'y suis allée et ce n'est pas beau. C'est même répugnant.

– Tu veux dire que Corinne est répugnante?

– Je dois admettre qu'elle donne un beau spectacle, avec fougue, déguisée en panthère, mais tout de même. Je croyais qu'elle avait passé son diplôme de policière.

– Elle ne l'a pas terminé. Elle paie ses études de chimie et biologie à l'Université de Montréal, en dansant.

La maman porte la main à son front et s'exclame :

– Ah! Nous y sommes! Je comprends enfin la nouvelle orientation donnée à tes études! Mais ton père n'a pas les idées aussi larges que moi, quand il va apprendre que Corinne est venue te rejoindre en...

– Il n'a pas besoin de l'apprendre et ça ne le regarde pas.

– Ce que fait Corinne non, mais nous, tes parents, oui, et tes relations avec elle, si. Après tout, tu es encore mineur, sous notre garde.

– Je t'ai dit, je t'ai confié un secret, mon secret, en Grèce, elle ne... je ne l'ai pas touchée. Elle a toujours refusé. C'est correct ou pas correct?

Anthony parle en homme. Va-t-il perdre la confiance de sa mère maintenant qu'il a deux femmes dans sa vie? Mais s'il avait à choisir, Corinne aurait, déjà et toujours, sa préférence.

– Maman, donne-moi le bras, rentrons, je dois aller au karaté. Je t'aime, mais personne ne me fera changer d'idée, personne! Comprends-moi bien, personne, surtout pas mon père!

La voix d'Anthony est trop calme, basse et volontaire. Georgina n'aimait pas ce ton timoré d'un homme irréductible. Irritants, les mots d'Alexis lui reviennent à l'esprit, lancinante et macabre obsession. « Ces deux enfants vivront ou mourront ensemble. »

Cette situation se complique d'heure en heure et devient inextricable. Elle ne pourrait pas cacher la vérité guère plus longtemps à son mari. Son Anthony entiché d'une fille mi'kmaq bien plus vieille que lui et, le comble du comble, faisant du strip-tease! Comment va-t-il réagir?

– Moi aussi je t'aime. Je ne veux que te voir heureux, non pas pour une amourette, c'est de ton âge, mais pour une vie excitante et bien remplie. Rentrons, dit-elle, ne sachant plus quoi dire d'utile à sa cause.

Il valait mieux s'adresser à Corinne elle-même, c'était elle la plus coupable. Son âge lui permettrait, peut-être, de comprendre et de casser cette relation.

Au marché Jean-Talon, elle essaiera d'être franche avec cette fille… cette femelle qui doit disparaître de la vie de ses hommes.

Dix heures du matin, le marché couvert est en effervescence. Georgina et Corinne, les deux femmes rivales, savent qu'elles ont à s'expliquer, le destin du jeune garçon qu'elles aiment chacune à leur façon, en dépend.

Georgina n'a qu'une idée en tête, provoquer la rupture de cette intolérable relation entre son fils, si jeune et fragile et cette … La tête basse, elle cherche un mot juste pour décrire cette fille obstinée, intruse, se glissant effrontément dans sa vie de mère, de femme et pire encore, dans sa vie d'épouse. Cette diablesse dévergondée offrant son corps à la vue de tous ces dévoyés, cache trop bien son jeu. Il faut la confondre et la pourchasser! Mais comment s'y prendre sans déchirer le cœur d'un fils tant aimé? « Ils vivront ou mourront ensemble. » Oh quelle horrible obsession!

Corinne, elle aussi, ne semble pas être sortie de la peau de son rôle de panthère. Toutes griffes dehors, elle défendra son amour qu'elle voudra sans partage. Le conseil de son grand-père lui revient à l'esprit. « À un certain moment, tu ne peux plus reculer devant une difficulté, ta défense sera toujours mieux assurée par une attaque en règle et intelligente. » Bon conseil!

L'œil pensif, Georgina l'observe faire son marché, picorant, d'étal en étal, des légumes frais du jour, des condiments méditerranéens, des parfums de jeunesse, en sorte.

— Toujours votre salade grecque à l'huile d'olive? La Grèce vous a marquée. Vous appréciez sa cuisine santé, dit Georgina presque gentiment, en regardant le petit panier d'osier rempli de légumes. Corinne essaie de sourire mais ses yeux noirs se cabrent.

— Madame, j'ai pensé toute la nuit à votre visite au club. Le ton est volontaire, presque hargneux.

— Moi aussi.

— Madame, ce n'est pas la Grèce mais votre île de Chios, celle de votre fils et ç'est votre fils qui m'ont marquée, qui me marquent et me marqueront toujours. Les Mi'kmaq n'ont pas votre noble origine antique, mais je vous prie de croire qu'ils sont fidèles, terriblement fidèles, jusqu'à la mort. L'instinct les guide et ils ne changent pas d'idée facilement

— Je m'excuse, je n'ai pas été très diplomate avec vous.

— Je ne vous en tiens pas rigueur, vous ne pouviez pas savoir qu'il faut que je gagne ma vie.

— Je croyais que vous aviez… que vous étiez diplômée de la police et je ne pensais pas vous trouver là, toute nue, exhibant vos atours dans cet établissement. J'étais désarçonnée.

— Et furieuse à la fois. Et vous ne tenez pas à ce que votre fils sorte avec une… *acoquinée*. Une fille de scène, pour ne pas dire une fille de rue. Je vous comprends. Je vous le redis, je ne suis ni l'une, ni l'autre. Plus tard vous comprendrez où était, où est mon devoir.

— Ne croyez-vous pas que votre devoir consisterait à abandonner cette idée saugrenue de marier Anthony ? Après tout, c'est vous qui êtes majeure. C'est du détournement de mineur. Anthony est un adolescent que vous avez poursuivi jusqu'en Grèce. Nous pourrions vous poursuivre, nous aussi, pour ce vol de l'esprit tendre et si malléable de notre fils. Il y a des lois protégeant l'enfance et l'adolescent contre ce genre de détournement, c'est du viol!

— Je vous comprends, je suis plus vieille de cinq ans, vu les circonstances et la différence d'âge, j'agirais comme vous. Mais, sachez-le bien, jamais je n'abandonnerai l'idée de me marier, de vivre avec Anthony, jamais! D'ailleurs si vous lui demandez son avis, il vous répondra qu'il a autant besoin de moi que j'ai besoin de lui. Nous aimerions mieux ne plus exister, si nous devions nous séparer. Sans Anthony, je ne suis rien! Corinne, calme et ferme, ne retient pas ses mots qu'elle ne veut pas blessants. Notre amour surpasse tout ce que vous avez ressenti sans doute et vous ne pouvez pas comprendre.

— Les amours de jeunesse sont toujours passionnées, mais le feu s'éteint.

— Oui, il peut même mourir, éteint par un coup de vent ou un ouragan ou se propager par lui et devenir un brasier incontrôlable. Madame, n'est-il pas idiot de se chamailler puisque nous l'aimons toutes les deux? C'est mon cœur, ma tête et mon corps, mon corps vierge, que je veux lui offrir. Oubliez ce que vous avez vu hier soir. Si vous aviez à faire ce même spectacle, vous seriez comme moi, morte de peur, et vous cacheriez votre honte par un rythme fracassant et une musique assourdissante que vous utiliseriez comme écran, entre vous et les spectateurs! C'est ce que je fais.

— Il y a un bon moyen d'éviter cela, c'est de rester chez soi.

– Vous comprendrez plus tard. Si nous pouvions nous rencontrer tous les trois, je suis certaine que vous comprendriez mieux. Il faut que j'y aille, l'université m'attend. On s'embrasse?

Georgina, renfrognée et dans le doute, baisse la tête, la raidit entre ses épaules, sans tendre la joue. Son cœur n'est pas rendu aux embrassades. « Cette drôlesse a la tête dure. Ses paroles ne laissent pas l'ombre d'un doute, elle tient à cette relation inacceptable. J'aurai du mal à briser cette liaison dangereuse, mais, moi-même, ne suis-je pas plus vieille que mon mari? se dit-elle. J'y arriverai, coûte que coûte. »

La bataille des cœurs ne fait que commencer. Les soucis s'accumulent aussi sur la tête de Corinne.

— **M**ademoiselle, suivez-moi, on vous demande dans la camionnette des peintres. Vous connaissez le mot de passe : *Grand-père aime la morue crue au ketchup*, dit le peintre de service. Que cette camionnette couvrant les déplacements de quelques détectives *undercover* vienne la cueillir à la sortie de ses cours surprend Corinne. La raison doit être sérieuse, se dit-elle.

— Qui me fait demander, le sergent recruteur? dit-elle, au peintre policier.

— Le commandant veut vous parler. C'est urgent. Entrez dans la camionnette, glissez la portière, vous serez seuls.

Le commandant est là, l'air taciturne, se balançant sur un des sièges capitaine, tirant son oreille, raclant sa gorge, un buffle prêt à foncer dans la rizière.

— Salut, mademoiselle! Le ton est rude. Je sais, vous êtes surprise, nous ne devions pas nous revoir mais un fait nouveau me tracasse au plus haut point. Vous connaissez M. Samuel Costas, vous êtes, vous étiez, gardienne chez lui. Il a déposé une plainte pour détournement de mineur contre Corinne Tremblay, dite la Tania, danseuse au Tango club, a-t-il déclaré. Et c'est vous! Je m'attendais à tout sauf à ça. Vraiment! Expliquez-moi! Vous êtes allée en Grèce y poursuivre son fils de quinze ans, paraît-il? Corinne ne répond pas, tout aussi médusée que le commandant rouge de colère, qu'elle ne croyait pas revoir dans ce bureau ambulant. Vous rendez vous compte! Un gars de la police courir derrière une fille de quinze ans, ça ferait déjà du bruit en ville, mais une constable, Senior à part ça... la presse sonnerait l'hallali! D'abord, c'est l'échec complet de votre mission et vous mettez la vie de plusieurs de vos collègues en danger et la vôtre en premier. Vous oubliez que l'on descend les traîtres dans le milieu. Les journalistes vont se jeter sur vous, sur nous, comme des aigles affamés. Qu'est-ce qu'il vous arrive? Expliquez-moi! C'est une connerie, une jalousie de père, j'espère. Avez-vous tenu vos distances avec ce M. Costas? Vous avez perdu la parole? Répondez! Ce jeune?

— Mon commandant, c'est vrai. Mais je ne cours pas après lui. Je l'aime. Je l'ai toujours respecté, à cause de la différence d'âge, je sais que je peux être accusée de détournement. Corinne se raidit. Mon commandant, je suis prête à faire mon rapport dans les huit jours.

— Ce n'est pas de votre rapport dont je parle, mais de cette relation inimaginable! Que se passe-t-il entre ce garçon et vous? Vous êtes folle ou quoi? Détournement de mineur dans la police... un constable! Non, plutôt, *uuune constable s'offre un garçonnet de quatorze ans!* La presse ne fait pas de détail. Vous voyez le scoop en gros caractères! Nous pouvons tous sauter avec ça, jusqu'au ministre! Après l'affaire des mineures de Québec, c'est la cerise sur le plus gros sunday de l'année. Nous avons bloqué cette dénonciation, heureusement, avant qu'elle n'entre dans ces sacrés ordinateurs qui avalent tout et ne recrachent rien. Le père et le fils savent-ils que vous menez une enquête dans ce club? Répondez, câlisse!

Corinne n'a jamais été aussi pâle, tête baissée, écrasée par sa faute, pense le commandant. Pas si sûr! Elle répond :

— J'aime ce garçon et je l'épouserai dès qu'il en aura l'âge. Ce n'est pas un garçonnet mais un homme extraordinaire.

— QQQuoi...? Qui est au courant de votre relation stupide? Vous rendez-vous compte? Vous signez votre arrêt de mort et le mien, par-dessus le marché. Je ne tiens pas à perdre ma job pour une paire de fesses... Câlisse de câlisse!

– Je peux vous remettre mon rapport sur l'enquête que je mène. J'ai découvert d'où vient la marchandise. elle contient de la psilocine en forte quantité, qui la fait fabriquer, qui la diffuse. Corinne se tait, regarde sans sourciller son chef qui sourit, un sourire un tantinet nargueur, sarcastique presque satanique, sûrement incrédule. Elle marque un temps, baisse la tête, prétend reprendre ses esprits. Elle respire profondément portant sa main sur sa dent fétiche et parle clairement. Je sais qui la distribue, par quel moyen astucieux et quel réseau. Et j'ai découvert qui a tué mon frère. Je vous remettrai ce rapport la semaine prochaine. Vous en ferez ce que vous voudrez et je vous donnerai ma démission. Je ne veux porter tort à personne, ni à mon corps policier, ni... – elle marque un temps et fixe son chef – à vous, souligne-t-elle, et encore moins à Anthony! Son regard profond ne juge personne. Sa pensée s'envole bien plus loin que cette minable conversation dans une camionnette de faux peintres.

– Votre démission? Je ne l'accepterai pas! dit l'officier furieux, s'arrachant presque l'oreille de rage. Votre rapport? Déjà! C'est rapide. Donnez-moi ce rapport plus vite que ça. Dans deux jours. Nous allons continuer à bloquer la plainte. Nous prétendrons interroger le père. Qui a tué votre frère?

– J'aurai dix pages qui vous le diront en détail.

– Voyez un peu, des cachotteries! Vous touchez au but et patatras! Une histoire à dormir debout nous claque dans la gueule! Vous devriez écrire des romans à l'eau de rose... Avouez que vous êtes tout un numéro!

– Commandant, je ne l'ai pas provoqué, l'amour...

– Ce n'est pourtant pas les gars qui manquent! Donnez-moi le rapport et vous démissionnerez. Tant pis pour vous! Je ne peux pas prendre un tel risque en ce moment. Salut! Vous descendez au feu rouge, dit le commandant en prenant le volant. Salut encore! On verra, abandonnez cette relation et vous serez mutée ailleurs.

– Jamais! Je n'ai pas à rester dans la police, mon frère sera vengé. Jamais je n'abandonnerai Anthony!

– L'amour, plutôt qu'une carrière qui pourrait être brillante, je vois que vous y tenez. Salut, descendez.

Corinne ne salue pas son chef. En sautant d'un pas léger sur le trottoir elle est toute pimpante. La semonce du commandant l'a ragaillardie. Tout en dansottant quelques pas alertes, elle se tire l'oreille et imite, avec dérision, le raclement de gorge du commandant.

Sent-elle le poing serré et le regard d'acier de son chef, blême de colère, traverser le pare-brise et la poignarder dans le dos?

-24 -

— **A**nthony, montre-moi cette main, où t'es-tu blessé? fracture? Comment est-ce arrivé? Tu as cogné sur quoi, sur qui?

Estomaquée par sa découverte, Corinne réfléchit en silence. Anthony ne répond pas. Elle le regarde droit dans les yeux au risque de se laisser éblouir par leur pouvoir ensorceleur.

— Toi, tu t'es bagarré avec quelqu'un... Le portier D.J. de mon club... Il t'a trouvé beau ce connard. Que s'est-il passé? Il t'a fait des avances? Anthony, pourquoi étais-tu là? Ta mère fâchée m'a téléphoné pour me dire que tu rentrais trop tard le soir. Je lui ai dit que je n'étais pas au courant. Anthony, je t'en supplie, dis-moi pourquoi tu viens si près de mon travail. Je t'ai dit que c'était très dangereux pour moi. Ce Lion est un mafioso, un gay, un maquereau qui vendrait sa mère et sa sœur pour faire des piastres et courir les garçons. Il mange à tous les râteliers et trompe tout le monde.

— Il m'a déchiré le blouson.

— Anthony, je t'en prie, éloigne-toi du secteur. S'ils te ramassent, ils peuvent te faire chanter. Ils en ont les moyens radicaux.

— Je veux t'aider. Il m'a dit qu'il avait du travail pour moi.

— Tu ne comprends pas, tu ne veux pas comprendre... Des types y laissent leur peau. S'ils me découvrent... Je suis une taupe, un flic *undercover*, une espionne, une traîtresse, un ennemi! Comprends-tu? Mon compte est bon. Le Boss soupçonne le D.J. de double jeu avec une bande rivale; je suis en plein milieu. Mon enquête avance à grands pas, mais plus j'avance, plus je suis en danger de sauter. Te rends-tu compte s'ils apprennent que je suis policière? Jure-moi que tu ne viendras plus. Jure-le moi, parce que tu m'aimes, et tu veux me protéger!

– Le Boss te protégera. Il t'accompagne le soir. Je l'ai vu dans ses bagnoles de luxe avec toi. Il en change tous les jours, pour t'éblouir!

– Ah! je comprends. Tu l'espionnes et moi avec! Anthony! Anthony! tu me compliques mon travail. Ce Boss est capable de tout, de te faire tuer, de me faire tuer, de me tuer! Crois-tu que je pourrais vivre sans toi? Pourrais-tu vivre sans moi?

Penaud, Anthony baisse la tête, racle le sol de son talon, racle la gorge de sa rancœur. Acculé au mur de la jalousie naissante, il ne sait que répondre.

– Je ne veux pas vivre sans toi, tu es trop loin.

– Je sais. Tu as tes études, tes sciences, tes passions et moi… Je suis heureuse que j'y tienne la plus grande place. Confiance, j'ai besoin de toute ta confiance. Nous irons en Grèce, bientôt, toi et moi, seuls. Je t'en prie, ne revient pas. Je ne voudrais pas t'y ramasser en petits morceaux. Ne t'approche pas de ce club, c'est un baril de poudre et je suis assise sur la mèche!

Tout à coup, Corinne porte ses mains ouvertes sur sa bouche. Ses yeux hagards brillent d'un profond désarroi. Sa main tremblante cherche sa dent providentielle.

– Que t'a dit Lion, le D.J.? Qu'il avait perdu un chum qui te ressemblait, grand, les cheveux lisses avec une queue de cheval retenue par un nœud de cuir? J'ai peur, tu me décris mon frère!

– Comment? Il m'a dit qu'on lui a confisqué quelqu'un. Il en a eu beaucoup de chagrin. Un grand gars… c'est tout.

– Et il veut le remplacer, Anthony, je suis heureuse et très malheureuse à la fois. Je touche au but. Je suis maintenant sûre que Lion était mêlé à la disparition de mon frère. J'en ai la preuve. Tu ne dois pas t'approcher de ce club où tu peux tout détruire, mon travail et moi-même et toi avec. Jure-moi que tu ne roderas plus autour du Tango, ni le jour et encore moins la nuit!

– Si tu le quittes aussi!

– Si tu persistes, nous allons y rester tous les deux. Ne veux-tu plus vivre avec moi en Grèce?

Une larme perle aux yeux de Corinne; Anthony, les dents serrées, baisse la tête. Corinne l'embrasse sur la joue.

– Je t'en prie, ne reviens pas. Je t'aime tellement!

25

– Allô, Anthony? C'est Zouzou! Viens vite, viens vite!

– Ce n'est pas Anthony, c'est son père. Il devrait être déjà ici. Rappelez.

– Oh! C'est grave, très grave, Sylvestre a été descendue au club ! Lion est mort !

– Qui est Sylvestre? Parlez moins vite, sans pleurer!

– La copine d'Anthony, Sylvestre! Tania! Je ne sais plus … Anthony l'appelle Corinne. Elle va mourir! La copine d'Anthony va mourir! Les ambulances… Elle va mourir, transportée au Général ou au Royal-Vic, je ne sais pas!

– D'accord, j'ai tout compris. Tania, Corinne, il ne devrait pas tarder. Rappelez.

– Je ne peux pas, j'ai plus de sous, mon purse est dans le club. Il est en feu! Tout brûle! Un bum m'a prêté vingt-cinq sous, les pompiers l'ont chassé. Vite, dites à Anthony, le club est en feu!

– Quel club?

– Le Tango. Tout brûle! Je dois dégager. Monsieur, Monsieur, téléphonez chez Lévesque, sur Laurier. Ils s'y rencontrent tous les jours vers les cinq heures. Il est peut-être là, à l'attendre, mais elle ne viendra pas ! Elle va mourir! Elle est morte ! Monsieur, vite… les pompiers me chassent. Je…

– Elle a raccroché. C'est la danseuse, comment déjà? Zaza, Zouza? Elle dit, la fille, la Tania, que tu as vue, est mourante… morte ! Mais… Anthony, qu'a-t-il à voir là-dedans? Le Tango… en feu ? Nom de Dieu, Mario!

Georgina a tout compris. Pétrifiée, les mains jointes sur sa bouche, étranglant son émotion, elle étouffe son secret.

Sam, la voix rêche, questionne :

— Cette histoire de Corinne avec Anthony, c'est bien elle qui danse dans ce club? Tu étais au courant?

— Nous en parlerons plus tard. En attendant, appelle Mario en cuisine, si le feu est dans le bar, les pompiers ont dû l'éteindre et protéger les cuisines.

— Et faire sortir tous les clients et le personnel. Je signale. Écoute avec moi. Allô… Le club? Mario?

— Sam? Tu tombes mal, il y a le feu dans la baraque! Tania et Lion, mitraillés, kaput! Tu entends, kaput! Des durs à cuire ont lancé des cocktails. Le club grille de partout. Le portier, ta gardienne… kaput ou tout comme. Plusieurs clients sont blessés, une armée d'ambulances… Excuse, les pompiers.., il faut que je déguerpisse! Tout va bien, ne t'inquiète pas!

— Un Tango qui brûle, un Tango de moins ; il y en a beaucoup trop de ces bars pourris, rage Sam, au moment où Anthony entre. Les yeux hagards de sa mère lui jettent un signal de détresse. Il entend la fin de la conversation et d'instinct saisit l'appareil. « Où est Corinne, Tania? À quel hôpital? » Plus de voix! Mario a abandonné son poste.

En voyant son Anthony désemparé, Georgina, tremble d et implore le ciel. Le père livide, vert de rage, interroge son fils d'un regard exigeant une réponse.

— Tu connais la Tania, la Corinne, elle s'est fait descendre au club. Quelle est cette histoire? Tu es lié avec la Tania, celle qui fait du strip-tease? La gardienne! Tu vas m'expliquer cette relation. Cette pouffiasse s'est fait mitrailler. Rien d'étonnant dans ces clubs pourris, ils sautent tous! Mais qu'est-ce qu'elle branlait là notre gardienne?

Anthony, sous le choc, n'entend plus son père. Il est plus blanc que les murs blancs de Grèce. Cassé en deux par la douleur, il regarde sa mère livide.

— Maman, dis-moi vite. Parle donc! Corinne !

Le téléphone sonne survoltant l'atmosphère.

— Allô? dit le père livide. C'est pour toi, l'autre fille!

— Anthony? Zouzou… Corinne blessée, très grave! Elle va mourir! Au Royal-Vic. Viens vite! Vite!

— Où es-tu, aux urgences? Reste-là, j'arrive! hurle-t-il, jetant l'appareil.

— Reste icitt! ordonne Sam avec rage.

— Je vais revenir, si je peux!

Anthony saute les quinze marches de l'escalier en deux bonds et court au devant d'un taxi sur l'avenue du Parc.

— Vite, aux urgences du Royal-Vic.

— OK.

— Plus vite, il n'y a pas trop de trafic.

— Mais il y a la police et des enfants dans le parc. Les ballons… ils devraient finir par les clôturer ces terrains de jeu.

— Je connais… vite, foncez, ma fiancée…

— Qu'est-il arrivé?

— S'est fait descendre dans un club. Allumez votre radio…Les nouvelles : *Encore une fusillade et un incendie… Le Tango's Girls rasé par les flammes… le troisième de l'année dans Montréal et le quartier Saint-Henri…*

— La guerre des gangs, les Bandidos ripostent. Mais où est donc la police dans cette ville? s'indigne le chauffeur. Nous y voilà, aussi vite que j'ai pu.

— Oh merde ! j'ai oublié mes piastres!

— Tiens, ma carte, ça ne fait rien, vous me paierez plus tard. Bonne chance pour la copine. File!

Un essaim d'ambulanciers, brancardiers, infirmières et docteurs s'affairent autour de trois ambulances. Zouzou, tremblotant, dans un lambeau de rideau qu'elle a arraché à la dépouille du club pour cacher sa nudité, le front collé à la cloison vitrée du corridor des urgences, observe la scène dramatique où chacun court, d'un gémissement à l'autre.

181

— Enfin! Anthony, regarde le gâchis! Je ne reconnais personne, des clients blessés ou morts. Celle-ci, c'est Carmen, la waitresse. Elle vit encore; elle pleure.

— Où est Corinne? Où l'ont-ils transportée?

— En salle d'opération; Nous ne pouvons pas entrer, ils ne donneront des nouvelles qu'à la famille.

— Tu es toute nue sous ce tissu, tout le monde te regarde. Tu dois avoir froid. Ne pleure pas!

— Mes habits sont en cendre… J'ai arraché ce rideau au vestiaire. Je faisais mon numéro quand j'ai entendu des coups de feu, des balles siffler et des cris. Des spots ont éclaté au-dessus de ma tête. Du haut de ma scène, j'ai vu Corinne s'écrouler. Je n'ai fait qu'un bond vers elle. Elle a poussé un cri, puis, plus rien!

— Ne pleure pas. Dit-moi qu'elle n'est pas morte…

— C'était fini! Avec de si petites mains je n'ai pas pu faire grand-chose. Les cocktails Molotov ont foutu le bar en flammes comme un éclair, mais ça, je m'en crisse. Tout peut bien cramer dans ce maudit bordel de Tango de merde!

— Passe mon chandail. Viens près de moi que je te réchauffe. Merci de m'avoir averti. Ne pleure plus. Nous allons la sortir de là.

— Pas si sûr. J'ai vu Lion saisir Corinne par les épaules et la prendre comme bouclier quand deux gars masqués lui ont envoyé leurs décharges de mitraillette. Anthony, je ne veux pas qu'elle meure. Il ne faut pas, je l'aime moi, Corinne. Quel salaud ce Lion. Il ne s'en sortira pas. Il avait un gros trou en plein front et son oreille arrachée. La pauvre Corinne, elle était couverte de sang et si pâle! Tiens regarde, j'en ai encore de son sang sur mes mains. Je ne me laverai pas tant que je n'aurai pas de ses nouvelles. Je lui ai posé mes mains sur les plaies pour arrêter l'hémorragie. Le sang coulait fort, là, près de la gorge et dans la nuque. Elle respirait vite, avec peine, quand ils l'ont emportée. Quel salaud ce Lion. Je suis libérée! Enfin ! Lui et ses bouquins qu'il m'envoyait chercher chez ce cochon de libraire photographe qui abusait de moi. Lady Chatterley. Tu parles! C'était l'annonce que sa merde empoisonnée était arrivée. Anthony, si Corinne disparaît, que vais-je devenir?

   – Elle va survivre. J'en suis certain. Viens dans mes bras.

   – Je vais tout te tacher. Regarde ton chandail.

   – Je ne le laverai jamais, c'est le sang de Corinne! Viens, tu trembles. Pleure, pleure... Parle-moi d'elle. Parle Zouzou, parle, tu la connais mieux que moi.

   – Corinne avait deviné qu'il me dopait en douce. Lorsqu'elle a voulu venir chez ce vieux salaud pour voir. Il voulait la faire fumer pour l'obliger à poser avec moi dans ses photos et nous sauter ensuite. Il lui a montré des photos cochonnes où j'étais suppliciée. Dans la chambre noire, Corinne restait muette devant une photo restée accrochée au dessus des bacs. Elle ne quittait pas des yeux l'image de Lion avec son chum qu'on lui avait zigouillé voilà plus de trois ans. Corinne la voulait cette photo avec le beau gars. Il avait une belle tignasse lui aussi, retenue par un cordon. " C'est une oeuvre d'art! Vous avez du talent. Deux beaux gars. Vous connaissez ce jeune? On dirait un Sioux." " Le jeune? Il avait la même tête que toi. Es-tu Sioux, puisque tu en parles? C'est comme ça qu'ils l'appelaient tous. Bof, il a disparu, trop bavard. Tant pis pour Lion. il se console avec Jeannot, pas vrai? "

   « En sortant de cet enfer, Corinne était toute drôle, elle m'a embrassée et m'a fait jurer de ne plus y revenir. Mais Lion... Lion m'y obligeait. Tu me crois, toi? Le vieux avait ouvert un bouquin plein de chocolats tout minces, pas plus épais qu'une hostie, entre certaines pages du faux livre. Des chocolats empoisonnés avec cette satanée poudre. Je m'y laissais prendre à tous les coups. C'est lui qui a provoqué cette tuerie, j'en suis certaine. Corinne en a pris un de ces chocolats de merde! Elle a fait semblant de le manger, mais je ne sais pas pourquoi, je l'ai vue le mettre dans sa poche. Anthony, dis-moi, elle ne va pas mourir! Le vieux salaud la regardait, ses lèvres gluantes mouillaient son cigare; Il attendait qu'elle flanche, sans doute. Elle lui a dit : "Amusant le bouquin, c'est pour les filles intellectuelles qui veulent développer leurs méninges. Le chocolat, c'est du magnésium. Il faudra que je fasse mon éducation avec vous, un jour! Avez-vous des encyclopédies, des livres de collection, dans tout votre fouillis de bouquins, des livres reliés cuir, de luxe? J'ai un riche ami qui les collectionne."

« Le vieux con lui a répondu : " Pour toi, si tu poses, tant que tu en voudras, du grand luxe relié vrai cuir, mais pourquoi toutes ces questions si tu ne fumes pas?" "Pourquoi? Il faut fumer pour apprécier la lecture?" lui a dit Corinne ironique. Il est devenu blanc-vert comme le vieux plâtre de son mur tout crasseux. On aurait dit qu'il avait avalé toute sa boîte de crottes empoisonnées! Corinne s'en foutait de ses chocolats. Elle avait bien raison. Anthony, je le jure sur la tête de Corinne, je n'y toucherai jamais, jamais plus. Tu crois qu'elle va s'en sortir?

– Je vais prier tous les dieux de la Grèce, tous les dieux de la Terre et du Ciel. Tu as froid… je ne peux pas t'offrir un café. Quand tu m'as appelé, je suis parti comme un fou, sans argent. Allons demander des nouvelles, je veux savoir. Que vais-je faire sans elle?

Au bureau d'enregistrement des patients la secrétaire s'impatiente : « Sous quel nom j'enregistre ces vêtements? Comment? Elle n'avait aucun papier sur elle, aucune carte? Vous ne l'avez pas ramassée dans la rue tout de même! Ce club Tango, il existe toujours… Son tailleur vert, ce collier exotique, je les classe sous quel nom? »

Anthony se mêle à la conversation prêt à aider :

– Le club flambe. Madame, parlez de la blessée du club, je la connais très bien. C'est elle, mon amie, Zouzou, qui lui a fait le bouche à bouche en attendant l'ambulance. La blessée s'appelle Corinne Tremblay, je sais où elle habite sur l'avenue du Parc…

– Qui êtes-vous?

– Son fiancé.

– Jeune, ce n'est pas le moment de plaisanter. Quel âge avez-vous? Mademoiselle, vous frissonnez! Et vous êtes couverte de sang, vos mains, êtes-vous blessée vous aussi?

– Non. Je ne veux pas me laver tant que je n'aurai pas de nouvelles de Corinne. C'est son sang que je veux garder.

– Elle vient d'entrer en salle d'opération, je n'aurai pas de réponse avant une heure, si tout se passe assez bien.

Anthony écrasé par la chape de plomb qui s'abat sur lui, entend sa mère lui dire :

– Les enfants, venez avec moi manger une soupe à la cafétéria.

– Oh, maman, tu es là! dit-il, baissant sa tête coupable. À table Georgina rompt le silence.

– C'est bien Corinne, elle est gravement touchée, tout peut arriver.

Anthony, les yeux hagards, figés comme scrutant sa soupe, se ressaisit.

– Maman, tu travailles dans cet hôpital, tu dois pouvoir avoir des nouvelles d'heure en heure. Corinne n'a pas de famille à Montréal, tu peux l'aider, tu peux nous aider! Regarde Zoé, tout ce qu'elle a fait pour elle. Ces quelques minutes d'air, de vie, peut-être, ces mains ensanglantées qui ont ralenti l'hémorragie… Zouzou mérite bien de savoir. Maman, je t'en prie, essaie. Essaie pour elle, pour moi! implore-t-il de sa voix cassée.

185

Zouzou écoute de ses yeux grands ouverts. Elle ne sait pas Georgina écartelée entre son rôle de mère et d'épouse portant le secret de son fils amoureux. La mère peut-elle, doit-elle porter secours à son fils? La tête basse, ne sachant comment annoncer les dernières nouvelles du foyer familial, elle rapporte :

– C'est grave… Après ton départ précipité, ton père est devenu furieux. Il a tout cassé dans ta chambre : tes bulletins faux, déchirés, ta guitare; je t'en rachèterai une. Il a fait le rapport avec ton refus d'étudier la médecine et ta fréquentation avec "C*ette fille de rue, cette putain.* Si elle s'en sort, je la poursuivrai pour détournement de mineur!" a-t-il crié…Tu n'as que quinze ans.

– Madame, je connais Corinne, vous n'avez pas le droit de la traiter de putain, intervient Zoé.

– Mademoiselle, occupez-vous de vos affaires. Laissez-moi parler à mon fils. Anthony, toute cette histoire me fait peur. Je ne sais pas comment il va réagir en te voyant. Je ne lui ai rien dit de ta relation, mais il a tout compris, et encore, il ne sait pas que vous êtes allés tous les deux en Grèce. Il va imaginer tout et le pire : Corinne danseuse nue! Te rends-tu compte?

– OK, c'est un jour de malheur. Aujourd'hui, en ce moment, je me fous de ce que pense mon père! C'est la vie de Corinne qui m'importe plus que tout. Ou elle s'en sort et je l'épouserai, envers et contre tous, dès que j'en aurai l'âge ou même avant, ailleurs, ou bien elle y reste, et vous ne me reverrez jamais plus, jamais! Entends-tu bien, maman? Jamais! Jamais! Je t'en prie, c'est ton hôpital, toi seule peux aller aux nouvelles.

La voix grave, trop grave, frappe Georgina en plein cœur. Criblée de doutes, elle baisse la tête et dit piteusement :

– Bon, restez là, mangez quelque chose de plus consistant, je vais y aller. Espérons…

La maman partie, Zouzou se rapproche d'Anthony pour le consoler. Il lui prend les mains couvertes de sang séché, en pleurant.

– Ma Corinne, elle est sur tes mains! Son sang, mais c'est le mien! Tu as bien fait de ne pas les laver. Il est à moi. Laisse-moi le lécher. Si elle meurt, je mourrai aussi!

– Ne dis pas ça. Tu verras, nous allons la retrouver, dit Zouzou en caressant les cheveux d'Anthony. Je vais aller à l'oratoire Saint-Joseph faire brûler un cierge pour elle. Ne pleure pas, elle n'aimerait pas te voir aussi désespéré.

– Moi je l'aime! Comprends-tu? Je l'aime, jusqu'au bout de ma vie! Elle est toute ma vie. Je ne veux pas la perdre, sinon, je ne serai plus rien sans elle. Mon existence sera morte!

– Tu en as de la chance d'aimer si fort. Embrasse mes mains. Nettoie-les de son sang. Il t'appartient ce sang, dit Zouzou avec tendresse.

À la table voisine, une convalescente âgée tend l'oreille. Dans un tic nerveux, elle ne cesse de remuer sa cuillère à café dans une tasse vide. Le regard absent, le corps cassé, la tête penchée vers le couple, elle pleure en larmes silencieuses roulant sur ses joues fripées par la vieillesse et ses souvenirs.

La peine pétrifie le couple. Anthony, sort de sa torpeur.

– Que fait donc ma mère? Ce doit être très grave! Ma Corinne..! Il entrelace ses doigts et mord son pouce jusqu'au sang.

– Que fais-tu? Tu te mords! Arrête! Tu fais comme Corinne mordant sa dent avant de monter sur cette saloperie de scène. Ta mère finira bien par te donner des nouvelles! dit Zouzou.

— Zouzou, j'ai besoin de savoir... dis-moi... Il y a quelque chose que je voudrais savoir... Comment est le patron, le Boss, comme vous l'appelez, comment est-il avec Corinne, gentil?

— Avec elle, oui, avec moi, aussi, mais avec Lion, ça chauffait. Il s'engueulait souvent avec le photographe bouquiniste et avec Lion. Maintenant, il est crevé, tant mieux!

— Bouquiniste?

— C'est lui qui vendait la saloperie d'hosties en chocolat. Corinne a voulu le revoir. J'ai cru qu'elle allait poser pour lui quand elle m'a demandé de l'accompagner à nouveau. Dans la chambre noire toute rouge, elle lui a chanté une romance pour avoir la vieille photo accrochée au-dessus des cuvettes, de Lion et de son chum. Le beau brun éjecté voilà trois ou quatre ans. C'est vrai qu'il était beau, trop beau, un air de Corinne, les mêmes cheveux luisants. Le vieux chnoque de libraire lui a demandé pendant qu'il me poignait les seins :

«" Tu ne fumes toujours pas, tu veux des livres anciens, me piquer ma photo, des chocolats maison. " " Des cartons de Dubarry, chocolat de luxe, ça sent le chocolat à plein nez ici... une vraie usine", lui a-t-elle dit en riant. "Tu en demandes pas mal de choses toi! C'est Lion qui t'intéresse ? " " Non, je suis fascinée par ce beau gars."

« "Te casses pas la tête, il n'est plus dans la course. Supprimé! Trop aux basques de Lion et Lion, pour moi, chasse trop de gibier à la fois! Mais la photo est belle, elle m'inspire. Je la laisse là, accrochée dans le noir..."

«" Lion s'intéresse à Zouzou, pas vrai Zouzou? Il a assez d'une fille et toutes les autres. Quel dommage, ce gars-là était beau. Vous me donnez la photo, on fera un deal, bientôt. " dit Corinne en montrant ses fesses.

«" Oh! vous les donzelles! C'est tout de même curieux que tu sois attirée par ce gars mort depuis longtemps. Tu ne serais pas par hasard sa seu..r? Il me parlait toujours de sa sœur qui…" En disant ces mots, le salaud est devenu vert pâle comme le dessous d'une pastèque trop mure. Il l'a regardée d'un œil méchant, vraiment très méchant. Tu sais, j'ai senti passer une lame d'acier dans mon dos… J'ai senti que… Il allait... Oh! ce regard! Des yeux vert de feu dans cette gueule fripée vert de gris, comme au cinéma, quand un bandit tue quelqu'un en silence avec le sourire du diable! »

Enfoui dans ses pensées déchirées Anthony n'entend pas sa mère de retour regardant Zouzou sans complaisance :

— Mademoiselle, les toilettes sont dans le corridor, allez vous passer cette blouse d'infirmière, votre tenue sera plus convenable, dit-elle, ajoutant à ses lèvres pincées un regard de reproche.

— Et Corinne? dit Zouzou, mendiant une réponse de ses grands yeux.

— Anthony, mon grand, des nouvelles. Une balle a fracassé l'os du crâne, derrière l'oreille et a touché le cerveau. Une deuxième a pénétré dans le cou, à quelques millimètres de la carotide, en l'éraflant. Elle a dû ricocher sur le collier. Sans cette dent d'animal c'était fini! Corinne est dans le coma. On lui a fait une transfusion importante. Il est beaucoup trop tôt pour se prononcer.

La gorge d'Anthony se serre. Ses yeux, appréhendant le pire, sortent de leurs orbites et semblent tout comprendre. La mère continue :

— La troisième a perforé le foie. Le foie se régénère assez vite. Mais, dès que le cerveau est atteint, le Dr Dufresne intervient; il est l'expert en interventions rapides. Mademoiselle, allez vous habiller. Changez de chandail, c'est celui de mon fils. Vous voyez bien que vous le tachez. Voilà le chirurgien.

— Madame, le monsieur chirurgien, je voudrais l'entendre, implore Zouzou quand le docteur se joint à eux.

— Alors, les enfants! Je peux m'asseoir? Ouf! Quelle bataille! Cinq blessés par balles, un record! Mademoiselle, vous avez les mains tachées de sang. Ah! c'est vous qui lui avez sauvé la vie. Sans votre intervention qui a ralenti l'hémorragie jusqu'à l'arrivée des ambulances, je n'aurais pas pu faire grand-chose.

— Va-t-elle s'en sortir? dit Anthony, revenu à lui.

— Elle est solide, un corps d'athlète, que du muscle. Le cerveau? Touché, il est possible qu'elle reste dans le coma un long moment, des jours, des mois! Mais le destin de chacun d'entre nous... Ne vous inquiétez pas, je veillerai sur elle, c'est mon devoir.

— Pouvons-nous la voir?

— Non, pas avant deux ou trois jours. Je veux la garder sous haute surveillance. A-t-elle de la famille à Montréal?

— Oui, moi, je suis le seul, dit fermement Anthony.

Georgina regarde son fils et baisse les yeux. Ses soucis ne s'effaceront pas de sitôt...

— Allons, pas de grises mines, nous allons y voir. Courage, dit Dufresne en s'éloignant.

Anthony, dit à sa mère en lui tenant les mains :

« Maman, le docteur n'est pas très rassurant, je ne rentrerai pas à la maison. J'ai les clés de l'appartement de Corinne, je veux avertir sa grand-mère, en Gaspésie, au cas.... Est-ce que je pourrai coucher à l'hôpital quand elle sera dans sa chambre? »

— Tu n'es pas de la famille. Que tu ne couches pas à la maison, ne va pas arranger les choses avec ton père.

— Maman! maugrée Anthony de son regard sombre. Une colère froide gronde entre ses dents d'homme.

26

– **O**ù demeure-t-elle cette garce? Il faut que je parle à Anthony, dit Sam. Il pourrait venir ici au moins se changer. Voilà vingt jours qu'il ne rentre plus. Tu me dis qu'il reste très tard dans la chambre de cette drôlesse. Et pour quoi faire?

– Pour l'instant, elle est dans le coma. Pour combien de temps encore? Les neurologues ne veulent pas se prononcer.

– Et les études? Combien de temps va-t-il rester confiné dans cet hôpital? Quelle perte de temps!

– Il ne perd pas une seule minute de ses cours. Il est allé s'expliquer au collège et son copain Donald lui donne ses notes. Il a passé ses examens avec des A plus brillants que jamais. J'ai vérifié. Il étudie à la cafétéria de l'hôpital, avec un sérieux qui me renverse. Toi qui veux qu'il soit docteur... et bien là, il y est plongé dans la vrai médecine!

– De quoi vit-il? Tu lui donnes de l'argent. Il faut l'affamer! S'il reste sans le sou, il reviendra bien se faire blanchir.

– Sam, permets-moi de te dire, je n'en suis pas si sûre. Notre fils n'est plus notre fils; il est devenu un homme.

– Un homme? Ce n'est pas parce qu'il porte un blouson noir et se laisse pousser les moustaches qu'il est un homme.

– Oh je ne te comprends pas! C'est ton fils, beau gars et tu le traites comme le dernier des garçons du quartier. Tout ce qu'il fait ces jours-ci, Georgina hésite, il le fait par amour, un vrai grand amour que nous ne pourrons jamais contrôler. Je vais demander à Alexis de venir.

– Qu'est-ce que ton frère a à voir dans cette affaire de traînée et mon fils?

— Samy, ne te mets pas en colère. Je ne t'ai encore rien dit, mais les enfants ont passé l'été ensemble, chez lui.

— Quoi! et tu me dis ça maintenant, deux mois après! Vous êtes tous de connivence, des faux jetons!

— Sam, écoute bien, Alexis m'a appelée pour me parler d'un miracle. En Turquie, terre de nos ancêtres, la petite a retrouvé, dans les ruines d'une ferme incendiée en 1922 par les troupes turques, la porte en fonte du vieux four marquée aux initiales de notre famille. Elle ne savait même pas que cette ferme existait. Elle avait vu, dans un rêve, le four glacé. Les rêves, c'est un peu du passé qui revient nous hanter, mais il faut l'avoir vécu quelque part. Encore plus étrange, quand Alexis a aperçu cette petite pour la première fois à l'aéroport, il a eu une vision : la grand-mère cuisant le pain devant ce four! Notre four! Tu ne peux pas comprendre… J'ai peur Samy!

— Arrête de gémir!

— J'ai peur que tout ce drame ne tourne à la catastrophe. Alexis m'a dit, et tu sais combien il est passionné, que nous ne pourrons jamais séparer ces enfants. Il m'a redit : « Ils vivront ou mourront ensemble. » J'ai peur Samy!

— Pleure un bon coup et qu'on en finisse!

— Ne t'énerve pas. Cette petite a frôlé la mort d'un rien, trois balles qui auraient pu la tuer trois fois, sans son collier et sa dent d'ours, c'était fini pour elle. Je ne sais pas ce qui peut advenir, le sais-tu toi? Je ne voudrais pas que ce soit tragique pour nous tous. Anthony est tellement sensible. Il est subjugué, ensorcelé par cette relation, comme l'étaient Alexis et Sofia. Te souviens-tu? Ni toi, ni moi, nous ne voulons le perdre! Sais-tu ce qu'il fait dans la chambre de l'hôpital depuis huit jours? Je l'ai observé avec le Dr Dufresne et d'autres infirmières, il lui lèche la paume des mains, comme un chien fidèle… notre fils, te rends-tu compte? J'en suis toute retournée et si malheureuse. Voir mon fils lécher les mains de cette fille, comme le ferait un Saint-Bernard découvrant un blessé enfoui sous une avalanche. Oh encore un miracle! Elle a remué le petit doigt d'abord et l'index, comme un poussin qui perce sa coquille, je te dis, à petits coups de bec pour venir au monde. Et depuis deux jours, il se penche sur elle, s'approche de ses lèvres comme s'il voulait l'embrasser et il laisse tomber un mince filet de salive entre les lèvres de cette pauvre tête plus blanche que les draps. La becquée, Samy, la becquée, il lui donne la becquée! Oh! Samy, qu'allons-nous faire? Jamais je n'oublierai ce filet de salive qui brille comme un collier de diamant!

— Et le docteur permet ça?

— Que veux-tu qu'il dise? Elle bouge ses lèvres et son front se plisse. Elle veut lui dire quelque chose. Elle lui répond, c'est certain. Nous n'avons pas le droit de parler dans la chambre. Peut-être entend-elle nos commentaires? Notre Anthony lui murmure, des dizaines de fois à voix basse, des « je t'aime », « nous allons partir ensemble en Grèce ». Il lui parle comme si elle pouvait tout comprendre. Et crois-le ou non, elle sort de son coma, lentement, grâce à ces mots. C'est évident. Le docteur nous a donné l'ordre de ne pas l'interrompre et de lui faire un rapport d'heure en heure. Tout l'étage vient l'observer. Si tu voyais Anthony se baisser lentement au-dessus de ce lit, prendre les mains inertes de Corinne avec tellement de délicatesse, les lécher, comme un chien, comme un prêtre, comme un Jésus, toi qui es religieux, tu en serais bouleversé, j'en suis sûre. Et puis, cette salive, elle brille! Elle brille!.. Elle est luminescente, comme un rayon de vie. C'est… Oh! comme une espèce de communion! Samy! Samy… la salive de mon fils! Qu'allons-nous faire? Notre Anthony, nous allons le perdre! Georgina ne retient plus ses larmes. Samy ne bronche pas. Derrière ses lèvres pincées, sa gorge l'étouffe. Son épouse, si peinée, le perturbe. Sans qu'il veuille l'admettre, son cœur fléchit.

— Allons, allons, n'exagère rien!

— Samy, ce petit, notre petit ! Cette chambre d'hôpital, je la reverrai toute ma vie.

— Assieds-toi, reprends tes esprits, dit Sam, prenant son épouse meurtrie par le bras. Quand Alexis arrive-t-il?

Il est blême et figé devant sa femme qui l'est tout autant.

27

– Bonjour Docteur,   dit le commandant Latreille, comment s'améliore l'état de notre patiente?

– Quelques progrès qui tiennent plus du miracle que de la médecine.

– Peut-elle reconnaître les visiteurs?

– Non. Vous ne pouvez pas l'interroger.

– Elle a griffonné ces mots peu lisibles et ce dessin. Un jeune homme Anthony nous les a remis. C'est lui qui lui rend visite n'est-ce pas? Si elle revient à elle, je veux absolument l'interroger pour éclaircir ce message, hélas, mal écrit.

– J'aurai dû voir ces dessins. Commandant, je ne vous autoriserai pas ce genre de visite, ma patiente a besoin d'oublier ce qui c'est passé, avant tout. Elle doit sortir de ce coma et c'est une très dure bataille pour elle. De toute façon, je suis persuadé qu'elle ne se souvient de rien. En état de choc, l'organisme a la faculté de s'isoler de l'instant du traumatisme. Une balle qui fait éclater le crâne et érafle le cerveau, n'est pas la plus recommandée des hypnoses!

– Ce jeune garçon que vous autorisez dans la chambre de la patiente, vous le connaissez bien, puis-je lui parler?

– Attendez, ne rentrons pas dans la chambre et observez le petit, dit le chirurgien. Ne parlez pas…

– Petit! Il est déjà plus que solide, mais… que fait-il? Il lui dépose sa salive…

– Il fait un miracle, qu'elle apprécie beaucoup. Son cœur s'envole quand elle reçoit ce baiser. Elle comprend et apprécie ce don, sans aucun doute. Elle devient toute moite. Commandant, j'en ai vu pas mal en chirurgie et neurologie, mais quand il lui prodigue ce traitement particulier, tout nous permet de croire qu'elle est en extase complète, jusqu'à l'orgasme. J'en suis très heureux, son cerveau limbique se réveille. Mais, il va nous falloir beaucoup de patience et de temps.

– Cerveau limbique?

– Le cerveau de l'émotion, le primitif, celui qui nous apparente à l'animal, celui qui fait crier le bébé cherchant le contact de sa mère. D'ailleurs, je ne devrais pas vous donner ces détails intimes qui lui appartiennent. Il faut la changer de la tête aux pieds. Et si ce traitement insolite peut la sauver, vous pensez bien que nous n'allons pas intervenir! Le motif de votre visite?

– Ce bout de papier, je voudrais le lui montrer, il est illisible et le dessin... dur à déchiffrer. Une vielle caméra à soufflet, un livre accordéon? Docteur, dites-moi, après un traumatisme comme un coup de feu, une balle qui vous traverse une partie du cerveau, peut-on lire, voir, comprendre, tout en restant muet?

– Tout dépend de la zone du cerveau atteinte par le projectile et du traumatisme qui s'ensuit. D'autres zones prennent le relais. Tout ceci prend du temps et n'aboutit parfois jamais. Mais, dans son malheur, cette jeune fille a de la chance, carotide et cerveau effleurés. La vie se joue parfois au millimètre près! En effet, ce dessin est une devinette. Que représente-t-il? des mots très incomplets, un album de photo? un livre? C'est plutôt un livre, un dessin de livre et ce trait, une flèche pointant vers la couverture. Une caméra? Je ne savais pas que la patiente avait essayé de dessiner quoi que ce soit et j'en suis ravi. C'est un énorme pas vers sa... je devrais presque dire, résurrection! J'aurais dû en être informé et voir ce croquis rudimentaire.

– Laissez-moi l'interroger.

– Non. Elle est incapable de répondre. Vous permettez, je suis le chirurgien traitant et tout ce qui comporte une donnée médicale m'incombe. Inspecteur, vous serez obligé

196

de revenir plus tard, bien plus tard. N'insistez pas. Les progrès sont moins rapides que prévu. Ce genre de patient peut nous échapper à tout instant, son métabolisme fléchir aussi vite qu'une bougie qui s'éteint. Respectons son silence, voulez-vous? Votre enquête peut attendre. Ce dessin est très encourageant pour nous. J'en fais une copie et vous le remets? Elle s'agite. Elle gémit... pourquoi donc? Votre présence semble la perturber. Vous voyez, elle se débat. Éloignons-nous de la chambre. Merci de votre visite. Laissez-nous travailler. Salut inspecteur.

– Je veux parler au jeune.

– Dans cette affaire médicale, où le cerveau est blessé, il est devenu notre plus proche collaborateur. Sa présence fait faire bien plus de progrès à la patiente que tous nos médicaments. Je vous l'ai dit, c'est un miracle! Le rythme d'un miracle ne se ralentit pas. Laissons-le évoluer à sa façon. Je vous en prie, je vous avertirai quand les visites seront possibles mais vous pouvez parler au garçon. Salut monsieur l'enquêteur, je pensais que vous étiez commandant.

– Je le suis ; il s'agit d'un cas très particulier que j'ai pris en charge moi-même.

L'insistance du policier irrite le docteur, bien plus intéressé par le rétablissement de Corinne grâce à l'influence d'Anthony. Voyant Georgina pleurer en observant son fils déposer sa précieuse salive dans la bouche de sa patiente, il lui demande :

– Georgina, que vous arrive-t-il, l'émotion?

– Plus que ça, bien plus que ça, soupire-t-elle, l'amour... la force de l'amour, l'amour infini! Il soulève des montagnes et nous vole les enfants. Ces deux petits s'aiment éperdument. Je le sais. Je le sens. Ils me l'ont dit tous les deux. Et si la petite ne s'en sort pas, j'ai peur que mon fils ...Oh! tout peut arriver... qu'il ne veuille plus vivre...

— Georgina, pas de mauvaises pensées. Enfin! la voilà l'explication qui m'éclaire ; le pouvoir surnaturel de l'amour guérisseur, les symptômes de l'amour passionnel. Je m'explique les moiteurs, le rythme cardiaque, l'agitation, l'orgasme! Georgina, votre fils va sauver Corinne! C'est fabuleux, l'amour qui sauve! Ah! ces mouvements de doigts, c'est le bébé braillard dans son berceau alertant sa mère qui l'aime, hier encore, des signaux de détresse et aujourd'hui, des caresses données par Corinne à la seule personne qui la comprenne, qui essaie de la comprendre, à la seule personne qui lui exprime son amour... Anthony fait un travail d'amour extraordinaire et vous pouvez en faire autant. Depuis quand êtes-vous au courant de cette idylle?

— J'ai bien peur que ce soit bien plus qu'une idylle... Je le sais, Anthony me l'a dit et Corinne aussi, tous les deux, avec tant de sincérité... et je suis la mère. Je ressens...Oh! mais mon mari, quand il va l'apprendre, mon Dieu! Que va-t-il se passer?

— Et vous, comment l'acceptez-vous? Votre fils est très jeune. Il aime avec passion. Tous les jeunes arrivent à cette extase un jour ou l'autre de leur adolescence.

— Je ne veux pas le perdre... si la petite venait à disparaître? Les yeux paniqués cherchent une réponse horrible.

— Georgina, je suis moi-même époustouflé par l'aplomb de votre fils, la tendresse qu'il exprime en donnant ses soins et en dialoguant du plus profond de son cœur. Il a l'air, il a... une confiance inébranlable dans la réussite de sa mission. Il faut que j'analyse cette salive au moment où il offre ce baiser. Je ne sais pas ce qu'elle peut contenir, elle doit être surchargée d'hormones qui survoltent Corinne et son cerveau. Je veux savoir lesquelles? Votre fils va trouver cette prise de salive bizarre... ajoutez, pour la recherche. Dites-lui que l'hôpital exige de tels contrôles pour la recherche. Il aime les sciences, il comprendra. D'après la réaction de Corinne, cette partie du cerveau est au moins intacte. Vous voyez bien... le cerveau émotionnel se remet en marche, tous nos instruments explosent d'activité. On est sur la bonne voie. Georgina, voulez-vous faire quelque chose pour eux, pour vous et pour moi, par la même occasion? Allez donc embrasser Corinne le plus affectueusement possible, comme si vous étiez sa vraie maman. Elle vous attend. Votre cœur de mère doit parler.

    – Vous croyez? dit Georgina, le regard perdu.

    – Ce baiser sera bien plus fort que les médicaments que vous tenez dans les mains.

    – Je vais essayer de vous aider.

    – Croyez-moi, vous allez aider tout le monde.

    Georgina hésite un instant avant de pénétrer dans la chambre à pas feutrés. Anthony, toujours penché au-dessus du visage inerte de Corinne, murmure d'un souffle léger :

    « Je t'aime, je t'aime ma déesse. Guéris vite. Nous nous marierons dès que tu seras guérie. Bientôt... très bientôt. Je suis si content, puisque tu me réponds, Tes longs doigts me répondent. Je les embrasse ces doigts de fée, non, je me trompe, de déesse. Je t'aime à l'infini! Nous repartirons en Grèce dès que tu seras rétablie. Tu guéris très vite... tant mieux. Nous serons heureux tous les deux, parmi eux, parmi tous les dieux que tu aimes et qui t'adorent parce que tu es une déesse... la mienne, rien qu'à moi, la mienne, pour l'éternité! Tu guéris. Pince-moi la main. Tu peux. Tu guéris pour nous deux. Vite, très vite...»

    Corinne, plus agitée, respire nerveusement. Depuis quelques jours elle répond aux messages d'Anthony par des mouvements des doigts se fermant rapidement sur la paume de la main. Elle approuve bruyamment de la main droite les mots positifs et rejette les paroles pessimistes du revers de la main gauche. Le dialogue est engagé.

– Anthony, je suis là, dit Georgina, tu fais bien de lui dire ton amour. Je crois qu'elle entend tout et comprend tout. Pas vrai Corinne? De la façon dont vous lui répondez, vous m'entendez, n'est-ce pas? Moi aussi, je veux vous embrasser. Moi aussi, je vous aime, je vous aime, ma fille! Les mots ont-ils dépassé la pensée de la mère? Anthony, toujours penché près de l'oreille de Corinne, croit avoir mal perçu les paroles de sa mère et reste immobile, perplexe et silencieux.

Corinne agite ses dix doigts fébrilement. Elle respire à pleins poumons en saccade et tente de se soulever sous le regard d'Anthony médusé. Tout en remuant sa langue entre ses lèvres entrouvertes, elle murmure un mot intelligible que toutes les mamans devinent et comprennent dans la bouche d'un bébé « *mamooan!* ». Sous le choc du mot, les yeux chargés d'émotion, Georgina abasourdie, ne peut que répondre en bégayant:

– Mer… merci… Corinne, je vous laisse à vos amours tous les deux. Merci!

– Merci maman, dit Anthony, dans un soupir ému.

Confuse d'avoir baissé sa garde, troublée par le mot « maman » prononcé avec la plus grande sincérité, Georgina se précipite dans le bureau du médecin.

– Docteur, la petite m'a murmuré un mot après que je l'ai eu embrassée.

– Lequel? C'est capital!

– Elle entend tout et comprend tout. Je lui ai aussi dit que je l'aimais. Elle m'a marmonné « *mamooan!* ». J'en suis certaine! Quelle émotion, je ne l'oublierai jamais! C'était… c'était… comme… si j'entendais la voix d'un être vivant, pour la première fois!

– Bravo! Je le savais! Ne pleurez pas…. Nous allons la sortir de là pour le bonheur de tous! Mille, mille mercis pour ces enfants. Anthony le mérite bien! Vous avez été magnifique, Georgina, magnifique! Continuons tous ensemble de la soigner de notre mieux. Sa grand-mère ne doit-elle pas venir lui rendre visite? D'après Anthony, elles sont très attachées l'une à l'autre. Toutes ces preuves d'amour devraient l'aider. Son cerveau émotionnel en est affamé de tendresse...

28

Cinq heures. Les rougeurs de l'aube caressent le septième étage de l'hôpital Royal Victoria.

– Une augmentation du rythme cardiaque anormale. La petite est agitée. Va donc vérifier qu'est-ce qui se passe, dit l'infirmière alertée par les ordinateurs au poste central de surveillance des patients.

Quand l'assistante entre dans la chambre, Corinne, dans un moment de lucidité partielle, gesticule et tente de déchirer sa camisole à la hauteur du col, croit-elle.

– Que vous arrive-t-il? Avez-vous mal? Serrez-moi la main très fort. Je suis heureuse que vous me pinciez ce matin, beaucoup de progrès en trois jours. Combien de doigts, trois ou cinq? Trois travaillent à merveille? Vous avez de la pince! Bravo.

La main de Corinne s'agite vers la table de nuit.

– Qu'essayez-vous d'attraper? Je comprends, le bloc-notes, le crayon! Vous dites oui! C'est intelligent votre système de morse par doigts interposés. Vous voulez dessiner? Quoi? Encore votre cou? La camisole vous irrite? Je n'y vois rien d'anormal. La plaie se cicatrise très bien. Tenez, regardez.

Le petit miroir tendu révèle le nouveau visage de Corinne fondu dans la blancheur des draps, crâne rasé, couronné des bandelettes du pansement. Assaillis par l'image inconnue, les yeux horrifiés s'agrandissent. Les lèvres boudent. La main gauche s'agite avec véhémence. « Non, non, ce masque décharné ne m'appartient pas! » Le visage assombri de la patiente sous le choc frappe l'infirmière, interloquée par son initiative; Ce miroir apporte la détresse, cachons-le tout de suite.

– My darling, tout cela n'est rien. Les cheveux vont repousser plus fournis que jamais, et le poids? Vous avez déjà repris deux livres et des couleurs et vous mangez de bon appétit. Vous serez debout dans quelques semaines. Encore une petite intervention et hop, la convalescence! Vous devriez dormir encore un peu. Non? Encore votre cou? Votre camisole vous fatigue? Dessinez-moi votre demande. Le pouvez-vous?

Corinne dessine fébrilement sous les yeux attentifs de la garde-malade, confirmant, à chaque coup de crayon, sa compréhension du message.

– Un cercle? des plumes? pardon? une griffe? non? Oh! j'y suis…, une dent, une grosse dent d'animal sauvage, une panthère! Non? Et pourquoi donc? Qui est cette personne aux cheveux lisses et au long cou? Une fille qui porte le collier, mais… mais… c'est vous que vous dessinez, portant un collier! Ah! vous voulez porter un collier; Je n'ai pas de collier ma fille… Un garçon doit vous le passer autour du cou? C'est Anthony que vous dessinez avec ses cheveux frisés! Nous allons le lui demander, plus tard, dans la matinée. Vous ne voulez vraiment pas essayer de parler? Dormez un peu maintenant. Allez, un pipi et un dodo. Je vous embrasse. À tout à l'heure.

La réponse ne tarde pas. Corinne applaudit des dix doigts et reprend le crayon pour dessiner maladroitement, deux cœurs entrelacés en guise de merci.

L'infirmière enjouée quitte la chambre emportant son sourire satisfait. Corinne, stimulée, attaque un nouveau dessin. Petit à petit, par traits encore hésitants, un document se brode, plus explicite.

Par efforts lents, répétés, opiniâtres, Corinne la vaillante, s'extirpe de son incapacité de parler comme une chrysalide s'extrait hors de son cocon. Le message se décante. Elle peine et transpire devant sa feuille de papier qu'elle abandonne, fourbue, au bout de quelques minutes. Elle frotte son crâne questionnant son toucher rêche. Ses yeux, tout à coup pris de panique, se fixent sur l'infini. Elle porte ses mains décharnées à son cou, palpe sa cicatrice, pince ses lèvres, se moule dans son oreiller dans un mouvement de dépit, et, de guerre lasse, décide de dormir. Elle redevient bien Corinne, la batailleuse.

Anthony est matinal lui aussi. Avant de partir prendre les cours essentiels pour maintenir ses notes élevées et clouer le bec de son père, il est autorisé à bavarder avec sa protégée dès la première heure.

– Ah vous voilà! dit l'infirmière, tenez, Corinne vient de dessiner ceci. J'ai cru comprendre qu'il s'agissait d'un collier qu'elle exigeait en tirant sur le col de sa camisole.

Anthony déchiffre le dessin et bondit :

– Le collier! Son collier et la dent d'ours! Où sont-ils passés? C'est le collier qu'elle ne quitte jamais. Il faut le lui rendre. Je le ferai moi-même. Je suis certain que ce collier va lui redonner le courage de vivre. Où est-il? Il le lui faut!

– Chaque patient qui nous arrive inconscient, a son locker contenant tous ses effets. Je vais le chercher.

Tout en révisant ses cours, Anthony attend le réveil de sa patiente. Il croit bon de cacher le calepin dans le tiroir de la table de nuit. Ce nouveau dessin de livre et du photographe est un message qui met Zouzou en évidence. Bien que mieux tracé que le précédent, le message reste une énigme. Peu importe Zouzou, le rétablissement de sa Corinne est bien plus important.

Elle est là, sa déesse, dormant devant lui, plus pâle mais plus belle que tous les marbres dans tous les musées de la Terre. Et ce marbre s'anime, plisse le front, bouge ses lèvres sèches, entrouvre ses yeux qui semblent emportés dans un labyrinthe et se remet à vivre à l'intérieur du crâne blessé.

— Bonjour déesse, bois quelques gouttes d'eau, murmure-t-il. Tu réclames ton collier, m'a-t-on dit. Tu peux le porter maintenant que ta plaie est cicatrisée. Me comprends-tu? Les dix doigts s'agitent avec enthousiasme, les lèvres humides se tendent, prêtes à s'humecter aux lèvres d'Anthony.

— Et le voilà! dit l'infirmière triomphante en rentrant dans la chambre,il faut lui faire un brin de toilette... le sang séché sur le croc...

— C'est bien lui... la dent fracassée par la balle. Regarde, elle a souffert, dit Anthony en montrant le croc brisé. Corinne plisse le front, cherche dans ce qui lui reste de mémoire. Il ajoute, c'est bien elle qui t'a sauvé la vie. Veux-tu la porter?

Aidée par ses mouvements rapides des doigts, Corinne marmonne un « oui » encore laborieux mais nouveau. La vue de sa dent fétiche lui rend lentement la parole. « Oui, ma... ma... vie, ma vie! Coll...iier. Con...tente... contente... » marmone-t-elle en mordillant sa dent retrouvée. « Morr...rds, toi, aus...si... mords » balbutie-t-elle en offrant le collier à Anthony; Un autre miracle surviendra bien un jour, la dent porte-bonheur remplira sa fonction à merveille.

La reine Victoria en tenue d'apparat, apparaissant devant les infirmières au poste de surveillance des patients de l'hôpital portant son nom, n'aurait pas causé plus de commotion que l'arrivée inattendue de la grand-mère mi'kmaq accompagnée de son fils, chef de Bande. L'aïeule a revêtu le costume ancestral qui, s'il estomaque tout le personnel de l'hôpital, ne doit laisser planer aucun doute dans l'esprit blessé de sa petite-fille. C'est bien la noble grand-mère qui lui rend visite, escortée de son fils, l'oncle de toujours, vêtu de sa *usgiltqwan*, sa veste de peau de daim et son médaillon en sautoir. Corinne y tient tant à ces usages vestimentaires témoignant de ses origines et de la fierté de son peuple premier, que dans ces circonstances gravissimes, ni la grand-mère ni l'oncle n'ont le droit de la décevoir.

– Nous venons rendre visite à notre petite-fille blessée, la patiente Corinne Tremblay, dit l'oncle.

– Oh! la jeune Corinne! Il est un peu trop tôt. Regardez l'écran de surveillance, elle dort paisiblement. Les heures de visite… mais vous venez de si loin, répondit Georgina tout en dévisageant la grand-mère. « Noble et racée! Un très beau collier, des émeraudes de grande valeur serties dans ce métal précieux… et ces bagues… des pierres de valeur! La prestance de la grand-mère est celle d'une reine, sans aucun doute! Elle devait être très jolie étant jeune, ressemblance marquée. Corinne a de qui tenir. » Georgina ne peut s'empêcher de jeter un regard furtif sur son profil se réfléchissant sur la paroi vitrée du corridor. « La grand-mère, mais c'est ma mère vêtue en Indienne! Les mêmes traits, pense-t-elle, le même plissement des lèvres roulées et dans les yeux, ce pétillant sourire des plus sincères venant droit au cœur. »

– Dès les premiers jours du drame, le jeune Anthony nous donnait des nouvelles quotidiennement. « L'état de Corinne ne s'améliore pas, au contraire », nous a-t-il dit avant-hier, en nous implorant de venir la voir. Est-il infirmier? dit la grand-mère regardant, avec étonnement tout autour d'elle, les locaux et les multiples instruments. Beaucoup d'odeurs inusitées taquinent son nez pincé.

– Bien plus que ça, dit Georgina, sa présence a une très grande influence sur la guérison de votre petite-fille. C'est mon fils. Nous sommes voisins de votre enfant depuis plusieurs années. Elle gardait les miens. Elle sort de son coma, hélas, si peu, quelques secondes par jour mais elle ne peut parler. Les médecins ont grand espoir... Ils tiennent à la présence de mon fils pour l'aider à retrouver le goût à la vie. Ces enfants ont une grande affection l'un pour l'autre.

– J'aimerais la voir pendant son sommeil. Je lui parlais quand elle dormait dans son berceau. Les Anges entendent tout et les enfants aussi, vous savez, et Corinne est une enfant, dit la grand-mère à voix basse. Cette voix princière chargée d'élégance trouble Georgina qui ne peut qu'obéir.

– Suivez-moi. Nous l'avons placée tout près pour mieux la surveiller. Son cas est compliqué. Une balle a touché le cerveau.

Corinne dort paisiblement. Son visage pâle et son crâne rasé entouré de bandelettes surprennent les visiteurs restant bouche bée.

– Les blessures sont plus graves que je ne le croyais, murmure la grand-mère. Pourra-t-elle se rétablir et reparler?

– Encore une légère intervention pour réparer l'os crânien et notre petite Corinne pourra entamer une sorte de convalescence. La parole? Dieu seul le sait...

— Permettez-moi de placer ce *nastesgewe'l pewitaqann*, ce cercle capteur de rêves au-dessus de son visage d'ange pendant son sommeil, dit la grand-mère en ouvrant son cartable.

Tout en tenant le cercle orné de plumes au-dessus du visage livide, la grand-mère susurre des mots, comme des soupirs successifs d'un prêtre implorant une grâce divine : « Énergies de nos ancêtres, vos esprits voguent dans l'infini de l'Univers... Portées par ces oiseaux, rentrez dans votre maison. Aidez votre fille... aidez-la à retrouver son énergie cosmique. »

Le Dr Dufresne, faisant sa première visite matinale, interloqué par la cérémonie, s'arrête sur le seuil de la chambre. Quand la grand-mère retire le capteur de rêves et le range avec soin dans son grand cartable, il questionne du regard Georgina qui lui répond à voix basse :

— Docteur, je vous présente la grand-mère de Corinne et son fils, dit-elle.

La noblesse de la grand-mère surprend Dufresne.

— Je suis très honoré et heureux de vous voir. Votre présence ne peut que réjouir votre enfant, si elle sent votre présence, mais ce cerceau, qu'elle en est la signification?

— Vous soignez très bien le corps, m'a-t-on dit, et je vous en remercie très sincèrement. Le cerceau, comme vous dites, notre *nastesgewe'l pewitaqann* soigne l'esprit. Vous savez mieux que personne ce qu'il advient du reste. Le corps sans esprit n'est qu'une machine battue aux quatre vents.

— C'est ce que nous souhaitons tous, le rétablissement complet. Quel est votre groupe sanguin, vous êtes sa famille, vous pourriez nous en donner?

Corinne figée dans sa somnolence cérébrale... Un bruissement imperceptible naît sur ses lèvres pincées.

— De tout cœur. Chut, écoutez : les oiseaux reviennent dans leur nid. Le corps et l'esprit construisent leur nid, le ventre et le cerveau. Demain elle retrouvera son esprit. Nous voudrions rencontrer le jeune homme qui nous appelle si assidûment. Peut-il venir nous voir demain matin très tôt, au Ritz, à sept heures, je suis très matinale.

– Votre enfant va se réveiller bientôt, pour quelques secondes hélas ! Ne voulez-vous pas lui parler?

– Nous venons de le faire bien plus profondément que vous ne le pensez. Ce cercle est notre instrument de dialogue.

L'assistante infirmière entre dans la chambre où chacun respecte silence et réflexion.

– Docteur, le policier est de retour. Il veut absolument vous parler. Le docteur courroucé s'excuse.

– Madame, monsieur, pardonnez-moi.

– Georgina, amenez les parents pour le don de sang. Garde, je vous avais pourtant dit de ne pas parler de quoi que ce soit pouvant perturber la patiente. Vous savez bien que ces visites l'énervent. Où est-il? Que me veut-il à cette heure?

– Devant votre bureau.

La mine renfrognée, le docteur aborde le visiteur avec froideur.

– Ah vous revoilà ! inspecteur. On peut dire que vous avez de la suite dans les idées, dit-il sèchement.

– Dans notre métier, il faut en avoir. Je fais une enquête, rentrons dans votre bureau et fermons la porte. Une question, une seule, docteur, pouvez-vous me dire si votre patiente restera dans le coma longtemps? Lui restera-t-il des séquelles?

– Écoutez, si vous me laissiez travailler, je pourrais vous renseigner dans une, deux, dix semaines ou dix mois! Nous ne pouvons rien prévoir et vous en dire plus. Lui restera-t-il des séquelles graves? Le temps nous le dira.

– C'est tout ce que je voulais savoir. Votre patiente a des chances d'avoir des faiblesses, des séquelles de cette agression, pendant longtemps, n'est-ce pas? C'est bien ce que vous me laissez entendre? Nous pouvons vous aider à sa guérison, du moins en partie. Écoutez-moi bien, c'est le commandant qui vous parle. Nous voudrions remettre la plus haute distinction du corps policier du Canada, la médaille du Mérite pour blessure en service commandé, à Mlle Corinne Gagnon-Tremblay, votre patiente. Elle est officier de police et a été blessée en devoir. Pour ce sacrifice, elle mérite cette décoration et 80 % de son salaire d'une pension à vie indexée, d'autant plus que, grâce à elle et à son travail très, très risqué, nous en avons la triste preuve, nous avons élucidé un mystère dans le monde que nous combattions, qui nous chiffonnait depuis des années.

– Pardon? La petite Corinne? Je ne comprends pas! Cette adolescente, officier de police? Ah! je m'explique… son physique athlétique et ses muscles si longs! Et comment avez-vous trouvé?

– Les dessins… les petits dessins qui nous ont mis sur la piste. Je vous assure, il faut avoir le cœur bien placé et l'âme bien haute pour continuer sa mission et dessiner un rapport tout en étant paralysée et muette dans un lit d'hôpital! Ce jeune officier mérite bien cette médaille.

– Et c'est notre petite blessée, qui est aussi une héroïne, vous a permis? Ohhh! s'exclame le docteur à mi-voix. Et ces arrestations dont les journaux ont parlé, c'est elle qui? Ohhh! Époustouflant !

– C'est elle qui menait l'enquête, à sa façon, à ses risques et périls, sans l'aide et le secours de personne, isolée, seule dans cette jungle! Mais, cela est mon secret professionnel et devient maintenant le vôtre. Tout doit rester entre nous. Cette médaille, remise en privé, ne pourrait-elle pas l'aider à revivre et vous aider aussi? Elle a réussi sa mission. Il faut qu'elle le sache. Ce sera un bon stimulant, pas vrai?

– Oh! oui, très positif! C'est étonnant ce qu'il peut y avoir derrière le visage des gens!   Les plus honnêtes sont de brigands et les plus vilains des saints ; Je suis d'accord, cette nouvelle ne peut que la remplir de fierté, mais il faudra que les siens soient présents. Sa grand-mère qui est en ville, son oncle, Grand Mi'kmaq, Georgina, l'infirmière en chef, mère du jeune Anthony et Anthony lui-même. Il faut que sa fierté se transmette à tous ceux qu'elle aime et qu'elle se sente admirée par eux. Elle a livré une bataille isolée? C'est bien Anthony qui vous a remis le dessin?

– Les dessins! Elle en a fait un deuxième plus précis. Nous aurions dû vous le remettre, mais le secret de l'enquête… nous étions trop près du but.

– Pas d'importance. Ce que vous m'annoncez est tellement plus époustouflant! Vous m'en remettrez une copie pour mon rapport et mes recherches. Corinne est un cas exceptionnel.

– Bien sûr, nous avons questionné Anthony et il nous a aidés, ainsi que la petite Zouzou, que vous connaissez bien. Pour la récompenser, nous lui offrons des cours de secrétariat et nous allons lui donner un emploi fixe. Mais voilà beaucoup de monde pour un secret!

– Pourquoi le secret? Au contraire, il est bon que tous les jeunes sachent. C'est un bel exemple de dévouement à la cause, de conscience professionnelle...

– Oui, vous avez raison, mais nous sommes persuadés que c'est bien elle qu'ils cherchaient à abattre et non le D.J. Lionel qui faisait partie de ce groupe mafieux. Il vaut mieux qu'elle change d'air avant qu'ils ne veuillent terminer leur sale besogne.

– Une dernière intervention sur elle, bénigne, plus de chirurgie esthétique qu'autre chose, et dans deux ou   trois semaines, je vous confierai notre héroïne. Inspecteur, commandant, serrez-moi la main, nous tenons la guérison mentale de notre patiente. Je le sens, j'en suis sûr!

L'aube rosée donne un ton de fête au corridor du Royal Vic. Elle apporte une bonne nouvelle.

– Docteur, regardez, la plaie, aucune trace de suppuration, dit l'infirmière à voix basse, en déroulant le bandage sous les yeux du docteur matinal.

– Oui, et alors?

– La plaie s'est cicatrisée en deux jours et je crois que l'os s'est aussi reconstitué entièrement. Tâtez!

– Comment, l'os? C'est impossible!

– Corinne ne lâche pas son collier d'une seconde. Cette nuit, je me demandais d'où provenaient des sifflements d'oiseaux sur l'écran, je me suis rendue dans la chambre. La petite dormait. Elle devait rêver et se prendre pour un ou des oiseaux qu'elle imitait.

– Faites-m'en écouter les enregistrements. La grand-mère est-elle revenue lui rendre visite en tenue de gala?

– Oui, mais elle ne peut le faire que très tôt le matin, nous a-t-elle redit.

– Se sert-elle de son capteur de rêves?

– Que si la petite dort. Elle ne veut pas la voir éveillée ni lui parler. C'est étonnant, non?

– Hum! Allons voir cette plaie.

En quelques grandes enjambées, le Dr Dufresne entre dans la chambre. Corinne siffle avec allégresse, imitant tour à tour, merles et pinsons, chouettes et coucous. Pour la première fois depuis son entrée à l'hôpital, ses yeux pétillent d'espièglerie. Elle sourit à la vie, les yeux grands ouverts cherchant sur le plafond, de gauche à droite et de bas en haut, des images, que seule elle voit. Le docteur tend l'oreille :

– Bonjour Corinne, beau soleil ce matin, le beau temps revient et les oiseaux aussi… Elle ne répond pas. Elle rêve. Vous avez raison. C'est incroyable, ces chants d'oiseaux! Corinne, m'entendez-vous? Toujours pas de réponse mais le sourire s'estompe. La chouette répond « Hoou Hoou, hooouuo! » Ses yeux brillent et se déplacent dans toutes les directions, c'est très bon signe. L'aube de sa mémoire se met en place, comme si elle rechargeait ses batteries. Ses yeux cherchent les souvenirs de sa tendre enfance, les sélectionnent et rejettent les mauvais. Ils agissent comme un scanner. Suivez-les, de gauche à droite. Elle rêve de bonheur, j'aime ça. Enfin, son cerveau émotionnel se remet en marche, l'autre suivra, dit le docteur souriant lui aussi. Hum! Mesurez-moi son magnétisme, il s'est passé quelque chose qui a accéléré le rythme de la guérison. Cette grand-mère, personnage mystique, ce cercle, un bâton de sourcier, qui sait! Prévoyez un scan de l'os dès le réveil, je veux en avoir le cœur net. Quand la grand-mère reviendra, je veux lui parler!

La grand-mère ne reviendra pas. Avait-elle jugé que sa petite-fille n'avait plus besoin de son aide et qu'elle avait franchi la porte de sa résurrection mentale? Désormais, la blessée retrouverait sa santé par ses propres efforts quotidiens. Le capteur de rêves, posé sur le corps meurtri, lui avait insufflé le courage qui l'habitait depuis sa naissance. Corinne allait régénérer son esprit et son corps, comme la nature reverdit la forêt après un long hiver. Au printemps prochain, la Cascapédia se gonflerait de ses eaux boueuses charroyant une nouvelle vie vers ses berges et les oiseaux, transportant l'esprit des anciens, se multiplieraient. Dans la tête déchirée de la jeune Mi'kmaq, le capteur de rêves avait ramené le printemps.

Toujours sous la surveillance étroite de son neurologue, Corinne se rétablit avec courage. Elle se bat avec son déséquilibre qui la ralentit trop à son goût quand elle *marchotte* dans les corridors ou avec ses mots dont elle a perdu la signification. La présence presque permanente d'Anthony en dehors de ses cours, la comble et lui insuffle une ferme volonté de guérir.

Par son assiduité au chevet de sa Corinne, Anthony désarme sa mère de jour en jour. Elle s'est habituée à voir ces deux enfants désormais inséparables. Elle a perdu la partie et il ne lui reste plus qu'à vaincre la résistance du père réfractaire à cette relation « contre nature », clame-t-il.

Le Dr Dufresne veut hâter la guérison en organisant la remise de médaille et confie à Anthony le soin d'inviter les quelques parents. La présence de la grand-mère, qui n'a pas encore parlé à Corinne, s'impose, à moins qu'elle ne veuille perpétuer son silence, attitude que personne ne comprend d'ailleurs.

Anthony n'appréhende pas cette première rencontre avec l'aïeule, bien au contraire. Quelque chose lui dit que cette grand-mère inconnue ne peut que l'aimer.

Tommy, le chef concierge du Ritz, toise le jeune homme hésitant qui examine le hall d'entrée du grand hôtel.

— Puis-je vous aider, cherchez-vous quelqu'un?

— J'ai rendez-vous avec une dame que je ne connais pas, bien que je lui parle tous les jours au téléphone.

— Comment s'appelle-t-elle?

— Sa petite-fille se nomme Tremblay.

— Nous n'avons pas de cliente sous ce nom là, mais qui êtes-vous?

— Elle est accompagnée de son fils, chef mi'kmaq. Elle est indienne de Gaspésie. Je travaille à l'hôpital.

– Oh mais oui! c'est notre cliente de la suite 833! C'est en effet une personne très digne avec son costume authentique. Elle vous attend si tôt? Je n'en suis pas surpris. Je lui téléphone... votre nom?

– Anthony, le jeune qui passe beaucoup de temps auprès de sa petite-fille à l'hôpital Royal Victoria.

Le concierge change de ton. « Ce jeune homme a rendez-vous avec la reine mi'kmaq. Jeune homme important, membre de la famille peut-être? Les mêmes cheveux noirs, l'air dégagé. »

– Oh oui ! Mlle Corinne a eu un terrible accident, dit Tommy, tout en signalant le numéro de la suite... « Madame Migmatite, monsieur Anthony, le jeune homme qui visite votre petite-fille à l'hôpital, est devant moi. Il veut vous parler.

« Bien madame. Oui madame, à votre place favorite. Dans deux minutes. Très bien madame. Pardon madame? Vous préférez qu'il monte dans votre suite? Bien madame. »

– Monsieur Anthony, suivez-moi, montez à la suite 833, au fond du corridor qui donne vers le fleuve.

– Je ne l'ai jamais rencontrée, comment est-elle?

– Une dame assez âgée, très digne et très belle et si gentille. Toujours parée de ravissants colliers, dès le réveil! N'ayez aucune crainte, si vous connaissez sa petite-fille, alors, vous serez choyez. J'en suis sûr.

La grand-mère regarde le soleil diffus par le smog de Montréal. Loin de sa Gaspésie, cette fille du peuple de l'aurore a besoin de ce contact matinal avec son soleil, aussi pâlot soit-il.

– Entrez! Entrez, la porte est entrouverte. Venez voir le soleil. Il n'est pas aussi brillant qu'en Gaspésie, mais tout de même, il me plaît de lui dire merci de ce jour de plus qu'il m'offre. Donnez-moi des nouvelles de mon petit ange! dit-elle, en se retournant. Vous êtes Anthony. Vous me surprenez, je ne vous imaginais pas aussi grand pour quatorze ans et demi, m'a-t-on dit.

— Quinze, j'aurai quinze ans et demi, madame, dans un mois.

— Cela fait une grande différence. Je vous remercie de vous pencher sur ma petite-fille avec autant d'assiduité et d'affection. Elle vous le rendra un jour.

— Elle retrouve un rayon de vie et sa parole renaît. Pour accélérer sa guérison, le docteur tient à ce qu'elle soit décorée par le commandant de la police de Montréal. Il faut que tous les membres de sa famille soient présents pour lui apporter leur soutien moral. Madame, allez-vous venir? Corinne vous a déjà réclamée. Cette décoration sera une grande récompense pour elle. Vous saviez qu'elle était policière?

— C'est vrai, elle m'a toujours dit qu'elle vengerait son frère et ferait arrêter les coupables. Y est-elle arrivée ? Mais à quel prix? Mon fils et moi serons présents. Je n'ai jamais aimé qu'elle fasse ce métier. Il ne correspond pas à nos usages, même pour cette bonne raison, mais elle est tellement tenace, presque têtue, son père tout craché.

— La police tient à ce que cette cérémonie soit secrète… pour sa protection. Les gangs qui l'ont attaquée peuvent récidiver et vouloir…

— Approchez que je vous embrasse. Je sens dans votre voix un grand attachement à ma Corinne. Baissez-vous un peu.

— Je l'aime beaucoup! Nous nous entraînions ensemble au YMCA. Et elle a passé ses vacances en Grèce avec moi, chez mon oncle. Ce n'était pas de vraies vacances, elle nous a aidés à pêcher tous les jours. Elle chantait en mi'kmaq avant la pêche pour remercier le poisson de bien vouloir nous nourrir

Nisgamewe'g nme'jg...
Ô toi! poisson, tu nourris mon esprit...
Et Dieu t'en remercie.

– Ah! Vous avez appris la complainte du pêcheur mi'kmaq. Je vous félicite. C'est bien elle, chanter pour attirer les poissons, son grand-père lui avait mis ça dans la tête!

– Le chant les attirait vraiment! Mon oncle, vieux pêcheur très expérimenté en était tout abasourdi!

– Oui, c'est important de parler à la nature... Mon fils et moi serons présents pour cette remise de décoration, avec vous, pour l'aider à retrouver sa santé. Mon garçon, baissez-vous un peu, ce cercle capteur de rêves est aussi un cercle de vie. Vous méritez bien que tous les esprits de nos ancêtres vous donnent force et courage pour continuer votre mission auprès de notre petite-fille qui nous est très chère.

Anthony baisse la tête, les mains posées sur sa poitrine, attendant avec humilité la bénédiction mi'kmaq.

– Merci, madame. Je vous le promets, je veillerai de tout mon cœur sur Corinne, toujours! Toute ma vie! Madame, il faut que je me sauve. J'ai un cours de biologie ce matin.

– Belle science qui va au cœur des êtres vivants!

-30 -

Enfin, Alexis à Montréal!

– Un cadeau pour toi Georgina, pour Samy, du tabac de Smyrne et pour les enfants, pas de jouets, mais des robes pour les filles et pour le petit garçon, un costume national puisque j'ai appris qu'il faisait partie de la troupe folklorique des Grecs de Montréal. Mais où est donc Anthony? dit Alexis, surpris de ne pas voir son neveu dès son arrivée.

– Excuse-le. Il est très accaparé par ses études qu'il suit avec ténacité, et il passe de nombreuses heures au chevet de Corinne, dit Georgina.

Elle a trop parlé. Son mari devient plus que bougon.

– On ne le voit plus depuis des semaines, dit-il sèchement.

Alexis, continuant à déballer sa valise, remarque le ton bourru du beau-frère.

– Et regardez cette relique splendide : cette porte n'est pas un cadeau pour vous deux, c'est un trésor qui vous appartient, découvert par miracle par cette jeune fille dans les ruines de notre vieille ferme saccagée. Te rends-tu compte Georgina, il a fallu que cette Canadienne du bout du monde pour revoir, dans un rêve, notre domaine ancestral et ce trésor et les retrouver tous les deux? Je n'ai encore rien compris à cette étrange coïncidence… j'ai gardé la pelle en bois d'olivier que j'ai fait encadrer. La photo est très belle. Que lui est-il arrivé pour qu'elle soit dans le coma? demande Alexis, ému.

– Ce qui doit arriver quand on danse à poil dans un club. Vous n'avez pas ces cochonneries de clubs à Chios j'espère! Ici, ils sont bien trop nombreux et dans les mains des gangs pourris. Chacun explose à son tour et on s'y mitraille à gogo, répond Samy, les dents serrées.

– Mais que faisait-elle là, je ne comprends pas?

– La pute, voilà ce qui arrive à une pute! renchérit Samy.

– Oh ! Sam, cette petite, une… je n'arrive pas à y croire! Georgina, tu ne m'as pas fait venir pour qu'il me dise ça! Il y a une situation particulière que vous me cachez tous les deux. Je veux bien parler à Anthony, le raisonner, le ramener en Grèce, s'il le faut, mais Georgina et, toi aussi Samy, ne comptez pas sur moi pour briser l'amour infini que ressentent, l'un pour l'autre, ces deux enfants. Jamais! Vous m'entendez, jamais! L'amour infini est pour toujours. Il est si rare, impérissable, surnaturel! Si on le contrarie, il explose en mille morceaux, détruisant tout ce qui l'entoure. Il peut arriver quelque chose d'irréparable. Je ne me le pardonnerais jamais! Georgina, dis-moi la vérité.

– Je te l'ai dit au téléphone, ces deux enfants s'aiment. Ils me l'ont dit avec franchise, chacun à leur tour. Corinne me l'a affirmé comme une vraie femme résolue le ferait à trente ans. Elle est déterminée. « J'épouserai votre fils, envers et contre tous. » Elle me faisait peur en me disant qu'elle aimait Anthony et que rien « ne nous empêchera de vivre ensemble ». Alexis, je dois t'avouer, après quelques semaines à l'hôpital où Anthony passe tout son temps au chevet de Corinne, je commence à l'aimer comme ma fille. J'ai l'impression que quelque chose me rattache à elle. Je ne peux pas le définir mais à présent, je ne veux que son bonheur. Et j'ai bien peur que si elle disparaissait, Anthony aurait du mal à s'en remettre.

Samy, la mâchoire serrée, fulmine. Rouge de colère, il explose en paroles acerbes :

– C'est le comble ! On me cache tout de cette relation pendant des mois et voilà que ma femme dit aimer la voleuse d'enfant comme sa fille! Je vais arrêter toute cette histoire, illico presto et plus rapidement que ça ! J'espère que tu ne vas pas dire ton admiration à la police quand elle va venir te questionner en tant que mère. J'ai porté plainte contre cette grue pour détournement de mineur! Elle a vingt ans et plus, il faut que cette passade amourette cesse!

— Oh! Samy, pourquoi as-tu fait ça sans m'en parler? La police ne viendra pas tout de suite. C'est plutôt nous qui irons au rendez-vous secret où la police remettra à l'officier Corinne Tremblay une médaille et sa pension d'officier blessée en devoir. Elle est l'officier de police qui a permis l'arrestation du gang qui a tué son frère, et elle en a payé le prix! Ce soir même, à cet instant, ce tout jeune officier est encore dans le coma, comme tous les jours à cette heure! Si elle revient à elle, c'est grâce à la présence de ton fils, oui, ton fils! Anthony passe tous ses jours à l'hôpital. Il lui apporte la résurrection, car elle était morte, tu entends, morte! Si elle est vivante, c'est un miracle! Elle est officier de police, la plus jeune de toutes à faire ce travail pour la première fois, la première à faire ce sale boulot de strip-teaseuse aussi risqué. Ce n'est pas une traînée, comme tu le dis. Tu n'aurais pas dû aller à la police sans m'en parler, pas sans m'en parler! gémit Georgina en larmes, en frappant le sol de dépit de ses grands pieds. Je suis la mère d'Anthony, l'as-tu oublié? Qu'allons-nous faire maintenant? Alexis?

— Allons, allons, Georgina, du calme, ton mari va retirer sa plainte! Il veut, comme nous tous, le bonheur d'Anthony, dit Alexis. Samy, tu es plus jeune que ta femme, à ce que je sache? De combien d'années? Quatre? Alors? L'amour, le vrai, tu l'as vécu aussi. Allons, vieil ours, orthodoxe fanatique, cette petite a retrouvé notre ferme et le four à pain, n'est-ce pas un signe qu'elle fait partie de notre famille? Et depuis longtemps, depuis toujours, depuis bien plus longtemps que nous tous, peut-être! C'est quand cette cérémonie? Tu vas y venir et rester tranquille. Anthony mérite le respect. C'est un homme mûr. Je m'en suis aperçu cet été. Il est ton fils… vrai! Mais tu es aussi son père. Il a la même voix que toi, et ta responsabilité de père est de le voir heureux. C'est tout! Tu réfléchis, hein! Tu grognes et râles intérieurement, rien qu'à voir ta gueule, si tu n'étais pas mon beau-frère, je te la casserais, pour te faire comprendre que ton fils, c'est ton fils, une grande partie de toi-même, mais différente, capable de continuer, mais de te recréer dans un petit-fils! Si tu ne veux pas de ces deux enfants, moi, je vous le dis à tous les deux, le père et la mère d'Anthony, les parents d'Anthony, je les rapatrie à Chios… où ils étaient parfaitement heureux! Je sais qu'ils sont inséparables et resteront inséparables! Vous avez vu aux nouvelles, pendant la guerre civile de Yougoslavie, ce couple de jeunes qui se sont rejoints sous la mitraille, au milieu du pont séparant les deux ethnies. En se rejoignant dans le danger, ils ont voulu mourir ensemble et sont morts ensemble. La guerre fratricide aurait dû s'arrêter à cet instant même. Mais si vous voulez, si toi, Samy, tu veux courir vers la catastrophe irréparable, tu n'as qu'à continuer dans ton attitude incontrôlée de père. Tu en porteras la responsabilité. Des Roméo et Juliette, ça existe de nos jours! Plus rares peut-être et encore! Heureusement, l'amour pur n'a pas changé! Je ne suis pas venu ici pour voir et entendre toutes ces jérémiades. Allez, serre-moi la main et embrasse ta femme. Tu as un fils épatant, bien plus raisonnable que tu ne le penses. Dans trois jours, nous irons tous, avec le sourire, s'il te plaît, voir le bonheur en face quand on remettra cette médaille à ta fille. Et tu n'y feras pas le con, j'espère… j'ai faim! Qu'est ce qu'on mange au Canada, du chat sauvage ou du bison?

— Tu as raison Alexis, je vous invite tous les deux, dit Georgina, soulagée par l'intervention franche de son frère.

— Non, tu nous rends visite, c'est moi qui paye! dit Samy penaud.

— Enfin! Là tu parles comme un vieux lion! On va prendre tout ce qu'il y a de plus cher sur le menu. Le bonheur commence toujours à table! Je suis heureux d'être parmi vous.

Le lendemain, Alexis absorbe son décalage horaire en lisant les nouvelles de Montréal lorsque Georgina lui crie :
— Alexis, Anthony au téléphone, prends l'appareil dans ta chambre.
— Enfin! Je croyais qu'il ne voulait pas me voir. Allô! Comment vas-tu mon grand? Oh! ta voix a changé! Et tu es infirmier, paraît-il? Corinne va de mieux en mieux grâce à toi. Je le savais. Tu es son ange gardien. Tu viens me voir cet après-midi, bravo! J'ai hâte, à tout à l'heure! Georgina, tu as un brave garçon, un vrai homme. Tu peux en être fière.

Georgina est heureuse. La présence de son frère la rassure. Le repas de la veille s'était bien déroulé, on avait parlé du passé, de tout et de rien. De l'Irak tout proche, de ces pauvres Palestiniens et des Israéliens qui n'en finissent pas de s'entre-déchirer. « Nous ne faisons guère mieux en confrontant les Turcs. Une bagarre de rue et tout pourrait repartir à Chypre. Et la Macédoine. Tous les peuples du Levant sont sur leur garde. Ces drames touchent toute la région. Le monde devient de plus en plus fou, avait souligné Alexis, en évitant de mentionner : Les enfants qui, de nos jours, causent tant de soucis et poussent si vite! »
Par sa seule présence et ses arguments sincères, Alexis a accompli une grande chose : Faire admettre à son beau-frère que son fils n'était pas sa copie conforme, en fait, qu'il devait être différent, complémentaire et, tout en gardant un oeil sur l'histoire familiale grecque, ce jeune devait foncer vers l'avenir, son futur, qui cognait si tôt à sa porte sous la forme d'un grand amour; Rien d'anormal en quelque sorte.

Anthony escalade, quatre à quatre, l'escalier extérieur vibrant comme un tremplin sous ses pas cadencés.

– L'entends-tu monter? dit Georgina, le sourire aux lèvres, il a hâte de te voir!

– Alexis! s'exclame Anthony, levant les bras au ciel en rentrant en trombe.

– Anthony! Oh! Recule un peu que je t'admire! Mais, où grimpes-tu? Tu as encore grandi. Quel beau gars tu nous as fait Georgina. Alors, tes études brillantes! Et ton grand amour? Tu le soignes tous les jours... Puis-je aller voir Corinne? Me reconnaîtra-t-elle? J'ai appris le secret... une héroïne! C'est fabuleux! Je le savais! Je le savais! Je me doutais qu'elle était une championne en quelque chose! Tu vas voir, Anthony, ne te fais pas de soucis, elle va retrouver sa santé. Elle pourra venir passer sa convalescence à Chios. Tu as de la chance Anthony de connaître, d'aimer, ta mère me l'a encore dit hier, une jeune fille de cette qualité. Je vous souhaite beaucoup, beaucoup de bonheur, avec un grand B, et si ça ne marche pas ici, je vous attends en Grèce, la maison est à toi, à vous deux!

– Tu ne vas pas nous l'enlever, dit Georgina.

– Ben non, si tout s'arrange. Tout dépend de vous tous. Je ne reconnaissais pas ta voix. Quel changement en quelques mois! Tu vas pouvoir imiter le vieux Guétary. Que je suis bête, tu ne l'as pas connu, Sofia était folle de lui!

Georgina regarde son fils, voulant dire « Voilà qu'il en reparle. Il ne l'oubliera donc jamais! »

Ce vieil amour, couvant sous les cendres du temps, lui rappelle que son propre fils, si près de quinze ans, était, lui aussi, amoureux d'une jeune fille, qui le lui volerait, certainement, d'une façon ou d'une autre, qu'elle soit vivante ou morte.

À l'hôpital, en dépit de son tourment, son cœur de mère s'attendrit tous les jours un peu. Elle s'habitue à la présence quotidienne de son fils auprès de Corinne, à qui elle avait déclaré son amour maternel. Elle avait franchi ce pas décisif avec abnégation :

« Plutôt voir et savoir son fils heureux sous un autre toit que de le perdre sous le sien. » Elle avait longuement réfléchi et il ne lui restait qu'une bataille à livrer, mais quelle bataille! Faire admettre à son mari que le bonheur de leur fils ne pouvait que passer par le cœur de Corinne, mais lui faire admettre cette évidence, rien n'était aussi sûr.

-31-

Une femme, une mère, une épouse, ne comprend pas toujours la réaction du père, face à son fils qui, lui aussi, en grandissant, devient conquérant. Ce père n'a qu'un but : faire de son fils un homme... qu'il ne veut que plus grand, sans qu'il le domine, plus fort, sans qu'il le terrasse, plus instruit, sans qu'il l'écrase de son savoir d'homme nouveau. Il oublie, ce père imbu de religion aux règles surannées, que les temps modernes disloquent les familles sans rapprocher les parents. Elle frissonne. Des pas lourds escaladent les escaliers extérieurs.

– Voilà ton père. Fais attention à ce que tu vas dire. Il ne t'a pas vu dans cette maison depuis plus d'un mois et se demande comment tu organises ton existence. Ne lui réponds pas s'il t'attaque. Je t'en prie, montre que tu es un homme en restant calme.

– A-t-il vu mes bulletins?

– Je lui ai fait remarquer tes très bonnes notes... des vraies cette fois. Je m'excuse, j'ai vérifié.

– Hier soir, il n'avait pas l'air courroucé, ajouta Alexis, surpris du ton suppliant de sa sœur. Il finira bien par admettre que nous vieillissons tous, que les jeunes nous poussent, et qu'il faut leur faire de la place. Salut Samy. J'étais en train de dire que les jeunes nous poussent et qu'il faut leur faire de la place.

– Ouais! J'ai entendu.

– Regarde Anthony, il est beau comme Alexandre. Il ne lui manque plus qu'un cheval pour conquérir le monde!

– Je suis d'accord mais un cheval, ça bouffe de l'avoine et du foin, d'où sort-il son fourrage? Où es-tu passé pendant

225

ce mois-ci? Qui te loge? C'est bien moi qui suis responsable de toi et qui paie tes études. Non?

– Brillantes, d'après ce qu'on m'en dit, interrompt Alexis.

– Écoute Alexis, ici c'est moi qui commande. Vous les gens de Chios, vous êtes comme les Turcs, vous faites des gangs pour écraser le monde. Vous m'avez caché la présence de cette fille chez toi. Je sais que ce jeune, mon fils, passe ses journées à l'hôpital et que ce n'est pas sa place, d'autant plus que Monsieur ne veut pas devenir docteur. Il y joue les amoureux transis! Parlons-en! Je ne veux pas qu'il passe ses journées dans cet hôpital, c'est tout!

Anthony lèvres pincées, dents serrées, rancune prête à exploser, se glisse dans la cuisine à petits pas. Isolé, il ne broie que du noir. « Son père, qui le reste de moins en moins, ne l'aime pas, ne peut pas l'aimer puisqu'il le traite comme un paria et n'admet pas que, lui, son fils, aime un autre être. Ce père voulant lui interdire de rester au chevet de la seule personne qui, plus que jamais, compte pour lui, ce père indigne le pousse vers des abîmes d'où on ne remonte plus. Personne, ne l'empêchera de sauver son amour et sa vie, sa seule raison d'être, s'il en est capable! Ah! Ce minable couteau de cuisine qui ne sert pratiquement jamais à rien qu'à éplucher des patates, serait bien mieux plongé dans mon cœur pour qu'il saigne à jamais, avant que ma Corinne ne meure par manque de tendresse! »

Alexis n'aime pas la tournure de ce face à face père et fils. Il sent l'ouragan approcher.

– Dis donc Sam, ce n'est pas une mouche qui t'a piqué mais un gros bourdon, dit-il, vexé par les arguments de son beau-frère.

– Je ne veux pas qu'il passe ses journées dans cet hôpital et qu'il vienne ici juste pour manger, ajoute Sam, avec hargne. Regarde-le, il se plante devant le frigo; il meurt de faim, c'est évident!

Oh non! Anthony ne meurt pas de faim mais d'amour! Les mots du père deviennent une menace d'emprisonnement dans cette maison sans âme. Sa mère reste muette, de peur sans doute. Elle l'abandonne dans son tourment. Alexis? L'oncle tout juste arrivé, quel secours, si lointain, peut-il apporter à la dernière minute?

Il est trop tard, trop tard, pour survivre dans cette maison maudite! Trop tard pour survivre à tout cet univers qui s'effondre!

La rage d'Anthony explose comme un déchirant appel au secours. La porte vitrée du placard, fermée rageusement, vole en éclats. Il faut continuer la démolition de cette cage dorée... Les poings serrés et les coudes attaquent le dépit qui le ronge. Les autres vitres subissent le même sort. Le couteau est là, provocant, hideuse arme suprême pour mourir. Mais avant, il sera vengeur et parricide, comme chez les dieux grecs qui accomplissaient leur devoir ultime avant de mourir, mourir pour leur déesse...

La maman pousse un hurlement. L'oncle tend son corps, prêt à intervenir. Le père, interloqué, ne sait que dire : « C'est ça, casse tout, tu en paieras la note! »

Trop tard... trop tard! Anthony fonce, le couteau levé sur le père pétrifié. Alexis, à l'affût devant la rage de son neveu, plonge sur l'assaillant fou, lui verrouille l'avant-bras d'une prise de judo militaire. Ne l'avait-il pas si souvent fait à l'époque héroïque de la guerre pour supprimer l'ennemi?

– Lâche ce couteau! Je te dis de lâcher ce couteau ou je te casse le bras! Anthony obéit. Alexis lance un regard de feu vers le père figé.

« Sam! *Ramota! Exot!* Dégage! File dans ta chambre ou sors prendre l'air, jette-t-il à la face livide du père.

« Georgina, arrête de pleurer!

« Anthony, tu te calmes... du calme, du calme... Donne-moi cette vieille lame. Tu n'as même pas vu qu'elle branle dans son manche. Tu l'aurais raté!

Le mot est bien placé, il ne peut que faire sourire. Anthony sourit, d'un sourire désabusé, noyé de peine et de larmes.

« Georgina, regarde si ton fils n'a pas d'éclats de verre dans ces coupures. Sacré Anthony, détends-toi! Tu es veinard, tu as une infirmière pour toi tout seul. Rien de grave! Un pansement ou deux. Continue de pleurer, laisse couler toute cette misère. Tu sais, chez tout le monde, les nerfs explosent aussi. Ils sont pires que des grenades! Alexis baisse la voix, ne t'inquiète pas, je vais arranger tout ça. S'il le faut, Corinne et toi, viendrez habiter chez-moi. La Grèce antique vous attend! Allez, affale-toi sur le sofa. Respire par le ventre, comme tu le fais au judo. Voilà! Chasse-moi toute cette mauvaise humeur ravageuse. Encore, respire profondément. Enfin, un sourire, et même un baiser pour moi! C'est gentil, moi aussi j'en ai bien besoin! C'est vrai, j'ai besoin d'affection! Et ton infirmière? Tu ne l'embrasses pas?

– Excuse-moi, Alexis. Tu étais là, sinon... dit Anthony entre deux sanglots.

– Je sais, je sais! Tout est oublié. Georgina, reste avec ton fils, je vais parler à Sam. Où est-il sorti?

– Sans doute au bistrot, à côté de chez Monas. Tu vas le trouver dans les parages. Il ne doit plus savoir où se mettre. Ne revenez pas tout de suite s'il ne s'est pas calmé.

– Ne vous inquiétez pas, je le calmerai et vais le ramener à la raison. Moi, je crois qu'il aime trop son fils pour maintenir cette attitude. Il a dû oublier sa jeunesse.

À la terrasse du bistrot voisin, Sam la tête entre ses mains, lit et relit une note qu'il vient d'écrire. Il reste un moment le regard absent et, d'une main résolue, la signe. Il semble soulagé. Il mordille ses lèvres cachant presque un sourire de satisfaction. Il aperçoit son beau-frère attendant qu'il sorte de son isolement.

– Ah! te voilà! J'ai réfléchi. Assieds-toi et lis-moi cette note. Il faudra probablement la faire légaliser devant notaire, quelque part au Palais de Justice. J'aimerais que tu la signes aussi, comme témoin. Tu ne seras pas venu pour rien.

Alexis, surpris par le ton calme, lit en fronçant les sourcils.

– Excuse-moi, mais ton texte en français m'échappe. Tout ce que je comprends, c'est que tu consens au mariage d'Anthony et que tu lui accordes ta bénédiction de père et une dispense vu son âge. Pour ne pas qu'il y ait de confusion dans tes pensées en français, tu devrais le rédiger en grec et ce document serait légal en Grèce aussi. Merci Samy, merci pour ces enfants. Samy, serre-moi la main et offre-moi un Exacta, j'en ai besoin! La vie à Montréal est chargée d'émotions! Tu verras, tout va se mettre en place mais il faut que tu pardonnes à ton fils son geste de désespoir. Ce n'est pas toi qu'il voulait frapper mais lui-même. Il t'appelait au secours. Je suis vraiment heureux que tu l'aies entendu. Je sais, toute cette relation n'est pas dans les normes, mais les vrais cœurs n'ont pas de normes et l'Amour infini encore moins.

– J'ai essayé de comprendre, à sa place j'en aurais fait autant. J'aime mieux capituler. J'aime mieux le voir partir, mais le savoir vivant.

– Enfin, monte le lui dire. Tu vas surprendre Georgina mais surtout, lui enlever le plus gros souci qu'une mère puisse avoir. Elle avait tellement peur qu'il arrive un malheur. Dis-moi, maintenant que tu as pris cette sage décision d'accepter que ton garçon se bâtisse une vie avec la jeune fille qu'il aime, tu vas le lui prouver en venant assister à la cérémonie, sans faire le con, tu me le promets. Je veux te voir à la remise de cette décoration où tu t'y conduiras en père responsable et en gentleman, comme tu viens de le faire en écrivant cette dispense. Je la signe avec joie, tu peux me croire! Je te félicite... tu parles en père digne! Montons!

Alexis et Samy rentrent dans l'appartement étouffé de silence. Anthony échoué sur le sofa, le regard absent et la tête vide, ne se lève pas. Son corps s'est recroquevillé. Son esprit a coulé dans les bas-fonds de son désespoir. Au plus noir de l'abîme, son sort lui importe plus. Les paroles douces de sa mère n'ont pas réussi à lui redonner un brin de confiance. Si son père n'a pas changé d'attitude, il se laissera sombrer au plus profond de son gouffre, et il fuira vers l'hôpital pour embrasser, une dernière fois, sa bien-aimée et mourir avec elle.

Georgina prie-t-elle? Ses mains jointes enrobant son nez le laissent croire. Son regard gris d'anxiété et son front plissé interrogent son frère, rentrant, serein et triomphant.

– Les enfants, ce soir, c'est moi qui vous invite. J'ai, ici, un document signé de la main de monsieur Costas père, et contresigné par moi. Je précise que ce père aimant toute sa famille a été très raisonnable en l'écrivant de sa propre main. Il avait rédigé cette dispense autorisant un mariage éventuel de son fils avec la personne de son choix, et ceci, avant que je ne l'aborde! Georgina, je le redis, Sam a pris cette décision tout seul! Ce petit document a été rédigé en français et en grec par ton mari. Je ne l'ai influencé d'aucune façon, ni pour une virgule ni pour un point. Sam, confirme le, s'il te plaît?

– Georgina, tu peux croire ton frère, dit Sam d'un ton soulagé. Tu peux me croire aussi Anthony. Je me suis rendu compte que ton bonheur était plus important que le mien et qu'une vie sans bonheur, aussi petit soit-il, est bien triste. Je suis ton père et je veux le rester. Georgina, nous devons faire le bonheur de notre fils. J'ai compris ma mission.

Anthony écoute, l'œil surpris et l'oreille en doute. Son père intransigeant ne va-t-il pas récidiver et l'emprisonner à nouveau dans sa cage dorée? Comme il est las de tout, d'étudier, de vieillir si lentement, avec un total dévouement à Corinne dont la vie n'avait tenu, ne tient, peut-être, qu'à un fil de salive, sa salive, son sang, son âme qui se meurt!

À l'instant même, il avait failli faire couler le sang de son père, il s'était vidé du sien. Tremblant sous le choc, le regard vide d'espoir, il pleure en silence.

Georgina veut se précipiter pour consoler son fils, mais Alexis, plus prompt, l'œil noir et les lèvres serrées, lui ordonne de ne pas intervenir. Sam, les bras ballants, le visage décomposé, ne peut dire un mot. En fait, il ne sait pas où se mettre. Après quelques instants de silence, brisé par les soupirs douloureux et les sanglots d'Anthony vidant son âme, il passe outre le regard réprobateur d'Alexis et vient, non pas sur le sofa, tout près de son fils, mais s'agenouiller sur le parquet, pour être plus bas que celui à qui il veut prouver que, désormais, il ne sera plus le père dominateur.

– Anthony, calme-toi et écoute bien : Pardonne-moi, je t'ai poussé à bout mais je veux que tu saches que je t'aime du plus profond de mon cœur. Je suis fier de toi, même si je ne sais pas toujours te le dire. Je souhaite que tu sois fier de ton père! Ce petit papier est officiel, c'est moi qui l'ai écrit et signé sans l'aide de personne.

Alexis prend sa sœur dans ses bras.

– Tu vois, Georgina, que l'amour, le vrai, arrange tout. Nous irons tous les quatre ensemble, à la remise de cette médaille.

32

À l'hôpital, Zouzou organise la cérémonie de la remise de la décoration tambour battant.

Elle porte Corinne dans son cœur et sa plus grande joie est d'aider au rétablissement définitif de l'amie protectrice que ses petites mains ont sauvée. Corinne ressent sa tendre affection et son dévouement.

— Je t'en prie, Zouzou, roule moins vite, la tête me tourne, nous ne sommes pas sur le circuit de Villeneuve mais dans le corridor de mon hôpital, dit-elle cherchant son équilibre. Sommes-nous en retard? Je suis médaillée et quoi encore?

— Tu as raison, rentrons dans la sacristie. M. le curé nous a permis de l'occuper pendant ta séance d'habillage. Je veux que tu sois belle dans ton nouvel uniforme. Les invités seront tous dans la chapelle pour t'admirer.

— Pourquoi dans la chapelle, je ne vais pas à mon mariage? dit Corinne, surprise de tout le remue-ménage.

— Voilà ta perruque. Je t'avais pris une mèche de cheveux pour être sûre de la couleur. Corinne n'approuve pas.

— Ouah!

— Mais si, regarde comme tu es belle avec ton képi tout neuf! Tu fais la moue? Madame Georgina, vous qui venez tout juste d'arriver, que pensez-vous de la coiffure de notre nouvel officier?

— Magnifique! Mais qu'est-ce qui fâche notre héroïne? Pourquoi ces lèvres boudeuses?

— Je veux un chignon, dit Corinne renfrognée, un chignon grec, insiste-t-elle.

– Tu n'as pas de chance, je veux bien essayer de t'en torsader un mais je ne te garantis pas qu'il soit grec, à moins que madame Georgina?

– Laissez-moi faire, dit Georgina. Je ne suis pas gauchère, votre chignon tourné à l'endroit sera serré avec mon peigne en bois d'olivier, que je vous offre. Ça vous fait plaisir?

– Oh! oui, maman! Cette coiffure me rapproche de Chios.

Georgina reste surprise de s'entendre nommer, encore une fois, « maman » bien plus intelligiblement que la première fois, si dramatique. S'habituera-t-elle un jour à ce mot suprême d'amour filial?

Zouzou mène son affaire rondement.

– C'est l'heure! Tu es, pardon, officier! Vous êtes belle comme un glorieux général de Napoléon, dit Zouzou. Rentrons dans la chapelle, les invités nous y attendent.

– Qui sont-ils? Et ma grand-mère, où est-elle? Pourquoi n'est-elle pas venue me voir?

– C'est une cérémonie très privée. Seuls des intimes y sont conviés. Elle t'attend, en route.

Ô Canada, fredonne Zouzou, espiègle, en poussant avec dignité le fauteuil roulant dans la chapelle.

– Arrête, dit Corinne, je veux regarder et reconnaître tout le monde. Pourquoi il y a un curé? demande-t-elle à voix basse, je ne vais pas à mon mariage? C'est mon mariage, dis-moi?

– Pas encore. Je lui ai emprunté sa chapelle pour organiser cette fête, il est juste qu'il soit là. Regarde les vitraux illuminés, le soleil les éclaire pour toi.

Des sourires de tendresse accueillent la rescapée. Son regard brillant illumine les visages des invités émus. Elle tend les bras vers son Anthony qui vient la rejoindre avec une expression de fierté triomphatrice. À la surprise des invités, il soulève le képi neuf et embrasse, du bout du nez, sa chérie qui lui rend son baiser avec l'énergie de retrouvailles d'enfants espiègles.

– Je savais que tu me reviendrais. J'en étais sûr, dit Anthony, ses yeux rivés sur le regard de Corinne muette. Le silence se prolonge tandis que les invités s'interrogent, sourires ravis aux lèvres. Les deux amoureux face à face, les yeux dans les yeux, ne se soucient guère des parents et amis qui les observent. Ces précieux moments où l'âme d'un être se transfère dans celle qui lui est destinée, ne peuvent être interrompus par quiconque. Corinne et Anthony forment, déjà, un couple bien au-dessus de la mêlée des communs des mortels.

Sam, le père résigné, interroge la scène de son regard calculateur. Corinne le ressent.

– Oh! ton père est là, approche-moi de lui. Monsieur Costas, je suis si contente de votre présence. Vous me regardez avec curiosité, c'est bien moi, Corinne, en chair et en os. Après ma mésaventure, je comprends que vous soyez perplexe. Votre épouse m'a très bien soignée, avec tant de délicatesse… pas vrai maman? Vous, ici, le père d'Anthony, me réconforte, merci, très grand merci!

Samy, garde son air puritain et hoche la tête sans laisser poindre le moindre sourire. Se contient-il? Il avait passé de longs moments à confronter ses principes avec cette situation inattendue qui minait tous ses plans. Son garçonnet qu'il n'avait pas vu grandir, amoureux d'une jeune fille beaucoup plus vieille que lui, et qui plus est, fait du strip-tease et, comble de honte, dans le monde nébuleux des clubs incontrôlés par la police; une situation invraisemblable, presque rocambolesque, si elle ne l'atteignait pas, lui, dans sa fierté, dans son avenir, celui dont il avait rêvé pour son fils, le futur porte-étendard de la famille. Plutôt que de perdre ce garçon sans expérience de la vie, qui, comme tant d'autres adolescents déçus par leur vie amoureuse, ou leur vie tout court, pourrait se l'enlever, il vaut mieux accepter cette situation aussi extravagante qu'elle puisse paraître. Mais rien ne l'oblige à sourire devant cette jeune fille qui détourne son fils du chemin qu'il lui avait tracé. Cet « *accident* » va certainement changer les choses et le ramener au bercail. C'est bien mal connaître son fils.

Les yeux de Corinne se portant sur Alexis s'enivrent du plaisir de le revoir. Sa bouche module ses pensées. Elle mord ses lèvres et déguste la présence de l'oncle par un gloussement de joie.

— Alexis! je savais que vous viendriez d'aussi loin! J'étais sûre que vous viendriez, transporté par les colombes de Chios. Mes rêves ne me trompent jamais! Quel bonheur de vous avoir ici!

— Corinne, vous êtes éblouissante, bien plus que lors de notre première rencontre! Vous savez que j'ai été soldat et je sais ce qu'est l'héroïsme : une série de sacrifices, que l'on fait sans compter, parce qu'il faut les faire! C'est un grand honneur de pouvoir vous féliciter au début de votre convalescence. Venez à Chios vous refaire une santé avec ce grand et beau gars. Chez moi, vous serez tous les deux chez vous car cette petite maison est à vous deux. Je vous l'offre, devant tous ces témoins. C'est un contrat verbal et légal, en bonne et due forme, une grande satisfaction pour moi!

— Merci mon oncle, nous allons accepter votre invitation.

La noble grand-mère, toute attendrie à la vue de sa petite-fille qui lui paraît plus heureuse que jamais, et somme toute, bien rétablie, attend son tour d'embrassade. Par ses visites matinales, avait-elle accompli sa mission d'aïeule? Corinne avait retrouvé ses esprits et la voie de son coeur. Tout semblait rentrer dans l'ordre.

— *Nugumij*, grand-mère, enfin! Il y a si longtemps que je t'attendais. Tous les matins, je sentais ta présence dans un rêve, toujours le même... tu avançais, auréolée de lumière, portée par les rayons du soleil, avec un attelage traîné par des oiseaux blancs. Ils sifflaient à l'unisson l'*Hymne aux oiseaux,* que tu me fredonnais quand j'étais petite. Tu es toujours aussi resplendissante. Tant mieux. Merci pour le port de notre costume ancestral. C'est un joli cadeau que tu me fais.

— *Tueijji'j*, tu es redevenue un ange dont nous sommes fiers.

— Mon oncle*, Mawi gelu'sit te'si'tij*, tu es toujours le plus beau et le plus digne des chefs de Bande! Merci de ta présence.

Le commandant Latreille, flanqué du sergent recruteur, est présent, dans son rutilant uniforme de cérémonie, aux côtés de la grand-mère et de l'oncle, dans leurs costumes mi'kmaq tout aussi flamboyants.

Le Dr Dufresne, surpris par les prouesses verbales de sa patiente, la surveille, satisfait de lui-même.

Il aime la jeunesse, entreprenante et hardie, capable de prendre des risques. Corinne est bien de cette trempe de jeunes voulant mordre à la vie. Aujourd'hui sa patiente l'étonne par la clarté de ses remarques adressées à sa parenté et connaissances qu'elle n'avait pas revues depuis sa tragédie. Sa mémoire se reconstruit comme il l'avait espéré. Il pourra soumettre un mémoire bien étoffé au prochain congrès des neurologues sur un sujet exceptionnel, guérie, en grande partie, par l'amour pur si peu compris des hommes. Pour compléter ses recherches, il doit, tout d'abord, parler à Anthony, porteur d'amour inconditionnel dans cette chambre d'hôpital, et à la grand-mère, elle aussi pourvoyeuse d'esprits anciens indiens plutôt mystérieux, aux pouvoirs trop facilement oubliés en médecine moderne. Il soupçonne que ces deux êtres soigneurs transportent en eux le sentiment qui tend vers la continuité de soi-même. Amoureux l'un et l'autre, à leur façon, de cette jeune femme, ils ont, tout autant que lui, modeste neurologue, contribué à son rétablissement physique et moral, en agissant, sans le savoir, sur une partie du cerveau profond relié aux entrailles de l'être encore inconnues de la science.

– Ma petite Corinne, aujourd'hui, si j'avais à recommencer une carrière, c'est dans la police que je l'entreprendrais, pour suivre votre exemple et obéir aux ordres d'un si joli officier!

– Docteur, vous n'auriez pas le droit d'être aussi taquin! Merci pour tous vos bons soins. J'espère que je ne vous ai pas donné trop de soucis. Anthony, aide-moi, je veux me tenir debout devant mon chef, dit Corinne, en fixant le commandant impassible.

C'est bien plus qu'une accolade que donne le commandant Latreille en serrant son nouvel officier dans ses bras. Il lui dit bien haut :

– Je savais que vous réussiriez votre mission très dangereuse, nous en avons la preuve, mais aujourd'hui, c'est le grand jour de vos récompenses pour l'immense tâche que vous avez accomplie, totalement isolée, seule contre tous! Effort intelligent, soutenu, efficace, mais combien risqué.

Le sergent recruteur lui tend la médaille de la bravoure du corps policier du Canada. Le commandant recule d'un pas et énonce, d'une voix solennelle, tout en piquant la décoration sur le revers de la veste de la jeune officier :

– Sergent Gagnon-Tremblay, mademoiselle Corinne, digne représentante de la Nation mi'kmaq, je vous remets cette décoration au nom de madame la Gouverneure du Canada. De plus, cette enveloppe contient votre certificat de pension à vie. À partir d'aujourd'hui, vous êtes la pensionnée la plus jeune de toute l'histoire de la Police municipale et vous pouvez en être fière parce que vous avez été un de nos officiers le plus performant et l'un des plus braves. Pour être à la page, je dirais le plus cool de nous tous!

— Commandant, dit Corinne, les joues rosées par l'émotion, ai-je bien vengé mon frère?

— Magnifiquement et vous avez rendu un grand service à la société montréalaise. Allons, oublions les belles paroles officielles, vous êtes splendide dans ce costume. Je vous embrasse. Je vais finir par changer d'avis et vous garder dans le corps policier, si vous restez trop longtemps dans les parages.

Corinne tend ses joues, mais, après l'embrassade, recule d'un petit pas. À la surprise générale, elle fronce les sourcils, questionne son commandant d'un curieux regard en dandinant sa tête comme fait un chien fidèle observant son maître et l'attire vers elle en s'agrippant à sa cravate. Ce geste, inattendu, ne semble pas déplaire au commandant qui s'y prête de bonne grâce. Elle avance sa main amaigrie vers la bouche toute souriante de son supérieur et, de son index orné d'un ongle argenté que lui avait collé Zouzou, elle touche l'incisive ébréchée de son chef. Ce geste insolite, irrespectueux aux yeux de tous, n'empêche pas le commandant de racler sa gorge et de se tirer l'oreille en riant, comme s'il aimait cette plaisanterie.

« *Chi khudalch* », dit-elle dans un langage inconnu de tous, et plus encore, de la grand-mère interloquée. Le regard agité de Corinne semble parcourir le néant.

— Je ne sais pas ce que vous me dites, mais c'est joli, du mi'kmaq sans doute, dit le commandant en ricanant.

Le docteur baisse la tête, le front plissé, se demandant qu'elle est la raison qui pousse sa patiente à poser un geste aussi familier. Pourquoi parlait-elle à son supérieur dans une langue qu'il croit être du mi'kmaq? A-t-il échoué dans toutes ses interventions? Est-ce que la blessée n'a pas retrouvé la raison? Ces yeux tourmentés? Humm! Son regard croise celui de Georgina qui, de toute évidence, pense comme lui. Elle est déroutée. Corinne, aimée de son fils, est-elle vraiment rétablie? Va-t-elle traîner des séquelles de ses blessures et vivre dans une chape de plomb emprisonnant sa mémoire et devenir une charge pour les siens? Ce doigt picorant la bouche de l'officier n'est-il pas celui de la folie naissante? L'instinct des mamans les pousse à se poser des questions, restant sans réponses, pendant des années de bonheur de leur fils qu'elles voudraient parfait. Georgina désarçonnée, cherche une réponse quand la grand-mère jette encore plus de doute en demandant à voix basse.

– Docteur, quelle langue est-ce?

– Du mi'kmaq? Non, vraiment? vous m'étonnez. Et ce n'est pas du grec, pour sûr.

Afin de couper court à la réaction bizarre de Corinne, Anthony a la présence d'esprit d'applaudir et d'ajouter :

– Docteur, est-ce que notre décorée a droit à un choux à la crème de cette magnifique pièce montée et à un dé de champagne?

– Certainement, mais nous aussi, l'émotion se soigne au champagne! Commandant, une photo très privée, puisque cette cérémonie est confidentielle.

– J'aimerais mieux que personne n'en prenne.

– Ah! réplique le docteur, si vous y tenez tant à ce secret, le souvenir restera gravé dans nos cœurs. Zouzou, venez près de moi, sans vous, personne ne serait ici pour célébrer ce grand jour!

Corinne, se tournant vers sa grand-mère, ajoute :

– *Nugumij*, grand-mère, je te présente Zoé, ma nouvelle sœur Zouzou! Tu dois l'adopter.

– Elle l'est déjà!

– S'il vous plaît, pour couronner cette petite fête, un toast au nouvel officier. Docteur Dufresne, à vous de parler, dit Anthony, sûr de lui.

– Anthony, vous avez fait bien plus que moi pour redonner vie à Corinne et j'ai le privilège de savoir pourquoi. D'ailleurs, en vous regardant tous les deux, je n'ai aucun doute, je vous souhaite deux vies éblouissantes de vrai bonheur. Et vous Corinne, vous savez déjà que l'amour des siens et de tous les gens présents, peut, bien plus que la médecine, faire des miracles. Il y a plus de médicaments mystiques et mystérieux dans les sentiments amoureux que d'hormones dans toutes les pharmacies. Nous sommes très heureux d'être ici, à cette cérémonie brillamment organisée par la fée Zouzou, votre sœur adoptive, comme vous venez de le dire. Vous serez, non plus ma patiente mais ma collaboratrice dans le programme de recherche que je me suis fixé en neurologie. Je compte bien rester en contact avec vous.

Corinne ne répond pas. Elle est lasse et essuie constamment son front moite.

Dans chaque regard de tendresse se mêle une question,   se lisant sur tous les fronts : « Est-elle vraiment rétablie? Voyez comme elle transpire. Ce geste insolite…et ce regard perdu… pourquoi entrouvrir les lèvres de son chef? »

Sam ne bronche pas. Il s'est bien contenu en présence de la *voleuse d'enfant*. L'attitude de la patiente, décorée ou non, l'oblige à se retrancher sur ses positions de père déçu par l'abandon de son fils. Mais n'a-t-il pas promis de rester digne et pourquoi pas, muet comme une carpe? Il pince les lèvres. Ce n'est pas le meilleur des signes d'apaisement.

Georgina ne sait que penser, son Anthony a l'air si heureux, et pourtant, ce geste incompréhensible la désarme. Elle en parlera au docteur, en tête-à-tête.

Alexis brise le silence qui gêne tous les invités :

– Et la convalescence, où va-t-elle se dérouler? Je connais une maison à Chios qui fera très bien l'affaire. Corinne, je vous l'ai déjà dit, vous pouvez venir y passer le temps qui vous fera plaisir, cette maison est à vous, à vous deux. Je vous l'offre de tout mon coeur.

La grand-mère renchérit :

– Toute la Gaspésie l'attend aussi, vous savez. Il y a tellement d'oiseaux et d'amis qui viendront revoir notre fille, mais qu'en pense son médecin?

– La Gaspésie en un premier temps, c'est plus près de mon service. J'ai un petit suivi à faire tout de même! et la Grèce ensuite, l'hiver prochain. Pourquoi pas! L'air est très pur aux deux endroits et la tendresse aussi compte pour beaucoup dans toute convalescence.

Le commandant a l'air plutôt content. Son sourire en coin, un tantinet moqueur, peut laisser croire qu'il est satisfait de voir son jeune officier, trop bourrée de talent et de zèle, à la retraite anticipée, déguerpir loin de sa juridiction. La Gaspésie, tout à côté, ne lui plaît guère. La vengeance, dans le monde de la nuit, rôde et cherche ses victimes qui en savent trop, surtout si elles ont pu échapper, par miracle, à leur destruction. Ne valait-t-il pas mieux que cette victime change de continent et fuit vers l'isolement des îles grecques?

– J'opterais pour la Grèce, le soleil, rien de tel pour retrouver la santé du corps et de l'esprit, insiste-t-il. Ce qu'il ne sait pas, c'est que Anthony approche de ses seize ans, de la date du bonheur officiel. Zouzou, votre fête est magnifique mais il faut que notre reine rentre se reposer, aidez-la et enlevez-lui son uniforme. Oh! excusez-moi docteur, l'habitude de donner des ordres, c'est vous qui êtes le maître à bord dans votre hôpital.

241

— Pour l'instant, Corinne va saluer ses invités. Aujourd'hui, elle a accompli une prouesse rarissime, n'abusons pas de ses forces, dit le docteur. Le geste insolite et les paroles bizarres prononcées par sa patiente l'intriguent. Georgina venez me voir dès que nous aurons salué tout le monde. Vous m'avez compris? dit-il à voix basse.

Le commandant reprend la parole.

— Mesdames, messieurs, parents et amis, je compte sur vous, pour le bonheur et la santé de cette jeune fille exemplaire, que nous aimons tous, je compte beaucoup sur votre discrétion. Corinne, je ne vous appelle plus par votre rang d'officier de police, vous n'avez plus de commandant. Vous êtes maintenant libre comme les oiseaux dont nous a parlé votre grand-mère et, j'insiste, vous ne m'avez jamais rencontré. Les invités se regardent, surpris par les derniers mots du chef. Corinne avait déjà entendu cette recommandation. Elle ne répond que par un sourire espiègle et un gloussement moqueur en se tirant une oreille, avant de saluer sa parenté sur un ton enjoué.

— Alexis, je vous reverrai avant que vous ne partiez, j'accepte votre cadeau, votre maison en Grèce. Nous y serons heureux Anthony et moi.

« Monsieur Costas, merci, je suis ravie de vous avoir vu ici, plus que vous ne le croyez. Sam reste de glace.

« Mon oncle, prépare-moi des flèches et un bon arc, je rentre pour un certain temps dans la Bande. Je veux devenir Diane la chasseresse.

« Monsieur le curé, je vous ai observé… vous avez prié pour moi. Je sais que vous m'avez recommandée à votre grand Manitou comme l'a fait ma grand-mère pendant toute cette cérémonie; c'est certainement le même, merci!

« Grand-mère, laisse-moi te regarder, j'espère te revoir dans mes jolis rêves comme je faisais toutes les matins. Je y recevais une immense énergie.

« Merci à tous, vous êtes un grand bouquet de fleurs!

« Allez Zouzou on rentre au poste numéro 1, ma chambre. Anthony accompagne mes parents, j'aimerais rester seule. »

La petite chapelle se vide de sa fête. Les invités sortent à pas feutrés, sans enthousiasme, tête basse, dans un silence réfléchi et inquiet.

Dans sa chambre, Corinne, s'étire sur son lit et s'exclame :

– Ouf! docteur, je n'ai jamais pensé qu'un lit d'hôpital soit si bon. Le champagne m'a donné un coup de bouchon.

– Pas du tout, vous n'en avez bu que quelques bulles. Vous avez été brillante. Pour moi, votre médecin traitant, je vous surveillais à chaque instant, c'était votre examen de passage. Mais, dites-moi, connaissez-vous une autre langue que le mi'kmaq? Où l'avez-vous apprise?

– Je n'ai rien dit d'étrange, je parlais en... je ne m'en souvient plus...

– Et qu'avez-vous dit dans cette langue étrangère que je ne connais pas, du moins je le pense?

– *Vous êtes un menteur.*

– Comment çà, je suis un menteur! Que voulez-vous dire?

– Pas vous, docteur, le commandant. *Chi khudalch*, c'est ce que je lui ai dit en... Corinne réfléchit un instant, ses yeux hagards d'automate parcourent dans tous les sens le vide du cerveau blessé. Je savais qu'il ne me comprendrait pas.

– Qu'est-ce qui vous fait dire ça?

– Je vous le dirai quand j'aurai fini mon enquête.

— Quoi! Vous voulez recommencer une enquête et vous faire tuer! Corinne, je ne tiens pas à le savoir. Vous allez me faire le plaisir d'oublier que vous étiez dans la police. Le commandant vous a dit, devant tous, que vous ne l'aviez jamais rencontré. Souvenez-vous en. Vous allez filer en Gaspésie tout de suite. Je ne veux plus vous voir dans cet hôpital où vous pourrez venir me dire un bonjour amical. À partir d'aujourd'hui, vous avez assez de caractère pour vous guérir par vous-même. Vous y mangerez du poisson tous les jours : du maquereau bleu glacial chargé de ses gras constructeurs de femmes fortes, du saumon sauvage tout droit du Groenland, des huîtres gouleyantes d'iode, s'il vous plaît. Régalez-vous. Après votre accident, votre organisme, surtout votre cerveau, a besoin d'oméga 3, du magnésium, du lithium, et de tous les bienfaits de la mer.

— Je les pêcherai moi-même.

— Je me suis laissé dire que vous sérénadiez les poissons, ils n'en seront que meilleurs, dit Dufresne d'un ton jovial. Peut-être qu'un jour vous me direz comment vous avez appris ces mots étrangers. Je suis très curieux de le savoir. Il se peut que votre grand-mère les connaisse aussi, sans qu'elle ne le sache! Un atavisme! Dites-moi, vous servez-vous aussi d'un capteur de rêves? Il se fait tard et votre journée a été mouvementée, alors dodo. Demain, c'est la grande sortie. Fini l'hôpital! Bonsoir jolie médaillée! Georgina, venez me voir dès que vous en aurez terminé.

Dans le bureau, le médecin perplexe attend en fouillant le dossier volumineux de sa patiente.

« Vous êtes un menteur... vous êtes un menteur. » Pourquoi diable a-t-elle dit ça et en une langue inconnue par-dessus le marché! marmonne-t-il, lorsque l'infirmière vient le rejoindre.

— Georgina, donnez tous les ordres que vous pourrez, mais je veux mettre sous surveillance complète notre patiente, micro et caméra, en particulier tout le long du sommeil de cette dernière nuit. L'avez-vous déjà entendue parler une langue étrange, chez-vous, avec les enfants ou ailleurs, ici? C'est très intrigant.

— Elle se débrouille en grec. Anthony le lui enseigne. J'avoue que ça me fait plaisir. Je n'ai jamais rien remarqué. De quelle langue s'agit-il?

— Intrigant, intrigant…

— Mais ce geste devant nous tous?

— Je ne me l'explique pas, mais elle sera mieux dans son milieu, dans sa forêt glapissante, avec tous ses oiseaux jacasseurs. C'est son sang, une grande partie de sa vie. Ces relations vont conditionner son écosystème émotionnel. Et votre fils, quel est son programme?

— Ce départ va lui faire de la peine. Il commence ses examens de fin d'année et il veut les réussir brillamment autant pour lui que pour épater son père. Mais il devient têtu, presque buté.

— Il sait, d'instinct, ce qui est bon pour Corinne. Georgina, ces deux enfants seront les plus heureux du monde. Impossible de les séparer. Ils sont devenus des frères siamois de cœur, de sang, de salive, c'est presque la même chose. Unissez-les, le plus tôt sera le mieux.

— Oui, mais, le doigt… la bouche?

— Je suis prêt à oublier l'incident. Il y a quelque chose que nous apprendrons plus tard, si Dieu le veut. Pour l'instant, avisons la grand-mère, elle rentre en Gaspésie en avion. Elle évitera le long voyage terrestre à Corinne. Ce vol sera stimulant pour elle. Je parie qu'elle va apprendre à piloter.

— Ça, je n'en serais pas surprise, mais ce geste impoli, c'est préoccupant!

— J'en fais mon affaire. Faites préparer la décharge de l'hôpital, je la signerai.

C'est plus que tracassée que   Georgina rentre chez elle. Le front plissé et les lèvres serrées de son mari sortant, muet et renfrogné, de la chapelle, lui laissent présager un changement d'humeur chez son homme.

Sam discute à bâtons rompus avec Alexis lorsqu'elle entre, se donnant un air enjoué.

– Ah! vous voilà les boys, servez-moi un verre. Nous allons manger du bison, du bœuf sauvage du Canada, Alexis, des tournedos et pour débuter des coquilles Princesses, toutes nouvelles, des îles de la Madeleine, dans l'immense golfe du Saint-Laurent. Tu vas te régaler.

– Et Anthony, vient-il nous rejoindre ?

– Oui, mais il veut retourner à l'hôpital faire ses adieux à Corinne. Elle rentre en Gaspésie. Il est ravi de ce départ en convalescence, ce qui m'étonne un peu.

– Moi aussi, intervient sèchement Sam. Cette fille n'est plus pour lui. Vous avez vu, elle n'est pas guérie ! Pensez-vous qu'Anthony doive fréquenter une éclopée mentale et détruire sa vie?

– Sam, tu ne vas pas recommencer, attends avant de te remettre en boule. Vous avez parlé de cette faiblesse avec le docteur, j'en suis sûr, dis-nous Georgina?

– Il préfère la voir chez les siens pour qu'elle se remette plus vite. Le temps lui apportera une réponse.

– Cessez de faire les autruches, vous avez vu et entendu tous les deux! Que lui a-t-elle dit à son chef? Elle a été vulgaire, déplacée, détraquée. Elle est folle, c'est certain, pour aller fourrer son doigt dans la gueule de son supérieur!

– Voilà Anthony qui grimpe l'escalier. Il a été épatant pendant la cérémonie. Corinne a l'air de tenir beaucoup à lui, dit Alexis…Et le voilà! Anthony, nous n'attendions que toi pour souper.

– Je suis content. Corinne sort de l'hôpital demain matin et part pour la Gaspésie en avion. J'aimerais la suivre, mais, papa, je passe mes examens et je vais te ramener les meilleures notes du collège. J'en ai déjà la moitié en poche!

– Pour en faire quoi?

L'oncle, intervient.

– Sam, je parie que voilà des années que tu n'as pas embrassé ton fils, oublie tout le passé et fais-le, tout de suite, devant nous.

Le père hésite, sourire mi-figue mi-raisin. Il se lève et tapote la joue de son fils et dit, à la surprise de tous :

– Tu es un homme maintenant, bien plus grand que moi et cette croissance vaut bien un baiser. Viens dans mes bras, bientôt, tu iras retrouver ta Corinne!

– Papa, je t'embrasse parce que je t'adore, une fois pour moi, une fois pour elle!

L'embrassade chaleureuse signe l'acte de capitulation paternel et un nouveau contrat d'amour familial!

33

La Gaspésie, vire aux rouilles d'automne. Les érables rivalisent d'audace et de couleurs : l'ocre écrase le vermillon, le rouge sang révolutionnaire de Chine étouffe le rouge orangiste du Canada. Les feuilles de bouleau scintillent comme des pièces d'or dans les coffrets des cèdres odorants. La Cascapédia embrume ses rives tumultueuses. Les brouillards deviennent complices et du gibier et des chasseurs. Plus que jamais, la grand-mère mi'kmaq exerce sa bienveillante autorité sur la Bande.

Cette femme de discipline et de droit, a cependant un cœur si tendre devant sa Corinne... Sa petite-fille s'est éprise de ce très jeune Grec et alors? Qu'y a-t-il à redire à cela? La jeunesse n'est-elle pas née pour aimer? « S'il y avait plus d'amour, il y aurait moins de conflits », disent certains, qui continuent à se chamailler en l'affirmant. Il vaut mieux essayer de comprendre et d'aider un aussi bon et beau sentiment.

Voilà bien longtemps qu'elle avait aimé et épousé un grand gaillard plus jeune qu'elle. « Les générations se suivent et se ressemblent, c'est la loi de la nature qu'on a trop tendance à oublier » se dit la femme sage.

— Vous m'excuserez, à mon âge, on se tasse, vous me paraissez encore plus grand, très grand.

— Très fort aussi, dit Corinne, heureuse de louanger son fiancé. Tu verras, il va gagner sa place dans la Bande comme il l'a gagnée dans mon cœur bien avant l'hôpital où il m'a sauvée.

— Ton grand-père était aussi plus jeune que moi, de trois ans, mais, lui avait dix-huit ans le jour de notre mariage. Je suis toujours restée folle de lui, jusqu'à sa mort après cet accident de chasse. Anthony, vous êtes bien jeune. De nos jours, il n'y a plus de jeunesse! Vous avez été le sauveur de Corinne pendant ce séjour au seuil de la mort. Serez-vous capable de rendre le bonheur que va vous donner ma petite-fille? Je la connais, elle se battra pour vous, toutes griffes dehors, mais vous? Si elle vous demandait de venir vivre à Gespeg, viendriez-vous? Il vous faudrait y chasser et dépecer l'orignal, pêcher et sécher le poisson.

— Et le vendre aussi. Je connais des marchands grecs qui l'achètent à Montréal. Nous pourrions l'exporter. J'ai un autre oncle Costas, au très grand marché central de Rungis à Paris. Nous pourrions l'expédier jusqu'en Grèce. Ici? avec Corinne? Madame, je viendrais demain matin. Je ne me séparerai jamais d'elle. Nous nous sommes juré de rester fidèles jusqu'à la mort. Elle a failli mourir, sans ce collier et cette dent. La mort peut survenir tout de suite, vous savez, je n'en ai pas peur, si Corinne me tient la main.

— Comme tu me l'as si longtemps tenue dans mon coma

— Parlons de vie. Le miracle est que vous soyez là tous les deux. Je te garde avec moi pendant un certain temps et vous habiterez chez mon neveu, dans l'autre maison au bout du village. Vous ne devez pas vous voir pendant huit jours. Estimez-vous heureux, les coutumes ont changé. Autrefois, c'était une année entière que les fiancés devaient passer séparés, dans des wigwams d'écorce de bouleau. Les Mi'kmaq, promis en mariage, devaient rester chastes pendant tout ce temps.

— Grand-mère, je veux te confier notre secret qui est, aussi, notre force, dit Corinne. Voilà bien plus de trois ans que nous nous connaissons intimement, très intimement, et comme toi dans ta maison des fiançailles, nous sommes restés chastes. Nous supporterons cette semaine avec allégresse. Nous avons confiance! Pas vrai Anthony? Notre amour en est bien plus fort.

— Oui, madame. Je l'aime votre petite-fille, dit Anthony bombant le torse.

— Ma fille, et vous aussi Anthony, baissez-vous que je vous embrasse. Je rajeunis aujourd'hui. J'avais une robe blanche le jour de mes noces.

Les yeux humides de la grand-mère la plongent dans ses souvenirs. Corinne offre un baiser et du bout des lèvres murmure à l'oreille de l'aïeule :

— Je veux me marier dans notre costume ancestral, j'ai déjà commencé à le créer et à le coudre. Nous te donnerons un petit-fils grec et mi'kmaq à la fois, d'ici deux ans. La grand-mère d'Anthony va faire son premier voyage au Canada pour notre mariage. Elle te ressemble.

— Comment peut-on se ressembler, si loin?

— Les dieux grecs ont beaucoup voyagé!

— Embrassez-vous, il faut vous séparer. Anthony, voici l'oncle qui doit recevoir le fiancé pendant huit jours, huit jours pour devenir un guerrier, ce n'est pas beaucoup, il faut des années de pratique. Anthony, bonne pêche, bonne chasse et bons rêves pendant ces huit jours. Placez ce petit coquillage dans votre chambre. Parlez-lui le matin très tôt. Écoutez sa réponse. Le bruissement de la mer, d'où il vient, vous donnera de l'audace. Vous flotterez sur les eaux et volerez au-dessus des feuillages, et vos flèches aussi.

— File, je t'attends. Ne m'oublie pas pendant tes épreuves! dit Corinne offrant son nez.

Anthony n'a qu'une envie, lui donner un baiser d'adieu en le frottant du sien. Il sort, le cœur léger, parlant déjà à son coquillage. Corinne baisse la tête, ne voulant pas le voir s'éloigner et, s'adressant à son aïeule, demande :

— Et s'il ne réussit pas ces épreuves, que va-t-il se passer? Serais-je répudiée? À l'âge Internet, ces principes subsistent?

— Les usages, les coutumes… et ton Anthony sans
expérience. Hum! il va se faire malmener par les hommes,
surtout les jeunes et les irréductibles de la Bande. Est-il
solide? S'il échoue, il ne vous restera plus qu'à partir bien loin
et cajoler votre bonheur à l'abri des insultes et vexations.
Mais l'Amour est la plus puissante des forces qui rend
invincibles tous ceux qui le portent avec sincérité. Confiance,
confiance, s'il sort vainqueur de ce combat, de ces combats,
ce sera la preuve, que personne ne pourra réfuter, qu'il
t'aime. Il t'aura bien méritée et je serai heureuse de te donner
à lui. »

Corinne reste bien cloîtrée dans son atelier de couture.
Elle coud son bonheur point par point. Comme une abeille
butineuse, elle pousse son aiguille accompagnant à chaque
instant les gestes de son champion. Le petit brin d'acier
étincelant sous ses doigts brode le menu du festin de ses
noces. Il frissonne dans le torrent, pourchasse le saumon
gluant, glisse dans les plis de la forêt, perce le cœur du cerf,
tisse le collet, collier fatal, destin chanceux, pour le lapereau
qui deviendra une gourmandise. Il court partout ce brin
d'acier magique, tirant des fils multicolores, sur le velours
orange, le rêche de la toile de lin, les lanières de peau de
daim finement ciselées, les rubans de dentelle, coquetterie
ancienne tenue de Jacques Cartier lui-même. Sans perdre
une seconde il raconte, avec forces détails, comme une
antenne de radio rapportant de bonnes nouvelles, le séjour
sur la terre bénie de Grèce. La grand-mère mi'kmaq ne se
lasse pas de ces paroles animées de passion. Elle se
reconnaît. L'aventure amoureuse de Corinne ne lui déplaît
pas, bien au contraire, elle lui fait revivre la sienne. Corinne
l'abreuve de paroles picorées d'accents chauds du bout de
son aiguille.

— Je ne sais ce qui me séduit dans ce pays brûlé par le
soleil. Il n'y a presque plus de forêt mais beaucoup d'oliviers,

souvent vieux de mille ans. Des chênes lièges torsadés par le vent deviennent aussi rouges que des homards quand on les déshabille de leur écorce pour en faire des bouchons. En Turquie, devant la ferme des ancêtres massacrés, des milliers de figuiers à perte de vue tachent de vert foncé les longs vallons arides. Je t'ai apporté des figues séchées.

– Bien dures pour mes dents.

– Déguste-les doucement, elles vont fondre dans ta bouche. Les chaleurs écrasantes sont accompagnées du bruissement strident des cigales. Le bruit est pire que celui de dizaines de ouaouarons. Les pins, en bordure de la mer Égée, sentent bons et leurs pommes éclatent sous le soleil ardent. La mer y est si bleue! On y manque beaucoup d'eau, mais on y boit du Samos, un vin doux comme le miel. Nous en servirons le jour de mes noces!

– Modérément, attention, ne perdons pas des têtes. Tu vois tout en rose dans ton merveilleux pays d'adoption. C'est l'amour aveugle, dit la grand-mère en souriant. C'est bien de se laisser emporter par l'amour. L'amour est lent quand il monte vers les nuages mais quand il plonge à deux, la main dans la main, il est vertigineux. L'amour est une force surnaturelle, qui peut soulever les montagnes, franchir les ravins, combattre l'animal le plus féroce et vaincre tous les obstacles pour, finalement, envers et contre tous, mériter et prendre la place qui lui est due. Plus on aime, plus notre cœur éclate en mille flocons légers comme du duvet d'oie blanche! Et son oncle, comment t'a-t-il traitée?

– Comme sa fille! Vraiment ! C'est même lui qui a dit à sa sœur, la maman d'Anthony, que nous devions nous marier, que nous passerions toute notre vie ensemble et que nous mourrions ensemble. Il a raison, tu sais, je pourrais mourir pour Anthony. Je voudrais le toucher, lui apprendre ma leçon, lui donner ma passion. C'est long huit jours sans le voir.

– C'est beaucoup, tout ça. Attends un peu avant de parler de mourir… encore quelques jours. J'ai lu dans ses yeux, parfois tristes, un goût de victoire, une ardeur indomptable. Espérons! Tu dois d'abord me donner deux et même trois arrières-petits-enfants. C'est une habitude familiale.

– Quoi donc?

– Ton grand-père et moi avions juré de mourir ensemble, mais sur son lit de mort, il m'a demandé de rester et de maintenir l'harmonie dans la Bande ; Jusqu'à aujourd'hui, j'y suis arrivée, mais toi, tu viens la troubler. Je souhaite que ton jeune fiancé soit à la hauteur et qu'il puisse calmer les esprits échauffés.

– Que voulaient mes cousins, que je me morfonde ici? Mon père n'était pas Mi'kmaq que je sache, mais Québécois et géologue. Il aimait ces rochers et cette terre autant qu'eux.

– Il t'a laissé une montagne de vanadium dont tu disposeras à vingt-cinq ans?

– C'est quoi le vanadium?

– Je l'avoue, je ne sais pas.

– Alors, je serai riche!

– Ce n'est pas de l'or. Mais si tu en parles, tu n'auras rien. Garde ta langue. On ne se marie pas pour de l'or ou des montagnes, mais pour partager et vivre une passion et en construire une nouvelle. Ce n'est que plus tard que, sans passion, les cœurs deviennent de pierre. Es-tu sûre du tien? Anthony est si jeune.

– Mais non, à nous deux, nous avons trente-six ans. C'est beaucoup!

– Une petite éternité.

Julien, le jeune cousin mi'kmaq, du même âge qu'Anthony, accompagne l'aspirant guerrier depuis trois jours. Il admire sa cousine affrontant la grande ville lumière de Montréal. Qu'elle veuille se marier avec un gars de son âge lui donne une sorte de maturité qu'il veut prouver en apportant les dernières nouvelles quotidiennes.

– Voilà ton messager courant vers nous, dit la grand-mère.

– Moi aussi j'ai hâte de savoir. J'ai le droit de demander comment se comporte Anthony, non? Je ne suis pas en pénitence tout de même, dit Corinne anxieuse.

– Ma foi, il n'est pas prévu dans les usages qu'un courrier apporte des nouvelles pendant cette courte séparation.

Julien entre en trombe.

– Oh! Corinne, si tu savais… Anthony a eu chaud, très chaud! il a failli y rester.

– Qu'est-il arrivé? Parle!

– Au saumon!

– À la chute? Il a failli se noyer, pas vrai? Où est-il?

– Il a eu très chaud. Il m'a fait peur quand il a disparu dans les rapides. Il n'avait pas à plonger dans le torrent après avoir tiré un saumon. Il voulait récupérer la flèche… On l'a pris pour un fou pour se jeter dans ce torrent pour une flèche.

– Il n'avait pas le droit de tirer des saumons et encore plus sans ligne attachée à la flèche pour les récupérer; c'est interdit. Et vous l'avez laissé faire… Qu'est-il arrivé? dis-moi !

– Il a disparu pendant plusieurs minutes sous les eaux tumultueuses! J'ai cru l'entrevoir derrière la Roche noire dans le grand tourbillon, son saumon et sa flèche à la main. Je courais sur la rive. Je l'ai aperçu pour un instant au Saut-du-Marsouin et l'ai entendu hurler : « Corinne, je t'aime! » comme un appel au secours. J'ai crié mais… tu parles, il ne m'entendait pas, avec le vacarme de la chute.

– Où est-il maintenant, dis-le-moi? Est-il blessé?

– Non, non… Le saumon n'avait aucune chance devant la précision du tir. Anthony a plongé pour récupérer sa flèche et son poisson. Il m'a dit que c'est toi qui le lui demandais.

Entraîné dans les remous, il a fini dans la Fosse verte. Il ne remontait pas et nous pensions qu'il était…

— Julien, qu'est-il arrivé? Ces remous sont dangereux après les pluies d'avant-hier.

— Cori… en ne le voyant pas remonter, j'ai pensé à toi, et puis, pouff… le revoilà! Il refait surface tenant par les ouïes un deuxième saumon se débattant. Il l'avait capturé, je ne sais trop comment.

« J'ai eu peur de ne plus le revoir, mais quel nageur! Oh, quel nageur!

« "J'en tiens deux, j'en tiens deux!", criait-il, comme une trompette. Sa descente dans les remous ne paraissait pas l'avoir affecté. Tu aurais dû voir la mine déconfite de Gros Roc Condo qui a dit : "Ce con, il a réussi sa pêche. Je le croyais noyé!" »

— Et il ne lui aurait pas porté secours? dit Corinne, avide de savoir.

— Je n'ai pas dit ça, mais dans ces remous, le courant…

— Et maintenant, que fait-il?

— Gros Roc Condo? Anthony? Il finit de dépecer le chevreuil. Ils lui ont fait manger le foie cru et boire le sang sur place. Il n'a pas flanché et en a même offert à Gros Roc, qui n'a pas trop apprécié.

— Qui avait tué le chevreuil?

— Lui! de deux flèches. La première, en s'approchant contre le vent, aussi bien que mon père, comme un vrai chasseur : La bête était un peu en biais, la flèche n'a pas pénétré jusqu'au cœur. Le chevreuil s'est sauvé, la flèche à son cou. Nous avons couru jusqu'au fourré des cèdres en traversant la sablière, et là, sans presque viser, Anthony a décoché une deuxième flèche en plein cœur. Oh, je voudrais pouvoir en faire autant! Même blessé, il courait vite ce chevreuil de trois cents livres, et nous aussi! Anthony l'a abattu comme le faisait le grand-père! Une flèche, vlan, direct!

La grand-mère plisse le front.

— Et personne ne l'a aidé? Pas un coup de fusil par-dessus son épaule? demande-t-elle, sceptique.

— Non, je t'assure, il est très adroit. Papa l'a félicité, non seulement pour son approche silencieuse, surtout pour sa deuxième flèche. Il était dans la sablière avec le Dodge et a tout vu! Il lui a même dit : « Nous perdons notre adresse à l'arc, nos fusils nous rendent paresseux et aveugles, bravo! »

— Et pourquoi lui ont-ils fait manger le foie et boire le sang? dit Corinne courroucée.

— Oh! je ne sais pas, ç'est le meilleur. Grand-mère, est-ce que les chasseurs mangeaient le foie de la bête, autrefois, comme le font les loups?

— Ce sont les morceaux de choix.

— Anthony ne s'est pas dégonflé. Il a dit que c'était sucré et qu'on mangeait le foie d'agneau cru avec des petits oignons au Liban et en Grèce. Il a récupéré ses flèches. Il va les collectionner, m'a-t-il dit en riant. Il a même ajouté « Je ne pensais pas que ce soit si facile de tuer un chevreuil. Mais, nager… de la flotte et du courant, par ici, il y en a! »

— C'est une bonne habitude de collectionner ses flèches, applaudit Corinne, moi, je veux collectionner le chasseur. Qu'en penses-tu grand-mère?

— Si ton chéri continue, je crois que nous allons manger de bons saumons et du chevreuil pour une noce qui ne saurait tarder!

— Et des cipailles aussi, renchérit Julien. Il a posé des collets, capturé deux lièvres et fléché trois gélinottes. Regarde, Corinne, les plumes que je t'apporte, des plumes toutes chaudes, les plus fraîches qui soient. Elles sentent bon.

— Viens voir où je vais les coudre… ici, tout autour du décolleté. Quand la brise soufflera, elles gigoteront un peu.

— D'où sors-tu toutes ces belles pierres polies comme des diamants?

— Ma chérie, ces pierres t'appartiennent, dit la grand-mère. Ton père les avait découvertes, taillées, polies et offertes à ta mère, quand, jeune géologue amoureux, explorant le Québec, le Grand Nord et la Colombie, il les ramenait, à chacune de ses visites. Quel homme tenace et fidèle il était. Il a fallu trois ans de patience pour convaincre ton grand-père, conquérir ta mère et nous l'enlever. Quel couple merveilleux ils faisaient! Je les revois souvent. Nos esprits se parlent. Ils me donnent le courage de continuer, de t'aimer aussi, comme eux l'auraient fait.

— Des grosses améthystes, du quartz et des pépites d'or brut à peine polis et ces émeraudes! tu vas être belle! ajoute Julien. Grand-mère, est-ce qu'il y a des émeraudes au Canada?

— Non, celles-ci proviennent d'une mine de cousins de Colombie, le père de Corinne les avait aidés à la mettre en valeur.

— Tu t'y connais en pierres, c'est merveilleux! dit Corinne C'est un des beaux métiers du monde, découvrir la terre, roc par roc, et la polir pour en faire des sculptures créées par un artiste qui les offre à sa bien aimée. Surtout ne lui dis pas que tu as vu ma création, je veux faire la surprise à tous. Promis?
I

— Promis… Oh! j'oubliais, mon père a aussi dit : « Après quelques jours, le chevreuil mortifié, accroché dans la remise, fera un excellent barbecue pour tous les invités. »

— Il a vraiment parlé de noces? vraiment? Julien, tu es un ange. Je t'embrasse. Merci grand-mère, tu es d'accord, le conseil approuve. Youpi, j'y arrive!

Corinne esquisse quelques pas de danse en fredonnant : « *Je veux te donner ma passion,*
t'apprendre ma leçon,
t'apporter le frisson. »

La grand-mère éblouie, les yeux fondant de tendresse, secoue la tête.

— Ma petite-fille, tu seras la plus belle mariée vue depuis fort longtemps chez les Mi'kmaqs!

Du front plissé aux yeux pétillants, la bouche ouverte, Corinne boit les paroles de Julien.

— Merci, Julien! Anthony accepté par tous, je sais que l'usage... mais, mon père a bien fini par être accepté. Vrai mamie?

— Cori, crois-tu que je serai aussi bon nageur et chasseur qu'Anthony... un jour? dit Julien.

— Si tu t'entraînes quotidiennement, comme lui.

— Mais, à Montréal, comment s'y prenait-il?

— Ah ça... mon petit Julien... excuse-moi, mon grand Julien, c'est un secret!

La grosse chaloupe, utilisée pour remonter les pièges à homards, n'avance plus.

— Shiiit and merde, crache Gros Roc Condo entre ses dents brisées. Julien, recule, tu n'y connais rien en mécanique et tu me gênes. Qu'a-t-il donc dans le ventre cette saloperie de moteur? rage-t-il.

— Les trappes ne sont pas loin, cinquante mètres, on peut ramer, dit Anthony. Un cylindre ne fonctionne pas, et un deuxième cogne par intermittence, si tu tombes sur le point mort, plus rien ne tourne.

— Tu t'y connais toi, maudit Grec? Tu m'apportes la bad luck... Alors, shut up! Rame!

– Commence par les bougies. As-tu une clé? demande Anthony, sans tenir compte du ton insultant de Gros Roc Condo.

– Ce n'est pas la ou les bougies, mais l'arrivée d'essence.

– Non, au contraire, tu en as trop.

– Que veux-tu, toi, me contredire? grogne Gros Roc Condo, furieux.

– Enlevons les bougies pour les nettoyer et limer les pointes, précise Anthony.

– Tu en as toi, une lime icitte, gros malin?

– Sur mon couteau suisse.

Lèvres épaisses, dents serrées, oeil assassin, Gros Roc Condo rumine sa mauvaise humeur. En quelques minutes le moteur repart en toussotant sous son nez hargneux.

Devant la première bouée qui retient la corde attachée au piège à homards, Gros Roc donne des ordres lapidaires.

– Remonte la cage si tu en es capable, Adonis de mes deux!

– À combien de mètres est-elle?

– Parle en foot icitte, trente de profondeur.

L'effort d'Anthony pour remonter la cage à homards en tirant sur la corde n'est pas récompensé.

– Tabarnouche, ce piège est bloqué quelque part entre des rochers, reculons.

– Non, plonge.

– Mais dis donc, plonge toi-même!

– Je te dis de plonger, descends le débloquer. C'est toi qui dois descendre. Ce n'est pas moi le voleur de femme. Je reste icitte sur la barque. Descends! Enlève tes pantalons et tes chaussures.

– Pas la peine, l'eau est froide.

– Très froide. La cage est à trente pieds, c'est profond, n'y va pas, dit Julien, au risque de recevoir un coup de poing de Gros Roc Condo.

– Shut up toi! Le Grec, plonge, je t'ai dit !

– D'accord, tu l'auras voulu…

Anthony, les yeux fermés, embrasse le creux de ses mains, mord la dent imaginaire qu'il porte déjà à son cou, gratifie Julien d'un léger sourire d'adieu en lui confiant son couteau suisse, avale une profonde et unique bouffée d'air et plonge sans hésiter ; S'il devait mourir un jour pour sa bien-aimée, ce serait aujourd'hui..!

S'aidant des deux mains agrippées au cordage tendu, il plonge avec rage; pas une seconde à perdre. Sous une vingtaine de pieds d'eau glauque troublée par le dernier orage, il dégage à tâtons la cage coincée. Il lui faut remonter à la hâte, tirer sur la corde pour signaler la fin de sa manœuvre et s'agripper à la cage pour se laisser hisser vers l'air libre. Tout à coup la corde salvatrice prend du mou et descend en un long et sinistre serpentin se déployant dans la lueur blafarde. Anthony se sent abandonné. Une minute trente sous l'eau, son souffle opprimé ne peut résister guère plus longtemps.

« Merde, la corde! La bouée! Gros Roc...! Ma noyade... Anthony, si tu ne veux pas être bouffé par ces bestioles, il vaut mieux que tu redoubles d'efforts. Pas question d'abandonner cette cage et ces cinq homards pour lesquels tu risques ta vie. J'aime mieux crever noyé, pour Corinne! » pense-t-il, dans un éclair.

L'instinct de survie décuple les battements des jambes du pêcheur amoureux. À quelques mètres au-dessus de sa tête, la sombre silhouette de la chaloupe agitée le nargue. Un effort d'ultime, un *hooouff!* plus près du vomissement d'un noyé rendant l'âme que d'un hoquet de salut happant un fragment d'air in extremis au milieu d'une quinte de toux,

Anthony, le visage défait, les lèvres violacées, les yeux
éclatés d'horreur d'un mourant frissonnant de peur, le
candidat à la noyade jaillit, à la surface des eaux qui ne
cessent de tourbillonner pour le noyer plus sûrement encore.

– Tiens… bouffe-les… tes homards! dit-il, de sa voix
haletante, entrecoupée de toux violente. Et garde ta fripouille
de corde pour te pendre, ajoute-t-il, en jetant le câble au
visage de Gros Roc ahuri. La prochaine fois, c'est toi qui
descendras et moi qui tiendrais ta couleuvre, sans la jeter au
large. Merci pour ton aide, salaud!

Le petit Julien, les dents serrées, regarde Gros Roc
Condo d'un œil accusateur.

La pose de collets pour capturer du gibier est un art et
une science. Il est bon de connaître la vie du sous-bois, pour
bien la maîtriser. La proie est intelligente. Elle sentira la main
de l'homme et se détournera de sa piste habituelle pour éviter
le piège fatal. Le chasseur doit le poser avec talent, entre
deux arbustes assez résistants pour ne pas laisser l'animal
fuir avec le piège. Pris dans cette mâchoire métallique
mortelle, les braves castors iront jusqu'à se ronger la patte
piégée pour recouvrer leur liberté.

Accroupi dans le taillis de cèdre, Anthony essaie de se
rappeler les recommandations. « Pour le lapin, six pouces de
diamètre de collet fixé à cinq pouces du sol, bien au centre de
la piste emprunté par l'animal, plus haut que pour la belette
qui rase le sol et glisse entre les touffes d'herbe.»

« Nous n'allons tout de même pas manger de la belette,
encore moins du castor, à notre repas de noces », se dit
Anthony. Il s'applique, comme dans le laboratoire de chimie
de son collège, mais ici, dans ce laboratoire de la vie sentant
bon le pin, il se doit d'obtenir des notes parfaites sur son
bulletin; le bonheur de Corinne et le sien en est le prix.

Il passe son poing serré dans l'anneau de fil métallique, tout en pensant à la pauvre bête qui y sera étranglée, lorsqu'un appel strident de Julien le fait sursauter. Il court vers la clairière où Julien convoite le miel.

_ Laisse tomber. Il est trop haut perché, et les abeilles? Qu'en feras-tu? Elles sont voraces, non? Moi je n'y connais rien à ces bestioles. Je ne tiens pas à les voir se glisser dans mes pantalons », lui avait-il dit au passage.

Stimulé par l'ardeur d'Anthony, Julien veut accomplir une prouesse à son tour. Il jette son dévolu sur l'essaim d'abeilles enfoui dans le cœur du vieil érable vermoulu. En se hissant sur la corde de bois proche, il finira bien par accéder au trésor de miel frais. Sauces gourmandes, friandises et boissons chaudes de concoctions de plantes sucrées au miel agrémenteront le festin des noces de Corinne.

Une torche d'herbe humide enflammée, de la fumée pour chasser les abeilles vigilantes montant la garde à l'entrée de leur royaume, un peu d'équilibrisme sur des bûches entassées à la hâte pour accéder au nid, quelques piqûres d'insectes royales voulant repousser l'intrus et Julien chaparde les rayons de cire gorgés de miel.

Devant un butin abondant, un pilleur de ruche n'est pas toujours seul pour apprécier son larcin. L'odeur attire le plus gourmand des animaux de la forêt qui ne demande qu'à se régaler de ces bienfaits naturels. Et pourquoi se donner la peine de grimper dans un si vieil arbre puisqu'un dénicheur de miel a fait tout le travail? Alléchée par l'odeur, une ourse, suivie de son ourson, s'approche d'un pas dandinant, le museau haut, vers ce miel convoité. Julien est bien trop préoccupé par les abeilles fuyant la fumée et qui l'encerclent. Soudain, il frissonne! Un grognement, qu'il connaît bien, lui rappelle qu'il n'est pas seul. Le museau du fauve frôle la pointe de ses pieds. L'animal se hisse déjà sur son train arrière, tend sa patte, toutes griffes dehors et s'empare d'un rayon de miel posé sur les bûches.

Julien peut abandonner une partie de son butin, se pétrifier, en attendant que l'animal déguste son dessert et se lèche les babouines de plaisir, mais être cool, c'est bien autre chose qu'un mot à la mode. Le sang-froid ne se commande pas, il se vit, d'instinct, face au danger qui façonne les héros. Un jeune adolescent ne garde pas toujours son sang-froid quand ses pointes de pieds frôlent la gueule d'un animal vorace. Julien a peur. Il panique. Bouge une jambe. Fait un faux pas, bouscule les rondins qui dégringolent, l'entraînant dans leur chute sur l'ourse. La bête se croit attaquée. L'ourson effrayé par le bruit bat en retraite. Julien coincé sous les bûches, figé dans sa peur, lance des cris de désespoir: « Anthony, à moi! Help! Au secours! Help! Anthonyyyy! ».

Les cris excitent la bête. Elle pourrait bien quitter les lieux emportant sa rançon de miel frais, mais ce jeune étourdi la provoque par son appel strident. « Pardon, se dit-elle, museau hautain, narines déployées, vous ne partagez pas votre miel, prétendez m'assommer à coups de rondin et, par-dessus le marché, poussez des cris d'hystérique, qui m'énervent et effraient mon chérubin! Vous m'offensez, jeune étourdi. Moi je suis bonasse, jusqu'à un certain point! Personne, vraiment personne, jamais, n'a osé me donner des coups et lancer des rondins dans mes pattes. Geste insensé, provocateur, impardonnable et puisque je suis attaquée, réglons cette affaire illico! Jeune écervelé, vous êtes un peu pâlot, vous tremblez et braillez comme un veau… je vais vous corriger. Une bonne fessée, quelques coups de griffes par-dessus le marché, vous le méritez bien. » L'ourse repart à l'assaut, d'autant plus que son ourson insouciant, lèche le rayon de miel tombé au bout de son museau.

Anthony accourt, juge la situation critique : « Serre les dents Julien, je vais te sortir de là! » hurle-t-il, inconscient du

263

danger. L'instinct le guide. Épaule en avant, il fonce sur la bête sans trop réfléchir et en fait dévier la course.

« Quoi? Un autre ennemi? » rugit-elle. Elle change de cap et d'assaillant. « Oh! il est plus grand et debout celui-là et bien plus téméraire! Je grogne, donne de la gueule! C'est parfois la meilleure défense. Non? Ce blanc-bec s'empare d'un rondin. Il insiste et brandit cette minable allumette! Pour qui se prend-il donc? On ne menace pas une ourse sans qu'elle se défende! Je fonce sur ce nouveau danger ». Un coup de patte par-ci, un autre par-là, les griffes acérées déchiquettent le gourdin qui vole en éclats. La bête, tous crocs menaçants, virevolte et revient à la charge. Anthony bande son corps.

« Utilisez la force et la rapidité de l'adversaire. Attaquez-le en vous servant de son poids qui l'accompagne dans sa chute », répétait constamment Debeur, professeur de karaté, au YMCA. Quelle leçon!

Anthony, désarmé, bondit sur un autre rondin, le pointe comme une lance en provoquant l'assaut. « Vas-y, fonce sur moi, sale bête, fonce, tu vas y goûter! » Il revoit Debeur l'entraînant dans sa chute « Utilisez sa force et sa rapidité. Accompagnez son attaque… accompagnez son attaque… » Hélas, la bête est bien plus rapide! D'un coup de patte imparable, elle arrache le rondin, déchire le blouson du téméraire et le griffe jusqu'au sang. Anthony absorbe le choc et se prépare à la troisième charge…« Accompagnez son attaque… accompagnez son attaque… » Anthony rugit, lui aussi, pour provoquer la charge. L'ourse fonce, gueule ouverte, crocs énormes menaçant. Anthony fonce aussi, l'esquive dans la foulée et au passage, accompagne le fauve d'un violent coup de rondin sur la nuque. L'ourse rugit, râle, titube et s'affaisse dans un bruit sourd calfeutré par son pelage épais et sa couche de graisse d'automne.

— Es-tu blessé? crie Anthony. Rien de cassé? Filons d'ici. Grouille-toi.

— Tue l'ourse! Tue l'ourse! Elle va se réveiller et nous poursuivre, supplie Julien, tout en récupérant ses rayons de miel. Ça court très vite une ourse!

— Tes jambes ne sont pas cassées, alors, cours! L'ourse ne m'a rien fait, je ne l'ai qu'assommée. C'est une mère, que ferait son petit? Laisse tomber ton sacré miel. Tu as failli y rester! Sans moi... cours donc! Ne boitille pas, ce n'est pas le moment. Cours!

— Anthony, ton bras ! Arrête, regarde... tu saignes!

— Je n'ai rien senti, ma manche en a pris un sacré coup!

— Et ton bras? Tu as eu chaud, les cinq griffes auraient pu te l'arracher d'un coup sec. Tiens, mets-y du miel. Les plaies se cicatriseront plus vite, dit Julien essoufflé.

— Rentrons. Il faut la désinfecter.

— Pas la peine, le miel est guérisseur.

Le retour des deux comparses boitillant et bras amoché, jette l'émoi dans le village.

— Enfin, vous voilà ! Où étiez-vous donc passés? Tu boites et toi Anthony? ton blouson déchiré, mais, tu es blessé! Qu'est-il arrivé? demande l'oncle en voyant ses deux éclopés en piteux état.

— J'ai été attaqué par une ourse!! Anthony m'a sauvé la vie!

— Comment ça? Les ourses n'attaquent pas, sauf si...

— Elle accompagnait son petit.

— Ah! elle a voulu le protéger, mais?

— Elle a voulu s'accaparer mon miel!

— Ton miel, son miel...Vous l'avez provoquée, sans doute! Tu lui as volé son miel.

— Anthony a foncé sur elle, alors qu'elle se précipitait sur moi. Elle s'est alors retournée vers lui et l'a attaqué. À la première charge, le rondin d'Anthony a volé en éclats, à la deuxième, il s'est fait déchirer le bras, et à la troisième, c'est lui qui a assommé la bête avec sa matraque! Papa, c'est gros, très gros, une ourse qui charge! Elle est peut-être encore à demi-morte au pied du vieil érable.

— Ces plaies, bien des traces de griffes d'ours, parallèles. C'est invraisemblable que l'on puisse se débarrasser d'un ours avec un rondin. Allons-y voir!

L'ourse est bien là, inerte, gisant près de la corde de bois, son ourson geignant à ses cotés.

— Quelle femelle magnifique! s'exclama l'oncle en soulevant les paupières du fauve et touchant le globe oculaire vitreux.. Heureusement elle aurait pu vous dévorer tous les deux. Elle est bien morte; l'arrière du crâne fracassé. Touchez-moi ce pelage soyeux! Les mères deviennent furieuses lorsqu'on ose approcher leur progéniture. C'est lui qu'elle voulait défendre en vous attaquant. Regarde-le, il cherche à téter.

— Que va-t-il devenir? demande Anthony, je ne tenais pas à la tuer. Il est orphelin ce pauvre ourson, il a perdu sa mère.

L'oncle pose ses deux mains sur les épaules du jeune Anthony, le regarde au fond des yeux et dit d'une voix grave et ferme :

— Écoute-moi bien, c'était elle ou toi et peut-être Julien. Abattre une ourse dans ces circonstances nous prouve que tu as eu un sang-froid extraordinaire digne des Mi'kmaq. Tu as droit à une sacrée belle peau, des griffes superbes et des dents rutilantes. Regardez-moi ces crocs, des diamants! Nous allons garder l'ourson pour un certain temps et le rendrons à la montagne ensuite. Je te remercie de t'être porté au secours de Julien. Les ours en furie ne font pas de quartier. Félicitations, mon homme! Après ta pêche dans les remous; interdite, souviens-toi en, toi ton adresse devant le chevreuil, ta plongée aux trappes et ce combat glorieux,

Anthony, tu es un brave! Tu es des nôtres. Viens sur mon cœur. Préparons ce mariage. Julien, où vas-tu?

— Je reviens tout de suite.

Dans la maison de la grand-mère l'atmosphère s'illumine.

— Es-tu là? Ferme les yeux… surtout ne triche pas, ferme les yeux, pour vrai, dit Corinne.

Elle entre dans la grande salle de séjour en fredonnant l'air de la marche nuptiale. Elle s'arrête dans le cône de lumière douce qui inonde le centre de la pièce. « Vive la mariée! » s'exclame-t-elle, sourire aux anges.

La grand-mère ouvre les yeux, admire en silence la création unique et murmure, éblouie :

— *Tueijji'j, tueijji'j, wi'guasamugsin*! Que tu es belle! La plus belle de toutes les Mi'kmaq de tous les temps. Tu es belle comme une reine du ciel!

En quelques semaines de convalescence active, Corinne a retrouvé sa forme physique. Son esprit décisif reprend le dessus. Son Anthony subit l'épreuve ultime qu'il ne peut que réussir; l'amour ne donne-t-il pas tous les courages et des ailes à toutes les victoires?

— Hop! Voilà Julien. Il ne faut pas qu'il me voit dans ma robe de noce. Bye bye!

Julien boitillant et essoufflé rentre avec fracas.

— Anthony m'a sauvé la vie! Il a tué une ourse qui m'attaquait! Il en aura la peau, les griffes et les dents, magnifiques ! Il est accepté comme grand Mi'kmaq! Où est Corinne?

La grand-mère ne répond pas. Fermant les yeux, elle se laisse bercer par la joie. Corinne, dans sa chambre, a tout entendu. Elle entonne déjà un hymne à l'amour de sa composition.

Gsalultesg, iapjiw, siwgg,
Gsalultesg, stige' wela'gwe'g.
Je t'aimerai, des milliers de printemps.
Je t'aimerai, jusqu'à la fin des temps.
Je t'aimerai, parce que tu es le soleil,
Je t'aimerai, tu es cadeau du ciel!

L'âme légère, elle sort de sa chambre tout en dansant.

— Julien, tu es un ange qui m'apporte la bonne nouvelle. J'ai tout entendu. Il a réussi! Je le savais! je le savais! Quel bonheur! je le savais!

— Si tu avais vu ton Anthony se batailler à coups de rondin avec l'ourse qui m'attaquait. Il s'est battu avec astuce et a assommé la bête au passage, crâne fracassé. Il a failli y perdre le bras… Il a été griffé du coude au poignet. Voilà mon père qui arrive pour vous en parler.

L'oncle entre en clamant :

— Je suis fier, très fier, c'est un grand jour! Mère, votre petite-fille, ma nièce, notre Corinne, va épouser un jeune homme fort, très fort, courageux, brave et astucieux. Quel homme! Un vrai! Il est de notre trempe. Nous pouvons lui donner notre fille. Le conseil de Bande a approuvé sans marmonner. Mère, vous n'étiez pas là, mais nous savions que vous aviez déjà donné votre accord depuis fort longtemps et vous aviez raison. Il ne nous reste plus qu'à organiser les cérémonies et la fête de toute la Gaspésie!

Corinne, épuisée d'avoir tant espéré, tant attendu et tant souffert d'être incapable d'exprimer ses extases lors de son tragique coma, laisse son émotion jaillir en profonds sanglots. Recroquevillée sur elle-même, les bras croisés, elle extirpe de son ventre meurtri toute l'anxiété qu'elle avait si bien cachée depuis qu'Anthony était devenu son unique raison de vivre. Enfin! Elle entre dans la zone mystique de bonheur absolu.

— Que t'arrive-t-il, je t'apporte le bonheur et tu pleures! Allons, allons, viens dans mes bras, les nerfs te lâchent, tu vas le retrouver ton Anthony, plus grand et fier que jamais, à juste titre... Quel athlète surprenant ! Il faut qu'il t'aime beaucoup pour avoir fait, en quelques jours, ce que la plupart d'entre nous ne réaliseront jamais de toute notre vie. Et tous ces exploits à seize ans! Les noces, c'est pour bientôt, j'en fais mon affaire. Le bonheur ne doit pas attendre.

— Oh ma tête bouillonne! Quand puis-je le revoir? Je veux soigner ses plaies, implore Corinne.

— Patlence, ma chérle, patlence, ne t'énerve pas, ses blessures ne sont que des égratignures auxquelles s'expose tout grand champion. Il t'a gagnée... et il nous a conquis, c'est toute une réussite! En route pour le mariage!

-33 -

L'église de Gespapegiag est bondée. On marie la petite Tremblay avec un garçon, plutôt jeunot, et Grec par-dessus le marché! Qui avait déjà entendu parler d'un tel mariage? Imaginez, un Grec, mais où se trouvent donc la Grèce et l'île de Chios? Quoi? Vous dites? Ce jeune a tué une ourse? Un mateur d'ourse, chasseur de chevreuil, plongeur au souffle surprenant, capable de descendre les rapides de la Roche Noire sans s'y noyer! Hum! Beaucoup de prouesses! Un phénomène! Il doit être aussi fou que son défunt de beau-père, le géologue, celui-là dont la vue perçait les rochers!

Toute la Bande est présente, de Gespapegiag, de Maria, de Listuguj, chacun avec son cœur et ses cadeaux. Quelque chose de nouveau transcende les usages. Pour la première fois une Mi'kmaq marie un Grec. Le mariage de la naissance du monde, bien plus loin que le soleil levant, à l'autre bout de la terre. Celui d'un fils du peuple des dieux grecs à la fille du peuple de l'aurore, des loups et des oiseaux célestes. La cérémonie est solennelle et insolite.

— Maman, dit la jumelle en tirant sur la manche de la robe brodée de Georgina, pourquoi papa pleure? Regarde-le, il a mal. Anthony est méchant!

— Mais non, ma chérie, toi aussi tu pleures parfois quand tu ris très fort. Papa est content. Anthony est un homme maintenant et marié. Chut! Écoute les chants mi'kmaqs, les parents de Corinne. Tu l'aimes bien Corinne. Elle est presque ta sœur. Elle t'aime. Chut! Écoute les madames et les messieurs à plumes.

— Ils chantent bizarre. Tu les comprends, toi?

— Chut ! Chante. Fredonne avec eux.

— Je peux danser moi aussi?

– Bien sûr!

Les *Pepgwijete'gn,* tambours des grandes cérémonies donnent la mesure, les bouzoukis le ton. Plus tard, après la messe et la présentation des dispenses des parents grecs accompagnant leur enfant Anthony à son mariage et la signature du registre officiel, la cérémonie mi'kmaq pourra commencer et se terminer le lendemain, très tôt, par un salut à l'aurore naissante, puisque le destin de la Terre avait créé le peuple mi'kmaq, vigie et phare, lien de l'horizon des mers et du plus loin des terres, à la pointe du continent, pour y accueillir le soleil. Et aujourd'hui Anthony devenait le soleil d'une des filles de la Bande.

Corinne y tient tant à cette alliance ancestrale des cœurs au lever du jour. Son amour est bien trop pur pour ne pas l'offrir sur les roches et la mer du peuple de l'aurore qu'Anthony a enfin rejoint. Quelque part, au fond de tout son être, elle sent le besoin de puiser dans cette fabuleuse énergie du passé. Elle est sûre que cette même énergie latente, en elle comme dans Anthony, les propulsera vers un avenir sublime.

L'oncle organise toute la fête tambour battant. C'est son caractère et sa nièce tient bien de lui, entier, un tantinet têtu, le cœur toujours à la bonne place, prêt à entreprendre, à prendre des risques et à en payer le prix ou en récolter les fruits. C'était la première fois qu'une Mi'kmaq se mariait à un Grec, et quel Grec! « Tout jeune, pas encore majeur. » Pensez donc, l'inconnu de l'homme navigant à vue, une âme de fer et de feu, survoltée par l'amour. Il l'avait bien prouvé en si peu de jours.

Ce jeune homme porte en lui quelque chose de captivant. Son physique athlétique bien campé et dominateur, son calme serein que l'on peut confondre à de la nonchalance, sa noblesse naturelle qu'il offre comme un chevalier chevauchant la victoire et son regard, tendre et

271

volontaire, tout lui donne la carrure d'un chef. L'oncle apprécie déjà le guerrier.

Il était temps que la tribu participe à l'évolution du monde elle aussi, qu'elle reprenne sa place dans cette liberté d'agir pour le bien de tous, et parfois, hélas, pour le pire. Du sang nouveau, noble, fort, ne peut que renforcer le groupe. « Ce jeune gaillard, imprégné d'un quelque chose d'indéfinissable et d'intangible ne laisserait jamais tomber sa famille et sa Bande. Dans le fond, ne ressemblait-il pas à ce que, moi, Grand Mi'kmaq, je souhaite devenir, avec mes faibles moyens, un homme de combat au service d'un nom mi'kmaq, claquant comme un coup de fouet et de ralliement. »

Les caméras numériques des convives entrent en action autour d'une fresque que l'on aurait cru extraite d'un bas-relief antique. Quatre femmes rayonnantes d'allégresse, se ressemblant comme des personnages bibliques modelés par une seule main, se prêtent aux bons désirs du photographe officiel et des invités armés de cameras : une aïeule grecque, un peu perdue dans ce tableau d'Amérique, une grand-mère mi'kmaq, flottant dans la joie de voir sa descendance s'envoler vers le bonheur, une mère de là-bas, faisant bonne figure, meurtrie par l'amour incompréhensible de son fils, une fille de la Bande, restant elle-même, envers et contre tous. Une image surprenante de quatre femmes, de profil, paraissant issues de la même famille. Les deux oncles, l'Hellénique et le Mi'kmaq, se joignent au groupe et dans le fond, le costume blanc de l'oncle grec dans ses pantalons traditionnels et le costume typique du chef indien se complètent.

Ces peuples du bout du monde scellent le mariage de leurs enfants, mariage hier encore impensable et impossible.

Chants mi'kmaqs et danses grecques s'entremêlent avec allégresse et enthousiasme, chacun s'efforçant de rythmer ses pas et d'apprendre des sons du frère venu de loin.

. Corinne, toujours un pied en Grèce, a parsemé les câpres sur le saumon mariné et sur toutes les viandes qui lui tombaient sous les yeux. Jusqu'aux feuilles de laurier, insoupçonné parfum de l'île de Chios,sont glissées au cœur des marmites de cipailles cuites à feu doux. Les pièces de chevreuil, d'ours et de gibier, morceaux de bravoure de chasse du nouveau guerrier, sont vite dégustées par les convives affamés de bonheur. Tous goûtent la banique à la farine de maïs, parfumée aux atocas et aux bleuets séchés, sucrée au miel de Julien.

Alexis, ému jusqu'aux larmes de se retrouver, loin de son île, parmi des êtres, hier inconnus, aujourd'hui des frères emportés par ce qu'il n'hésite pas à appeler « sa joie. », fraternise avec le doyen des Mi'kmaqs qui parle un anglais châtié.

Anthony et Corinne, ces enfants de Dieu, lui sont envoyés par Sofia pour qu'il les aime, les guide et les protège.

Quant à Zouzou, elle n'a pas été oubliée pour ce mariage de joie. Ses cheveux bruns lisses encadrant son visage à la peau cuivrée et luisante, sont l'écrin naturel du collier d'émeraude que lui a offert Corinne. Elle aussi, métis d'Amérique du Sud, est chez elle dans cette famille mi'kmaq. Par son courage et son amour elle a sauvé Corinne. Tout le monde doit le savoir, l'apprécier et surtout, s'en souvenir. Corinne se charge de le dire haut et fort.

Le dernier cérémonial, de loin le plus émouvant, est mis en scène par la grand-mère. Personne ne peut prendre sa place matriarcale devant le nouveau petit-fils, beau comme un seigneur de la forêt dans sa redingote de daim taillée droit. Pendant la remise du collier à la dent d'ours, Corinne, portant toujours le sien à la dent fracassée, regarde, les yeux fondant de bonheur, son héros si serein. Baissant la tête, elle offre son nez pour recevoir un baiser de son champion enfin intégré à sa Bande. À son tour, en guise de secret remerciement peut-être, elle embrasse sa dent blessée et celle d'Anthony ; en signe d'allégeance? Certainement pas! Les temps ont changé... en signe d'entière appartenance « pour le meilleur et pour le pire... »

Radieuse et fière d'avoir réussi plus que sa mission, elle se tourne, avec grâce et modestie, vers tous les invités. Par son travail, son sacrifice, sa ténacité, elle a atteint ses buts : venger son frère et épouser le jeune homme qui partagera la vie qu'ensemble ils voudront bien se bâtir. Elle prend le bras d'Anthony, fier de porter son collier princier soutenant la dent de l'ourse qu'il a maîtrisée. Elle l'entraîne vers Sam et Georgina.

Son sourire révèle ses vrais sentiments lorsqu'elle déclare avec fermeté et son regard candide plongeant dans les yeux de ses beaux-parents :

— Maman, papa, devant mon mari mi'kmaq, votre fils, je veux vous dire, maman, papa, que je vous aime, tous les deux, du plus profond de moi-même!

Anthony, les yeux fermés, donne un baiser à sa dent d'ourse; pour remercier l'animal sans doute...

Sam prend la main de son épouse et murmure tout de même assez fort pour que les nouveaux mariés puissent l'entendre : « Je suis heureux Georgina. J'aurais dû comprendre plus tôt. Vois comme ils sont radieux nos deux enfants! »

Enfin! Sam avait consenti à regarder son jeune garçon, son fils, à l'adolescence perdue, comme un homme responsable.

Le père pourra, désormais, ne voir dans ce nouveau couple, qu'une parcelle de bonheur dont il lui reviendra quelque chose. « Qui sait? Son gamin de seize ans pourrait bien lui donner un petit-fils. Alors il serait jeune grand-père... »

Ces quelques paroles effacent le doute qui plane dans l'esprit d'Anthony. Il s'avance, prend son père par les épaules et dit : « Papa! Papa! Nous serons toujours tes deux enfants à tes côtés! Je te remercie d'avoir été tout près de moi pendant mes seize premières années! »

Les applaudissements d'Alexis enthousiaste déclenchent un torrent de bravos. Une larme perle aux yeux de Georgina.

La grand-mère, qui assiste à la scène, y apporte sa touche maternelle : « C'est beau deux hommes, un père et un fils, qui s'aiment! »

Le bonheur s'est infiltré dans tous les cœurs, mais cette cérémonie reste incomplète.

Un hélicoptère traverse la clairière et vient se poser derrière le hameau.

— Tiens! que vient faire cette libellule géante à notre mariage? dit Anthony.

— Elle s'invite, répond Corinne, avant d'exploser de joie en voyant le commandant Latreille et le Dr Dufresne courir en gesticulant, têtes baissées, sous les pales de l'appareil.

— Excusez-nous du retard, nous avons eu une panne, crie le commandant, mon frère s'occupe de ça.

— Vous permettez, que je vous tire l'oreille pour ce retard, dit Corinne enjouée, et que je vous embrasse pour vous remercier de votre présence? Et vous docteur Dufresne, vous ne pouvez plus vous passer de votre patiente et vous voulez conclure votre étude, sur mon cas, en venant à mes noces? Eh bien, vous avez réussi à me rendre folle de joie! Aujourd'hui, je suis riche, très riche de bonheur, Anthony n'est devenu Grand Mi'kmaq que pour moi. Il est tout à moi et je suis toute à lui! Je vais vous confier un secret qui vous concerne : j'entendais et comprenais tout, mais je ne pouvais pas rassembler mes mots et encore moins mes idées, ma voix était paralysée pour vous répondre. Pourrais-je, un jour, lire votre thèse sur les traumatismes des cerveaux guéris par l'amour que me transmettait mon Mi'kmaq chéri, oiseau céleste venant de l'antique pays du grand soleil?

– Oui, si vous m'aidez à l'écrire! Je vous dois bien ça.

– Corinne! Corinne! crie la petite Michelle se blottissant dans la jupe de la mariée, sauve-moi, ce garçon s'est déguisé en peau rouge pour me faire peur avec ses griffes d'ours!

– Mais ç'en est un vrai! Et moi aussi, j'en suis une! Laisse-moi te croquer!

Une sérénité collective plane sur Gespapegiag. Le Samos et le Métaxa aidant, la bonne amitié s'est propagée. Émoustillé par la fête, Gros Roc Condo trouve le moyen d'y courtiser Zouzou qui, sans y paraître, ne refuse pas les roucoulades maladroites de l'apprenti galant. Un peu gauche dans sa démarche, il n'y trouve pas moins des tournures de phrases où se mêle une touche d'humour qui plaît à Zouzou. Est-ce pour l'épater qu'il a le courage de chanter en solo *Le Chant des étoiles,* l'hymne national en quelque sorte? Tous les convives restent bouche bée lorsqu'il entonne, sur un rythme nouveau se rapprochant du Rock and Roll, le « *Ninen gloqoweijg nujintu'tijig la.* » Sa voix puissante traverse la forêt et se répercute sur la falaise. Au refrain, Corinne se joint à lui en tant que fière Mi'kmaq. Puis, tout à coup, emportés par le rythme bien soutenu, tous fredonnent le chant, jusqu'au commandant qui, de sa voix bien posée de baryton, s'abandonne à murmurer les paroles qu'il ne connaît pas. Il donne une vive poignée de main à la nouvelle vedette.

– Félicitations, jeune homme, avec une telle voix, votre avenir est assuré. La travaillez-vous? Venez me voir à Montréal, je vous présenterai à mon autre frère, directeur du conservatoire de musique. Téléphonez-moi afin que je prépare le rendez-vous. Votre cousine me connaît bien. Corinne le connaît bien son chef de police à l'incisive ébréchée. D'ailleurs, les yeux soudainement sombres, elle s'approche de lui, et, encore une fois, sous le regard perplexe du docteur, dit, en examinant la dentition du commandant au sourire figé : « Vous permettez, commandant, cette si petite ébréchure de votre incisive gauche m'a toujours intriguée. Avez-vous un frère jumeau identique qui dirige une compagnie de navigation? »

Le commandant hésite, racle sa gorge, se tripote l'oreille et finalement répond avec un sourire espiègle :

– Où l'avez-vous donc vu? Vous savez, nous avons tous une copie conforme quelque part!

– Dans un de mes rêves sans doute, répond Corinne, mais elle se rapproche et met carrément ses yeux sur le nez de son supérieur. Elle fronce les sourcils et questionne à nouveau :

– Commandant, n'avez-vous, vraiment pas, un frère jumeau identique qui est propriétaire d'une compagnie de navigation? La question est répétitive, et encore une fois candide, du moins en apparence. Le commandant se tire l'oreille droite et racle sa gorge avant de répondre :

– Le monde est si petit. Nous avons tous un double, vous savez. Des fois, il apparaît, comme ça, tout bonnement. »

Corinne accepte la réponse d'un sourire amusé.

Le Dr Dufresne fronce les sourcils, et se frotte le front.

Minois grimaceux, le commandant prend les deux mains de son officier :

– Madame Corinne Costas Tremblay, vous m'avez demandé, à maintes reprises, si j'avais un frère jumeau, propriétaire d'une compagnie de navigation, c'est lui qui a piloté   notre hélicoptère jusqu'ici. Tournez-vous, je vous le présente, en chair et en os :

Corinne se retourne. Fige sa tête entre les épaules, ses mains écrasant son nez et sa bouche, ses yeux sortant de leurs orbites, ahurie et confuse, ne pouvant offrir des excuses à son chef.

– Oooh! quelle ressemblance époustouflante, jusqu'à l'incisive ébréchée! Pardonnez-moi, commandant, pour mes gestes irrespectueux, j'ai toujours pensé que vous n'aviez pas de frère jumeau… que j'avais vu quelque part, sans doute…

– Le détail, le détail, clé des enquêtes, s'esclaffe le commandant en tirant de plus belle sur son oreille. Vous êtes pardonnée. Cette confusion et méprise nous arrivent souvent. Quand nous étions jeunes, nous nous en servions pour jouer les galants doubles et confondre nos diverses amies. Son frère, ajoute :

– Mademoiselle, pardon, madame, si je vous avais rencontrée quelque part, je me souviendrais de vous, sans aucun doute, vous êtes trop resplendissante!

Les sœurs jumelles se délectant de la fête viennent briser la rencontre inopinée. « Corinne, Corinne, je veux des plumes dans mes cheveux comme les madames! » demande la petit Michelle, « moi-aussi » renchérit sa sœur. La grand-mère se fait un plaisir de leur piquer quelques plumes dans les chevelures noires : « Admirez, des jolies jumelles mi'kmaq. Nous n'en avions pas encore dans notre Bande. »

– C'est idiot, dit Corinne, je n'ai jamais cru que vous aviez un frère jumeau, bien que j'en connaisse deux depuis fort longtemps dans ma propre famille, et les voici! Excusez-moi, j'ai besoin de parler à mon médecin particulier qui a eu la gentillesse de venir à mes noces avec un si gracieux équipage! Merci, monsieur le pilote jumeau!

Le sourire est trop malicieux pour que le docteur ne le remarque pas.

Corinne s'éloigne du brouhaha à son bras.

– Docteur, je sais que vous vous faites du souci sur mon rétablissement, mais j'ai déjà rencontré le frère pilote au cours des mes enquêtes et j'ai toujours pensé que c'était le commandant. Le détail, le menu détail... qui peut tout changer, je ne l'ai pas oublié.

– Et comment ça?

– Secret médical! Promis? Le frère jumeau, identique jusqu'à l'incisive ébréchée.

– Et alors?

– Le frère jumeau n'a pas de tic et ne se tire jamais l'oreille, ni ne se racle la gorge.

– Ah! j'y suis, le commandant... Décidément, vous êtes contaminée par le virus de l'enquêteuse née. Et les mots que vous lui avez dit ? Expliquez-moi... quelle langue ?

– Ça, c'est votre affaire! Regardez, les sulumgs qui passent au-dessus de nos têtes et nous saluent. Elles voguent déjà vers les chaleurs du Sud.

– Je suis heureux que vous filiez vers Chios. Vous êtes parfaitement rétablie, Dieu merci! Magnifique ces oiseaux.

– Si tôt, dit l'oncle, regardant vers le Nord, l'hiver va être rude. Nous aurons beaucoup d'enfants l'été prochain. Ses yeux coquins se portent sur le jeune couple.

Il est temps de terminer la fête sacrée. Quelques embrassades, des pleurs en abondance, des accolades émues et tous et chacun se séparent, sachant que, désormais, une porte s'est ouverte sur un nouvel avenir créé par des amours d'enfants, des amours, d'abord indéfinissables, puis, les cœurs grandissant, devenues passion bravant toutes les lois.

Le Dr Dufresne, poli jusqu'au bout des ongles, salue l'intrigante grand-mère qui le retient un moment.

– Docteur, je sais que vous avez fait un miracle en rescapant ma petite-fille de ce profond coma.

— L'amour a fait plus que la médecine. Son mari y a contribué tout autant que moi et vous aussi d'ailleurs. Je voulais vous poser quelques questions au sujet du pouvoir magnétique, je devrais dire magique, de votre cercle capteur de rêves.

— Coïncidence, en voici un que je vous offre au nom de toute la Bande et de ces jeunes mariés. Docteur, je suis persuadée que si vous en coiffez vos instruments perfectionnés, leurs aiguilles vont s'agiter, surtout s'ils sont conçus pour mesurer l'intensité de l'amour!

— Madame, j'accepte ce très précieux cadeau, je sais qu'il vient du cœur et qu'il soigne les esprits... j'en ferai bon usage. En retour, voici un petit coffret bien modeste, un tout nouveau parfum créé par Lise Watier. Tout en étant plus volatile, il saura vous charmer lui aussi!

Sous le regard des mariés intrigués, la grand-mère déplie son cadeau enrubanné.

— Oh! le joli flacon! Un si joli nom! *Capteur de rêves!* Il me conviendra parfaitement.

Corinne croit bon d'ajouter :

— Docteur, pour moi, vous serez toujours un rêve auquel je ne pouvais parler!

— Vous parliez à votre amour sans partage, cela était bien suffisant...

Un coup d'aile de Cessna, piloté par l'oncle, en guise de salut à la Gaspésie flamboyante de couleurs automnales et les jeunes mariés et hop, départ de l'aéroport Trudeau pour la Grèce.

Voyage apothéose de jeunes amours tenaces enfin récompensées!

En survolant l'île de Chios, le couple ne fait plus qu'un seul et nouvel être vivant au rythme de l'amour insondable et parfait. Corinne se penche vers le hublot.

– Regarde là, tout en bas, en contre-jour, notre petit port, il est si mignon vu du ciel... et les rochers où nous avons fait notre serment de vivre l'un pour l'autre. Tu vois que tout peut arriver quand on y met du sien. Sans toi, j'aurais choisi de ne plus exister. Maintenant, tu es moi et moi... je suis toi!

– J'ai eu tellement peur de te perdre, je priais tous les dieux grecs de ces îles, tous les jours!

– Nous irons les remercier dès ce soir, si le vieux rafiot de ton oncle fonctionne. Il m'a dit que je le lui avais payé trop cher. S'il savait que c'est moi qui ai fait l'affaire du siècle avec son bateau. Sans lui, je n'aurais jamais découvert l'âme de ce pays et la tienne. Je lui dois tout à ce petit bateau. Je vais le faire réparer ne serait-ce que pour le garder en cale sèche.

– Un bateau en cale sèche, n'est plus un bateau, c'est une épave en conserve. Un bateau doit flotter.

– Tu as raison. Le nôtre flottera!

Les mariés débarquent à la hâte et se précipitent en taxi vers la maison d'Alexis. Elle sommeille, tous volets clos, au bord du port sortant lentement de sa sieste et préparant la veillée. Ils ne s'attardent pas dans ce nid retrouvé. Le bateau les appelle... N'a-t-il pas entendu leurs serments?

— C'est curieux, l'Acropole n'est pas ancré à sa place, où peut-il bien être? dit Corinne.

— À la marina ou aux chantiers.

— Courons-y voir.

Le mécanicien reconnaît les jeunes gens qui lui demandent :

— Le bateau d'Alexis, l'Acropole, savez-vous où il se trouve?

— C'est vous les Canadiens, en voyage de noces! Il est là-bas, en face, vous ne le voyez pas? On lui a refait une beauté, changé le moteur pour un six cylindres, l'arbre, le treuil et on l'a rebaptisé d'un joli nom vraiment unique en Grèce : Le Mi'kmaq. Il est bien plus solide qu'un neuf. Voici le double des clés. Alexis m'a téléphoné du Canada. Il est à vous, tout est payé. Bonne pêche! Et beaucoup de bonheur aussi!

Le jeune couple reste éberlué devant l'embarcation rutilante de couleurs, se dandinant au bout de son ancre, à quelque trente mètres du quai.

— Quoi! l'Acropole, transformé en Mi'kmaq? Qu'il est beau! s'exclame Corinne, en se jetant au cou d'Anthony. Ton oncle, quel type épatant! Allons-y, on fonce.

— Tôôônyyy, à l'abordage! crie-t-elle, en se précipitant vers le petit chalutier. Mi'kmaq nous voilà!

Transportés par leur rencontre imprévue avec l'embarcation pimpante, les deux excités plongent, tout habillés et nagent vers le bateau de leur rêve. Le mécanicien médusé, appelle ses collègues pour voir le spectacle donné par ces jeunes fous du Canada. « Tout habillés, surveillez-les, à cette allure-là, ils ne pourront peut-être pas nager jusqu'au bateau. »

L'ardeur de la jeunesse et l'amour aidant, ils franchissent la trentaine de mètres les séparant du bateau, sanctuaire de leurs amours libres de toutes contraintes.

« Quand un couple est amoureux il vit seul », dit le mécanicien, ravi d'apporter le bonheur à si bon compte. « Mais, ils sont bien jeunes ces deux-là, que vont-ils donc en faire? »

Un rétablissement de ses bras musclés et Anthony se hisse sur le pont.

– Agrippe toi. Et hop! Corinne est hissée à son tour sur les madriers de bois fraîchement vernis.

– Il est encore plus beau que je croyais! La clé, le démarreur, écoutons le moteur!

– Embrassons-nous d'abord!

Après une longue étreinte, Anthony songe à faire démarrer l'engin. Sans hésiter et probablement heureux d'avoir rencontré ses nouveaux maîtres, le Mi'kmaq vibre de ses six cylindres neufs.

– Levons l'ancre, voguons vers nos îles. Je veux voir notre église flottante au soleil couchant et boire ton eau. Nous allons y renouveler notre serment. Enfin, Cori, je suis libre, libre de t'aimer pour le restant de mes jours!

– Il t'en reste des milliers! Embrasse-moi. Je veux tes baisers tout de suite, ici, dans cette coquille de noix, notre chapelle, sur cette mer que nous adorons tous les deux et qui nous le rend bien. Arrête le moteur, je veux entendre ton cœur battre.

Corinne, enfin libre d'aimer, se pâme et fond.

– Et pourquoi veux-tu que je l'arrête ce moteur? roucoulle Anthony, moi, je sais! Tu veux que je te fasse un petit matelot grec, tout de suite. Ne mords pas ta dent, elle ne te sera d'aucun secours, je suis dans mes eaux et mon territoire.

Les yeux voilés, le nez pincé et la bouche entrouverte, Corinne se laisse dévêtir.

– Enlève tes vêtements mouillés. Viens dans la cabine, implore-t-elle d'une voix abandonnée.

Assoiffés l'un de l'autre, ils se jettent, à cœurs et entrailles perdues, dans leurs effusions presque sauvages. Anthony agit déjà comme un amant ne voulant rien prendre sans rien donner. Chaque baiser, chaque caresse, chaque attouchement des plus brûlants, doit apporter la joie et l'extase et combler les désirs de cette belle âme qui ne fait plus qu'un avec tout son être.

Le Mi'kmaq, bateau rajeuni, lui aussi, éprouve du plaisir. Il se dandine, rythmant, entre les clafoutis des vaguelettes se brisant sur sa coque et les coups de reins d'Anthony enfin les gémissements de Corinne.

– Veux-tu toujours aller sur nos îles? demande Anthony espiègle.

– Plus que jamais, allons renouveler notre serment. Notre vraie vie commence aujourd'hui.

Stimulé par son voyage aux mains de ses nouveaux propriétaires, le moteur aux six cylindres ronronne au premier tour de clé de contact. L'ancre levée, le Mi'kmaq retrouve sa jeunesse, cabre sa coque et pointe sa proue vers les îlots bénis.

Rien au monde ne peut séparer le couple scellé derrière le gouvernail qu'il tient des quatre mains. Les jeunes amants voguent, sereins et purs, vers leur destin qu'ils savent tout tracé.

L'ancre jetée dans la petite crique, Corinne s'exclame :

– Enfin! nous voilà chez nous, dans notre paradis! Nous allons pouvoir nous aimer sans demander rien à personne. Nous allons prouver que notre âge n'est pas une barrière à notre bonheur. Que notre bonheur ne sera jamais immobile, qu'il grandira à partir de la plus grande passion pour finir, par la plus grande tendresse. Toi et moi, nous serons des phénix faisant renaître nos amours à chaque printemps de nos vies.

La voix est passionnée et le regard plus encore :

– Je veux boire ton eau, ne peut que dire Anthony couvrant Corinne de baisers.

– Ah! tu veux boire mon eau, vraiment? Tu vas y goûter… répond-elle, serrant son mari par le cou. Viens-donc goûter mon eau, elle est épicée de passion. C'est une eau qui va… Elle chavire, le dos par-dessus le bastingage, entraînant dans sa chute son époux prisonnier de ses bras.

Les deux corps enlacés, tourbillonnent lentement dans l'effervescence des bulles

La nymphe et le dauphin, scellés par un baiser, touchent le fond sablonneux de la pointe des pieds.. Corinne lâche prise, ses bras flottants dans un geste lent d'abandon. Elle cabre son corps, écarte ses cuisses et s'agrippe à la chevelure flottante de son Anthony. Il écrase ses lèvres sur la bouche goulûment tendue.

En acceptant l'offrande de sa jeune épouse dans son apothéose amoureuse, il pénètre la Grèce mystique. Il rend au centuple ce que lui offre Corinne, depuis trois ans, un amour infini. À son tour, il livre son corps sans âge et son cœur tout entier.

Oh! Sa Corinne peut le scalper, lui faire endurer les pires supplices, les tortures les plus sauvages jusqu'à le noyer sous ces trois mètres d'eau, quoi de plus de plus sublime que l'acceptation de ce cadeau divin venant d'une âme qui se donne à lui. Il n'y a aucun doute, Corinne, la déesse, n'a qu'un seul désir : naître avec lui, dans lui, pour lui, dans les entrailles de la mer, berceau de tous les êtres qui vivent libres d'aimer.

Soudés dans un même orgasme, les jeunes amants jaillissent à la surface des eaux. Corinne pousse un gémissement semblable aux longs appels des baleines cherchant leur destin dans le golfe du Saint-Laurent et crie du fin fond de son âme « Tôôônyyy! »

-36 -

Le même jour, à Montréal, le Dr Douglas Near, oncologue réputé, mais aussi passionné de génomique, attaché au centre de recherche sur le génome humain de l'université McGill, à l'Hôpital général de Montréal, s'excite au téléphone. Il perd son sang-froid et son franglais explose.

– Allô! Dufresne, *cross the street* et viens donc déjeuner avec moi, *bring some sandwiches*, j'ai du champagne dans mon frigo. Ce que je viens de découvrir donne faim et s'arrose... Vlens avec Georgina. Je veux vous montrer quelque chose. *Amazing! amazing! whouff! come on! hurry up!*

– Doug, je n'ai pas trop de temps.

– *Take it. What I will show you will save you hours and hours of work and your conference*, au prochain congrès des neurologues, *will be stunning... Come, come*, vite!

L'enthousiasme du Dr Near, homme de savoir et de rigueur, le faisant bafouiller au téléphone, pousse le Dr Dufresne et son assistante à se précipiter dans son laboratoire.

– Doug, que t'arrive-t-il? Pourquoi cet appel délirant?

De ses petits yeux finaux pointillant son sourire entendu, le Dr Near prend un air désinvolte.

– Entrez, entrez, regardez, *look at these DNA prints*! Georgina, vous êtes Grecque d'Asie mineure, de Turquie, regardez ces graphismes génétiques. Le vôtre, il ne peut pas être plus clair et celui de la grand-mère mi'kmaq, elle est pure Mi'kmaq, n'est-ce pas? Celui de sa petite-fille Corinne, ta patiente Dufresne, ta patiente! Et ceux-ci, de l'ensemble des habitants d'une région au nord de la Mongolie... Regardez, regardez bien... semblables, tous semblables. Époustouflant!

These finger prints are absolutely the same! Amazing! Je n'ai pas fini! Celui d'Anthony et de ta patiente… identiques, toutes identiques! tous originaires de Mongolie! Il y a plus de deux mille ans, trois mille ans, peut-être quatre, les ancêtres d'Atilla nous le diraient! Tenez, lisez le communiqué que j'envoie à la presse :

« *Les gènes des Mi'kmaq et de certains habitants d'origine grecque ayant peuplé la région turque de Smyrne et l'île de Chios, sont les mêmes que ceux des habitants de la vallée de l'Egijn, dans la région du Chösvgöl Nuur, en Mongolie septentrionale…* »

– Doug! rugit Dufresne, jetant au ciel ses bras triomphateurs, les Mongols, leurs grandes migrations vers Rome et ces mots prononcés par Corinne… « *Chi kudalch,* » … du mongol ! " Vous mentez " en mongol ! La mémoire du cerveau primitif! Les racines de l'Amour…Ô Doug!

Georgina figée par la découverte, ses yeux rivés sur les graphismes, les mains croisées sur sa poitrine enrobant son cœur chargé d'émotion, reste muette. De son regard absent perle une larme qui glisse au coin de ses lèvres. Elle la cueille lentement du bout de la langue comme pour la savourer dans un sourire de tendresse, mi-tristesse, mi-bonheur.

***

■■
Je remercie Alfred Martin qui a eu la gentillesse de traduire
en mi'kmaq les poèmes chantés par Corinne.

Éditions *Photo média Delbuguet ltée*
1209, rue Guy, Montréal (Québec) H3G 2K5 Canada
Tel: 514 932 1630 – Fax: 514 939 0709
www.delbuguet@yahoo.ca

Du même auteur :
* Ma prostate chérie.
* My Darling Prostate.
* L'Origine de l'homme. Editions Photo média Delbuguet

Ma prostate chérie :

Il ne s'agit pas d'une blague mais d'un livre témoignage essayant de dédramatiser les effets, tant physiques que moraux, de cette terrible maladie de l'homo sapien vieillissant et ses conséquences sur l'Homme et la vie du couple .

L'origine de l'homme :

Un roman par lequel vous risquez de connaître vos véritables origines ! Ce n'est pas rien !

J'y réinvente, l'histoire du Monde, son passé, ses légendes et ses héros, en mêlant les connaissance actuelles des humains et celles, toutes fictives, de mon imagination pour créer une (historifiction) de mon cru !

MEMBRE DU GROUPE SCABRINI

Québec, Canada
2006